GANDAN
JI

肝胆记

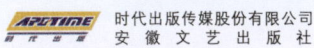

时代出版传媒股份有限公司
安徽文艺出版社

吕 翼◎著

吕翼，彝族，昭通日报社总编辑，中国作家协会会员，鲁迅文学院第十五届中青年作家高级研讨班学员，中国文联第十六期全国中青年文艺人才高级研修班学员，中国首届少数民族文学之星，云南省德艺双馨青年作家，中共云南省委联系专家。

在《人民文学》《民族文学》《中国作家》《大家》等发表小说多篇（部），有小说入选《小说选刊》《小说月报》《作品与争鸣》《2018年中国中篇小说精选》《2019年中国中篇小说精选》《2020年中国中篇小说精选》《中国当代文学经典必读·2019中篇小说卷》《中国文学年鉴2020》等，出版《寒门》《割不断的苦藤》《马嘶》《比天空更远》《生为兄弟》《穿水靴的马》等20部作品。

曾获第十一届湄公河国际文学奖、第十二届全国少数民族文学创作"骏马奖"、首届青稞文学奖、第二十九届"东丽杯"梁斌小说奖、冰心儿童文学新作奖、云南省文艺精品工程奖、云南省优秀期刊编辑奖、云南省少数民族文化精品奖等。

GANDAN
JI

吕 翼 ◎ 著

肝胆记

时代出版传媒股份有限公司
安徽文艺出版社

图书在版编目（CIP）数据

肝胆记/吕翼著. —合肥：安徽文艺出版社, 2022.7
ISBN 978-7-5396-7250-2

Ⅰ.①肝… Ⅱ.①吕… Ⅲ.①长篇小说－中国－当代 Ⅳ.①I247.5

中国版本图书馆 CIP 数据核字(2021)第 137320 号

出 版 人：姚 巍
责任编辑：张妍妍　　姚 衍　　　　装帧设计：张诚鑫

出版发行：安徽文艺出版社　　www.awpub.com
地　　址：合肥市翡翠路 1118 号　　邮政编码：230071
营 销 部：(0551)63533889
印　　制：安徽联众印刷有限公司　　(0551)65661327

开本：700×1000　1/16　印张：19　字数：300 千字
版次：2022 年 7 月第 1 版
印次：2022 年 7 月第 1 次印刷
定价：78.00 元

（如发现印装质量问题，影响阅读，请与出版社联系调换）
版权所有，侵权必究

目　录

第一章　揪心的鞋子

　　失控／003

　　失身／012

　　逃亡／015

　　欲望／023

　　相逢／031

　　失望／041

　　噩耗／045

　　招魂／054

　　冤家／060

第二章　向死而生

　　报丧／069

　　断指／074

　　卖水／084

　　调教／086

　　奔丧／091

　　毒肉／100

第三章　门里门外

阴招 / 111

迷雾 / 118

骨肉 / 122

逃荒 / 126

弃婴 / 135

肝肠 / 140

咒鬼 / 145

第四章　黑夜里的白

心愿 / 157

偷窥 / 163

意外 / 168

疑窦 / 175

救夫 / 183

受惊 / 191

相见 / 197

隐藏 / 208

第五章　要命的马靴

恶招 / 215

棒客 / 226

偷窃 / 237

奔逃 / 242

指路 / 247

第六章　一匹马的再生

实情 / 255

老马 / 269

陷阱 / 271

新脚 / 282

再生 / 292

第一章 揪心的鞋子

失　控

　　开杏与往常一样,和女伴们一起,坐在谷草堆旁纳鞋底。脱粒后的谷草,小山一样,堆叠在村口。储够了深秋的阳光,谷草堆散发出迷人的香味和温暖。女伴们一边飞针走线,一边又说又笑。只有开杏不言不语,低头纳鞋底。她将又细又白的麻线在黄蜡上拉过,以便麻线在穿引时更顺溜一些,然后一针一线地在鞋底上穿去穿来。那银白色、又细又长的钢针可不是万能的,它要将麻绳牵过厚厚的、白白的千层布底,还需要略粗略长的锥子的引导,需要厚厚的铜顶针的暗劲,需要用镊子夹住,用力往这边拉。这种毛布底鞋子,做起来环节多,细节多,需要时间、精力,需要眼到、手到。小伙伴们在农忙时,和家里人一样下田劳动,农闲时,就让妈给她们准备各种颜色、各种质地的布料,做出各种各样的布鞋。这样的鞋子,穿在脚上,会让一个在外奔波的人,劳累消减,会让一个想家的人,满心甜蜜。

　　开杏表面心无旁骛,内心却慌乱至极,因为那个叫作胡笙的教书先生,在她的眼前浮现了。胡笙长得白净、帅气,一看就不是庄稼汉。胡笙一笑,开杏就脸热心跳,手足无措。

　　"啊呀!"开杏发出了一声尖叫。不小心,她的手给钢针刺了进去,红玛瑙一样的血珠即刻冒了出来。

　　女伴们都有过这样的经历,都知道不专心做鞋会导致怎样的结果,一个个都拿她开起玩笑来:

　　"开杏,三心二意了?是有心事了?"

　　"开杏,刚长大的嫩崽崽,是想男人吧!"

　　"开杏,听说那个胡先生的学生今天放假,怕是要回村。"

　　……

　　"嚼牙巴骨呢!"开杏佯怒,内心却是春风拂过的快乐。她放下手里的鞋,拾起一把谷草,就往女伴们头上打去。

这些少女都是村庄里最机灵的麋鹿,她们一个个跳起来,和开杏又打又闹。

其中有个比开杏小一些的女孩,没有参加打闹。她抓过开杏的手,伸过嘴唇,轻轻吸了两口。开杏不好意思,试图挣开,但没有成功。那女孩剪了一块布角,把开杏受伤的手指包上,用棉线缠了几圈,再打个结。

"嘿,金枝,小小年纪就会疼人了!"

"咋啦?过不了多久,她就是我嫂嫂了,帮助一下不行吗?"被叫作金枝的女孩年纪小一些,说话做事却个性十足。在女伴中,她的长处是做鞋垫。她做的鞋垫,好看,垫脚舒服。有人请开杏做鞋时,都要请她配上一双鞋垫的。

"这小蹄子,这么大点就醒事了。怪不得呀,那个开贵,像只猫嗅到了腥,盯着就不放……"

金枝涨红了脸,一把稻草又扔过去。女伴们笑着,叽叽喳喳躲开。

家家户户的屋顶上,有炊烟慢慢爬起。屋里的柴火已经点燃,女伴们纷纷收工,准备回家。开杏看金枝还磨磨蹭蹭,便说:"你先走吧,我得在天黑前把这鞋做完。"

"小心啊!被河对面的人抢去做媳妇,我们可找不回你了!"有女伴哂笑道。

"河对面的人不要她,要你呢!你屁股大,好生娃!"金枝替开杏回了她一句,提着竹篮,一阵风似的走了。金枝知道,开杏心里有个小九九,她是要等哥哥胡笙呢。哥哥今天从乌蒙城里回来,他们结婚的良辰渐近,估计两人都等不得了,有事要商量。此前很多次,金枝都是他们的护卫,远远地候着,有动静就吭一声。今天情况不一样,开杏的哥哥开贵几次来找金枝,也是要说婚姻上的事,金枝分秒不离开。开贵和她,也是有事要扯。今天再不见面,开贵那种人,怕要打横耙了。

杨树村与对面的山寨一江之隔。这江是金沙江,河水落差大,旋涡多。河两岸山脉起伏,形势复杂,据说神怪不少。河对面居住的,全是夷人。他们常趁这边不注意,渡过江来抢牛、抢羊,抢所有可用的东西,还抢人。人抢过去,男的叫男娃子,女的叫女娃子,成为他们财产的重要组成部分,可以任意奴役,代代相传,可以买卖,可以交换,要是不听话,打死了也不偿命,叹叹气了事。

女伴们纷纷离开。开杏转了转身子,看看天,又看看远处的路。她还没有回家的意思,朝女伴们的背影笑笑,坐下来,小心地往千层布上锥了一锥,继续穿针引线。要知道,她手里的这双鞋很快就可以完成。这双鞋,她要在最重要的日子,送给那个人。

那个人就是刚才女伴们说的胡笙,村子里的小伙子,在县城里教书。

傍晚的阳光从西边斜照了下来,阳光沾了秋意,色彩橘红,柔软温暖,开杏的脸给它一照,要多美有多美。

开杏一边纳鞋底,一边享受这难得的阳光。

一根稻草芯从后面慢慢探了过来,撩在她白嫩的脖颈上。开杏以为是只小虫,伸手拂了一下。

那根稻草芯缩了回去。开杏继续纳鞋底,那根稻草芯又伸了过来,又在她脖颈上挠了一下。

开杏生气了,猛地一把拍去。

不想,那一拍却拍在一个人的手上,那手乘机将她的手紧紧攥住。开杏猛回头,跌入眼里的居然就是胡笙。这个坏人,既在开杏的意料之外,又在开杏的意料之中。胡笙趁机将她搂在怀里。开杏生气了,将手里的锥子猛地锥了过去。

胡笙啊了一声,连忙将她放开:"开杏……"

"不能这样的,你都当教书先生了……"

"开杏,别误会,我是想你……"

"可你为啥都回家了,还不早来看我?"

胡笙再一次将她搂紧:"刚才人多……"

开杏推开他:"小心我的锥子!"

"为了你,被锥多少次,我都不怕。"

开杏手里的锥子"哐啷"一下掉在地上。谷草堆散发出的香味弥盖了一切。

"哥,不要!不要!到了那一天,我什么都给你。"

"都给?"

"都给!这双鞋子,是我给你专门做的,快做完了,到时你就可以穿了!"

胡笙想象着自己的脚伸进那柔软舒适的鞋子里时的感觉,显得幸福而又急不可待:"我更等不得了!"

"等不得也要等,"开杏可不像他那样容易冲动,"小心,村里人看到,脸往哪里搁呀!再说了,迟早……迟早不都是你的吗?"

开杏推开他,将鞋往他的脚边比试了一下,大小还正合适。

他们接着就说正事。比如客人请哪些,正席的八大碗要上哪几个菜,那天穿的衣服的式样和颜色……很快乐的时光总是很短暂,太阳落山了,胡笙不得不扼制内心如火的激情,尽快离开。

从杨树村到城里,还要经过一个叫作老鸹崖的地方,那个地方是个关隘,两边山石高耸,中间山谷深深,一条羊肠小道蜿蜒而过,此地豺狼多,野狗多,鬼魂多。胡笙是男人,什么都不怕。但开杏怕,开杏为他担心,反复地催促,他就不得不在这样一个黄昏,离开这样一个美好的梦境。

最后一抹阳光落在西山顶上。开杏还坐在草堆旁,专心致志地做鞋。可她不知道,危险潜藏在暗处,她的命运在这里转拐。

今天对于夷人乌铁来说,原本并不是个好日子。他骑着枣红马,从凉山渡过金沙江,来到乌蒙,进了酒馆,坐过茶铺,听腻了说书,逛遍古城,便继续他一人吃饱全家不饿的行程。乌蒙古城往西,穿过长长的老鸹崖山谷,经过杨树村。他打算就此南下,去昆明找个差事。他这段时间一直听说,昆明的一个啥首领,也是个夷人,官职很大,正四处招贤纳才。几年前,红军经过凉山时,与夷人称兄道弟,关系好得很。作为孤儿的乌铁,本来说好和他们一起去的,可一场惊魂落魄的枪战后,红军就很快离开,无影无踪。乌铁到处流浪,一边找红军,一边挣钱。一晃就几年过去,四处关卡重重,红军没有找到。他现在想要通过这里,走五尺古道,上昆明,他的梦想,需要在更大的地方实现。一个夷人的未来,绝不是一辈子守在山寨,也不是一辈子流浪江河,而是……而是什么,他也说不清楚。他只是想走出去,走出去会有更多可能。

现在,胯下的马已满身大汗,疲惫不堪。马的鼻孔大张,头颅不再高昂,蹄子提起来重,放下去却是飘的。乌铁用脚跟踢了几下马肚,拉紧缰绳。那马虽听他指挥,但依然气喘吁吁、四肢疲软。这时他才发觉,这匹陪他征战金沙江两岸的马,真的是气衰力竭了。这马和他有过很多经历,有过很多故事,他们不离不弃,相帮互助,胜若兄弟。乌铁疼它,亲切地叫它幺哥。

穿过密密麻麻的白杨树林,前边有个村庄,村庄旁正好有些谷草堆。谷草的香味不可拒绝地钻进这匹又累又饿的马的鼻孔。香味像一只大手,有力地攥住马的肠胃。幺哥受不了,它不能再听背上这家伙的指挥了。幺哥踢踢踏踏地走过去,大口大口地吃了起来。幺哥咀嚼谷草的样子,真的是狼吞虎咽。

乌铁朝四周看了看,这里静悄悄的,连片枯叶落下都能听到。村庄上空,炊烟袅袅升起。没有一个人,敢情人们都回家了,没有人来干涉乌铁和他的马。看来,他的担心是多余的。马喜欢吃就让它吃吧,想吃多少就吃多少,吃饱了好上路。如果有人不饶,给他点钱就是。

幺哥在几个谷草堆间,一边吃,一边走。转过几个谷草堆,乌铁疲惫的眼睛来了精神,睁得大大的——他有了意外的发现!比谷草更好的东西——鞋子!那是一双很快做成的布鞋!鞋底厚厚的,很结实,上面的针脚密实,排列整齐。鞋帮呢,黑黑的布面上,勾勒有山脉与江河的图案,这显然是大丈夫行万里路的隐喻。仔细看去,正在绱鞋的是个女孩,一个十六七岁的女孩。这个女孩背对他,挥动着手臂,在洁白的布底和黑色的鞋帮之间穿针引线。

乌铁低头看看自己的脚,伸出舌头,舔了一下干裂的嘴唇。这是两只没有鞋穿的脚。十个脚指头又粗又大,脚背黑乎乎的,布满了粗糙的纹理。而脚底呢,因为多年的踩磨,居然结出了厚厚的硬茧。想想自己,从小这双脚就没被善待过。热天光着脚掌,穿草鞋。冬天,草鞋里也就多了一块粗硬的羊毛毡袜。但这脚争气呀,这是一双荆棘刺不穿、石块硌不破的脚。它们随乌铁走南闯北,再险的山爬上过,再远的路都能走到。乌铁一直以这双脚而自豪。眼下,他却为这双脚而羞愧。

夕阳的光影落在她的头上,头发就有了黄金一样的光芒,朦胧而华贵。乌铁看到她洁白的耳郭、长长的睫毛、红润的脸庞和圆鼓鼓的胸脯。她在鞋底上飞针走线的纤纤玉指,红圆活实,灵巧自如。摄人心魄哪!乌铁内心活了起来,血液的流速变快,他面红耳热,心跳加速,手足无措,内心的欲望钻了出来。他伸出双手,握在一起,哈了哈气,再搓揉两把。乌铁一步下马,蹑手蹑脚地走了过去。

开杏浑然不觉。开杏正一针一线地做着手里的活。虽然胡笙已经走远,可开杏感觉到他还在自己的身边。她还感觉到他的一呼一吸,还感觉到他那如火一般热烈的眼神和一点也不安分的手。读书人就是不一样,文质彬彬,有礼有节,关键时候也是像个娃娃。不过他还算是听话,依说。开杏说什么他都听,这让开杏有一种小小的满足。这样的男人靠得住,也管得住,以后成了家,他们肯定相敬如宾,和睦美满。

这女孩想些啥,乌铁肯定不知道。眼下她手里的东西,勾起了他年少生活的各种回忆。现在,让他梦寐以求的鞋就在他的面前。他敲了敲手,一只去蒙她的眼睛,一只去拿她手里的鞋:

"给我……"

开杏眼睛被蒙住,她内心的喜悦再一次如潮水般涌来。她没有听清他在说啥,她停下手里的活:

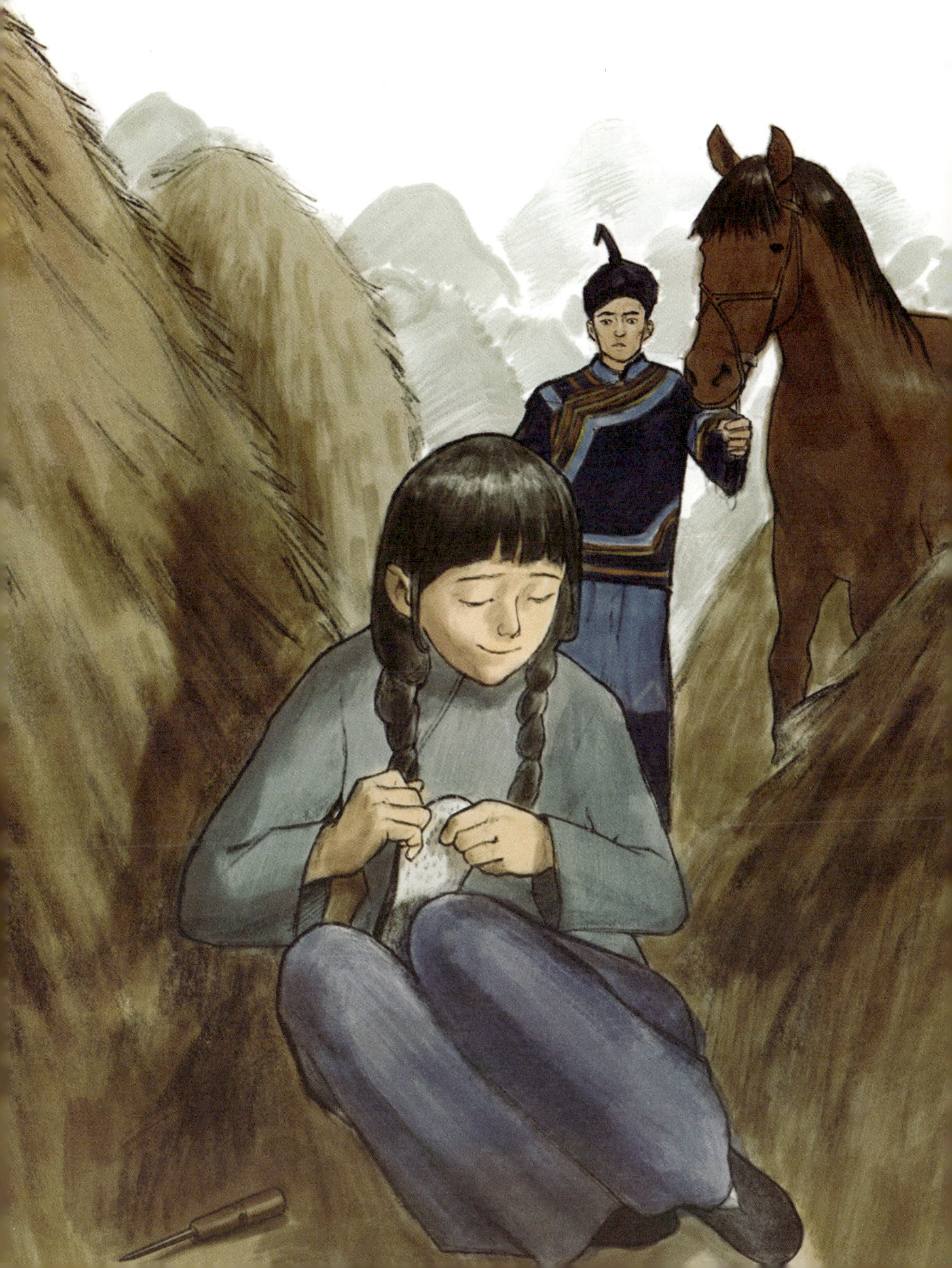

乌铁看到她洁白的耳郭、长长的睫毛、红润的脸庞和圆鼓鼓的胸脯。她在鞋底上飞针走线的纤纤玉指,红圆活实,灵巧自如。

"哥,你……回来了?"

听到叫哥,乌铁很开心。如果叫他老表,他会更加开心的。他忍不住说:"我……"

声音再出,开杏感觉有些不对。她睁开眼睛,回过头去,那一瞬间,她看到的不是胡笙那多情的眼睛,而是一张陌生的、黧黑的、粗糙的脸。魂飞魄散!她弯下腰,将鞋紧紧抱在怀里。

开杏大叫:"妈呀!来人……"

开杏还没叫完,乌铁就将她的嘴捂住。乌铁知道,如果村里的人将他捉住,他就是浑身有嘴也说不清。用不了一袋烟工夫,他就会变成一堆肉泥。兵荒马乱的岁月,三十六计,还是走为上。他刚要放手,这女孩突然张开嘴,狠狠咬了他的手一口。忙中无计,他抓起开杏篮子里的手巾,将她的嘴塞住。不料,这女孩手里绱鞋的锥子,狠狠刺进了乌铁的手背,疼得他椎心刺骨。一不做,二不休,乌铁解下身上的羊毛披毡,将她裹住,捆紧,勒在背上。开杏手脚并用,死命挣扎,但一点用也没有。

"嘘!嘘!嘘!"乌铁吹起呼唤幺哥的紧急口哨。

此时的幺哥已经吃饱,精神饱满的马听到主人的命令,四蹄腾空,冲了过来,在乌铁面前打了个旋,停住,矮下身子。乌铁一步跨上,幺哥站起,铁蹄雨点一样落在泥路上。

出了村子,幺哥又奔跑了一段时间,开杏没有了动静。乌铁慌了,他担心出事,忙勒住马,伸手摸了摸开杏的鼻孔。开杏还大口喘气,胸脯剧烈地起伏,全身颤抖。借着西边的云霞看去,这女孩还挺漂亮的。她的手里紧紧攥着那双鞋子。乌铁摘掉她口里的手巾,去拿她手里的鞋。

"给我,鞋。"乌铁说。

"强盗,做梦吧!"开杏怒火中烧。

"给不给?"乌铁生气了。

"要鞋没有,要命有一条!"开杏依然不让步。

乌铁眼睛一睁,嘿嘿两声:"那我就不客气了,我不仅要鞋,还要人。"

乌铁从背袋里掏出一根麻绳，三下两下将开杏捆起，背在背上。他跨上马，双腿一夹。瞬间，他们消失在苍茫的暮色之中。

失　身

开杏被吓昏了。等她醒来时，已经是后半夜。睁眼的瞬间，她看到的是月光下隐隐约约的山峦、密密麻麻的树林，还有高高矮矮、松松散散的茅草房。眼前这些物象在不断地晃动，自己则不断地抖动。她不知道发生了什么，她说不出话来，嘴里好像是给什么塞得紧紧的，而身体则被一张又厚又硬的羊毛毡子紧紧裹住，脊梁骨紧紧靠在一个喘着粗气的人的背上。

她终于明白，可怕的事情发生了——自己被夷人抢走了。夷人来汉人地区抢人，早已不是第一次。想不到的是，以往传说中的事，居然发生在自己的身上。

眼下，杨树村肯定会乱得一团糟。爹妈、哥哥开贵和村里的父老乡亲一定举着火把，把全村的所有房前屋后、谷草堆、水塘、白杨树林、沟沟坎坎、山谷全都找个遍，对这些地方逐一进行分析，得出的结论估计会是：有可能跟着胡笙走了，也有可能被夷人抢走了。如果是跟着胡笙走了，那开杏应该是没有这个必要的，因为他们相爱是村里人都知道的事，也是家里认可的事。他们要真做出这样的事，只能是有什么隐情，或者急不可待了——那真是丢人现眼。但要真是被夷人抢走，那才最可怕。此前，每每谁家的女儿被河对岸夷人抢走，村里要发生的就是：妇女瘫坐在地上，呼天抢地，捶胸顿足，失声痛哭。男人则是擦枪的擦枪，磨刀的磨刀，甚至在箭矢上抹见血封喉的毒药，把牙齿咬得咯咯响，发誓非报此仇不可。但大伙都清楚，这样的事发生了也就发生了，谁也改变不了，即使找到线索，有了人证物证，金沙江对岸也不是能轻易过去的，也不是谁想制伏便能制伏的。

杨树村和凉山有金沙江一隔,金沙江两岸山势陡峭,峡谷纵横,河流汹涌,险象环生。悬崖峭壁上时时有石滚落,杂草丛林里时时有狼虎出没,一般人看到那场景就会两腿颤抖如筛糠,眼花头昏,冷气倒吸。人们谈到那地方就会摇头侧目,心有余悸。只有常年生活在岸边的人们,才知道哪里有路,什么时候可以过往。这些年来,整个杨树村里,不少人被抢走。女人被抢去做娃子,男人被抢去干重活,孩子被抢去换银子和牲口。官府不管,也管不了。村民如早有警觉,会自己设防,准备枪支,修筑防御工事,昼夜巡逻。可抢人的强盗在暗处,杨树村人在明处,防得了一时,防不了一世。

开杏猛甩头,猛动手,猛蹬脚,努力用嘴去撕咬。可她的嘴被塞住,手脚被捆住,她的反抗一点用也没有。

"放开我!"她喊叫得撕心裂肺,但声音轻微,估计只有她自己能听到。

那个骑马的人用力搂了她一下:"别动!很快就到了!"

幺哥停了下来。她像捆柴草一样被扔在地上。接着,就有人来将羊毛毡子解开,将她抱进屋子,往角落里放。然后就听到那个男人粗声大气地说着话,另一个女的在小声接话。那些夷话,她一句也听不懂,只听出说话的男人无比亢奋。

屋里黑乎乎的,角落里的火塘尚有一丝火光。男人从屋外抱了一捆柴草,扔进火塘。烟雾弥漫,熰得人眼泪直流。他鼓起腮帮,猛吹两口,火焰腾空,屋里渐渐清晰。

不等开杏看清楚屋里,乌铁早就将她看清楚了。乌铁目不转睛地看着她,满脸惊喜。乌铁昨天傍晚抢到她,一直到现在,一直在山路上、峡谷里奔逃,他根本就来不及认真看一看背上这个女孩子。现在,他看清了,这女孩子,就十六七岁的样子,那眉那眼,就像是一朵含苞待放的马缨花,全身饱满,上上下下都富有活力。眼睛尽管哭得又红又肿,却黑亮亮的。小小的鼻子笔挺干净,像是一段葱白。那嘴唇,虽然已被咬破,血迹斑斑,但看得出是张樱桃小口。而那鼓胀的胸脯,还在生着气,不停地随着她喘出的粗气,一起一伏。

让乌铁意外的是,这个女人手里还紧紧握着一样东西,他仔细一看,原来是她昨天傍晚坐在草堆旁做的那双布鞋。乌铁一阵激动,他满心欢喜,内心如秤砣落地。

看来,这鞋是穿定了。

"给我吧,不就一双鞋,这样吝啬?你要啥?两锭银,还是一匹马?"

"呸!"

乌铁眼珠转动,说:"跟了我吧!天天给我做鞋,我给你一个山寨!"

"你死心吧!你这个死癞蛤蟆!你这个野蛮子!"开杏握紧鞋,就朝他头上砸来。

乌铁伸出铁杵样的手接住:"嘿,打是亲,骂是爱,你简直就像只可爱的小麋鹿!"

不由分说,开杏还打,劈头盖脸。乌铁一时兴起,双手将她紧紧地箍住。开杏越是挣扎,乌铁箍得越紧。乌铁触摸到她的肌肤,感觉到她的体温,还有扑通扑通的心跳。当开杏的乳房紧贴乌铁,兔子一样跳跃时,乌铁的欲望之火迅速燃烧。血往上涌,手脚颤抖,他忍不住了,将她的衣服撕开,将她剥得上下没有一根纱。开杏白嫩的、饱满的、活泼的、灵动的、生涩的……一切的一切,都清清楚楚地呈现出来。乌铁依着野性,固执地朝她扑来。开杏扭曲着身子,东躲西藏,一点用也没有。乌铁轻而易举地进入了她的隐秘之谷。

"我等不得了……"乌铁嘟哝着。他搂紧她,冲撞她,揉搓她,挤压她,无限的快乐,遍布他所有神经。

"天哪……"最后一道防线被攻破,开杏眼前一黑,被抽筋一般,全身瘫软,一点力气也没有了。那不断的折腾,让开杏痛不欲生。不管是她的肉体还是灵魂,都被这个无耻的男人折磨得不成样了。她的泪水,不可遏止地滚落下来。乌铁给她舔干。她的汗水出来,他给她擦干。她叫喊,他就捂她的嘴。她挣扎,他就摁她的手脚。

乌铁喘着气说:"你跟了我吧!你让我干啥我就干啥!我有很多的银子,我都给你!我这个家,都是你的!"

"呸!"她将带血的口水吐在他的脸上。

他笑:"你这样子,好迷人,你的樱桃小嘴……"

开杏涉世未深,稍懂情爱,就是和心爱的胡笙,也从未逾越禁区。胡笙拥抱她,她躲躲闪闪,要亲嘴,她也只让他轻轻触一下,便马上打住。爱的底线和未婚的原则,被羞怯的她坚守得牢不可破。胡笙每一次和她在一起的时候,也会主动对她说:"我要是有出格的地方,你可要提醒呀!"而她也是,还没有等胡笙出格,早就将隔离带画出:"不行啊!天上有星星在看着……"而眼下这个男人,真是可恶至极,只一会儿,就将他们坚守很久的防线,轻而易举地攻破。她打他,她撕他,她掐他,她恨不得将他绞成碎片,剁成肉泥,嚼成肉酱。事实上,她一样也做不到。

火塘里的柴火渐渐熄灭,乌铁嗷嗷长叫了一声,喘着气倒在一边:"让我死,都满足了!"

"你……你死不了!你也活不成!"开杏诅咒他,"阿鼻地狱等着你!"

不是乌铁死了,是她开杏死了。开杏肝肠寸断,手脚瘫软,万般绝望,昏了过去。

逃 亡

也不知是什么时候,开杏醒来,四下里黢麻打黑。眼睛适应了一阵,透过从土墙缝隙里照进来的光线,她看出自己是躺在一堆荞麦草上,身上盖着一床发黑的查尔瓦。查尔瓦是夷人的服装,这让她想起昨天以来所发生的一切。

开杏摸摸头,头疼;伸伸腿,腿酸。她将额前散乱的头发理到耳际,以便看得更清楚些。一夜之间,人就变了;一夜之间,世道就变了。她真不知道自己怎么命就这么苦,偶然间就走到这样一步。要是昨天不去那该死的谷草堆旁做针线活,要是自己和村里的女伴们一起回家,或者别把自己管得太严,当时就给了胡笙,多好……

眼下,很多假设都已毫无意义,她感觉到全身被折腾后的酸软,感觉到自己下体的空洞和火辣辣的疼痛。最美好、最神秘甚至最神圣的地方,也是最脆弱、最不堪一击的地方。她试了试,手还能动,腿还勉强能伸。她试着爬了起来,虽然有些踉跄,但比想象的还好一点。

她决定出逃。

这个屋子用不规则的石块做基础,泥土夯墙,茅草苫顶。门是用几块破木板搭成的,她拉了一下,门被一根铁链从外边拴住,发出哐啷的声响。一条凶猛的狗蹿了过来,昂首怒目、龇牙咧嘴地看着她。靠后有一扇小小的窗,外面嵌了几根手臂粗的圆木。她推了推,又拉了拉,圆木纹丝不动。抬头看去,房顶那厚厚的草顶,要钻出去,肯定是不行的。

她一时蒙了。

从太阳光的热量来揣测,现在大约是中午。从门缝里看出去,一个中年女人端着一个碗走了过来。开杏吓了一跳,连忙退回,缩回草堆。那女人将门打开,溜了进来。她轻轻拍了拍开杏,将手里的碗递过来。开杏用眼睛的余光看了一下,碗里是一坨肉和两个连皮煮熟的洋芋。

她闭上眼睛,不动。那女人再一次拍拍她:"小姑娘,你吃一点啊!"

那女人居然会讲汉话,听口音也是乌蒙那一片的人。

开杏怎么能吃?她准备绝食,以死抗争。

那女人又说:"天大地大,命才是最大,保住自己的命,才好给家人一个交代。说不准,这时候,爹妈都急死了……"

爹妈?开杏的爹妈这时候不知道在哪里,爹妈这时候不知道内心是如何苦痛。要是能捎个信给爹妈,多好啊!

"小姑娘,吃吧,人是铁,饭是钢……"那女人回头看了看门外,悄悄地说,"我也是汉人,和你一样大的时候,就被抢来了。我在这里给他们当娃子,已经整整二十年了……"

那女人满脸悲戚。开杏看着她一身夷装,一脸疑惑,还是不敢说话。她担心,这女人是夷人派来说服她的。

那女人摘下头上的黑色帕子,搓搓眉眼说:"我是汉人。你看我的眉骨就知道了。"

夷人和汉人的眉骨是不一样的,这个开杏懂。

开杏终于开口了:"你……嫁给夷人了吗?"

那女人说:"我没有。不能嫁的。在夷区,男人要是娶了外族的女人,他必死无疑;女人要是嫁给了外族的男人,也不可能活命。他们要将我嫁给一个从河对面抢来的男娃子,我死也不同意,直到现在。"

"那……你看,我是……"更严重的事情还在后头,开杏急了。

"我就是要告诉你,要保全好自己。前不久,这寨子里有个夷人,在昆明读书,带着一个汉族小姑娘回来。两天后,小两口就被夷人家支绑上石头,双双坠湖……"

开杏觉得冷,全身发抖。这凉山比杨树村气温低多了。对于夷人的家支,她略知一二。家支是夷人的家族支系,以父亲这边为大,父子连名,以血缘关系代代相传,像条河流一样,流淌下来。家支的权力很大,可以决定任何一个成员的贫富与生死。

顺路捡到一个姑娘,乌铁激动得浑身打战,更何况这是一个与众不同的姑娘。她手巧,漂亮。她与夷家女人更是不一样。乌铁是个久跑世外的人,知道如何改变自己身上固化的不良习气,知道别人的东西不能随便占有。可当他看到谷草堆前坐着的女孩手里的那只鞋子时,野性一下子冒了起来。乌铁从小失去妈妈,没有母爱。他由舅舅领大,打小就赤脚。本来,赤脚也就赤脚了,乌铁也没少赤脚,寨里的其他夷人也没少赤脚。几年前,红军进入凉山,他领过一段路。一个红军伯伯看他脚走破了,溃烂得怕人,便脱下一双半旧的军鞋给他换上。那红军伯伯却从背包上取下一双草鞋,自己穿上。那可是他第一次穿鞋啊!那鞋还有着温暖的气息,穿在脚上,舒适感像电流一样,猛击在他的心尖子上。后来,他在内心里就一直将能穿上一双鞋,特别是女人做的布鞋,作为自己最大的梦想。

捉到这个漂亮的女孩子后,他一路狂奔,以致马吐白沫,几次跌倒。过金沙江的溜索时,差点连人带马落入湍急的河流,吓得他冷汗直冒。回到夷寨时,他松了一口气。刚跨进院门,因为过度紧张和劳累,他跌下马来,软成了一摊泥。

那个院子是当年父亲留给母亲,母亲又给他留下的。乌铁原本家世不错,父亲是土司,舅舅是果基头人的管家。但在他仅两岁的时候,几个山寨冤家械斗,父亲被杀,连全尸都没有一具。土司之位被叔叔纳莫毫不留情地占有,更为难堪的事情接踵而来,按照规定,哥哥死后,嫂嫂要嫁给弟弟,夷人称之为转房。可妈妈根本就不愿意,以死相抗,族间的械斗再次发生。冤冤相报,仇杀代代相传,每到农闲,个个山寨都在招兵买马,磨刀霍霍,四处腥风血雨。舅舅索格和他的头人付出的代价不小,人财物损失惨重,但都没能斗过纳莫土司。家里有两间房,乌铁交给家里的女娃子阿卓看管,他与幺哥相依为命,四处漂泊。几年时间里,他走过的所有地方全都狼烟四起,到处是战争的惨象。他一方面意气风发,另一方面又有些垂头丧气。所幸财运不错,趁着乱世,他挣到不少钱。有了钱,胆就壮了,他便想回家。他将那些纸币全换成了银子,用布袋背回。在夷人的世界里,银子有重量,银子有光芒,银子高于一切。

不想,在回家的路上,艳福来了,命运为他开启了另一道门。

这个女孩给了他无比的幸福,他需要这个女孩,不是一次,不是一天,而是一辈子。夜里,任这女孩如何挣扎、反抗,最终在他手里乖乖就擒。第二天一早,他疲惫而满意地起来,将门用铁链锁了,让他们家的女娃子将门看住,把她管好,给她吃的。真好,家里的女娃子在他离家的几年时间里,居然将留下的几块地种着,火塘里的火从未熄火。经过这些年的磋磨,阿卓已经习惯了这里的生活。她成了他们家里的一员,他给她的任务,她会不折不扣地完成。

乌铁进了土司府,纳莫土司正躺在烟榻上,守着烟枪吞云吐雾。乌铁推门进去,纳莫土司被他高大结实的身材吓了一跳,撑着瘦削的身子,就去摸枕头边的盒子炮。乌铁将两只空空的、蒲团一样的大手一扬:

"叔叔,我手里可是连根铁钉也没有。"

纳莫土司眨眨眼,看清楚了,慢慢将身子缩回雕有龙凤的烟榻:"你回来的消息,你舅舅索格知道吗?"

"我还没有来得及见他。"乌铁说。

纳莫土司长长地松了一口气,冷着眼睛看他:"你清楚你是谁吗?你清楚你现在的处境吗?"

"叔叔,我是乌铁,是天神恩体古兹的臣民……"乌铁说,"是你的侄儿。"

天神恩体古兹高居于天上,掌管上界与下界,是夷人神界里的最高统治者。乌铁以此吓人,纳莫土司听清了,他很生气,再次去摸枕下的盒子炮。

乌铁说:"不用这么紧张,我可不是来报仇的!"

纳莫土司有些奇怪:"你不是来报仇的,那你是来干什么的?一个没有血性的夷人,苟且地活着,还不如一只狗!"

乌铁说:"夷人更多的是善的一面……请您破个例,让我娶一个汉人为妻,我要安安稳稳地生活。你放心,我不会和你争土司之位。我现在屋不像屋,独丁丁一个,再这样下去,就要绝嗣了。"

纳莫土司眨了一下眼睛:"玩玩可以……你要娶汉人为妻,可要想好啊!我们夷人不是有句话说,石头不能当枕头,汉人不能当朋友吗?何况你这是……"

乌铁说:"可我已经带回来了,而且……"

"而且?"纳莫土司的脸上像是下了霜,"果真那样,你知道的,我们寨子可是有先例的。"

"先例?"乌铁说,"是要将我们坠湖吗?"

纳莫土司眼睛微闭,对着烟枪大大地抽了一口,将烟雾咽下,再慢慢吐出,然后看着那渐去的烟圈:"你考虑吧!方式还有多种,你又不是不知道。先从我们家支除名,然后,吃药、上吊、抽筋、滚崖……"

乌铁从怀里掏出两锭银子:"这是朱提银,乌蒙那边出的……"

产自乌蒙的朱提银,纯度高,成色好,历来是最被看重的宝贝。纳莫土司睁开眼睛,笑了起来:"我就知道,你这些年混得不错……这样吧,你要破例的事,容我再议。"

乌铁说:"听说日本人快过来了,如果打到这里,我可以助你一臂之力!"

"再说吧!那日本人也不是说来就来的。"纳莫土司烟瘾来了,口水从嘴角溢出,他又伸手去抓烟枪。

乌铁行了个礼:"谢谢了!"

乌铁离开院门后,纳莫土司往后面一招手,土司太太出来了。

纳莫土司说:"你都看到了?"

土司太太迅速伸出手来,紧紧攥住那两锭银子,满脸堆笑:"看到了,看到了,不就是两锭银子吗?你不记得了?你说过,今年我的生日,你要送我一只用银子打铸的老鼠呢!"

太太属鼠,这种要求,也算合情合理。

纳莫土司说:"女人啊,就是目光短浅。这个不简单的乌铁,才出去几年,就挣到不少的钱……你想啊,这么一点,不可能就是他的全部财产吧?"

"奖励你一下。你属牛,生日是荞麦花开的时候。"土司太太朝他媚笑,给他的烟枪里加了烟泡,"啪"地亲了他一口,"你花点工夫嘛,到时候银子就是坛子里的乌龟,手到擒来……"

乌铁回到自家屋子,松明子燃烧出的光焰下,开杏缩在荞麦堆里,一动不动。阿卓在舂燕麦。爆火炒出的燕麦,经石碓磕成粉末,散发出来的香味,惹得乌铁流口水。阿卓用土碗盛了半碗,加些红糖、开水,搅拌,捏成坨,递给这个并不安分的主人。乌铁吃了几口,对阿卓说:"阿卓,你可是我们家最忠实的娃子,又勤劳,又漂亮。以后,我会给你一条出路。你好好劝劝开杏,她跟着我,有吃有穿。"

阿卓为难地说:"她气性大,正寻死呢!"

"寻啥死?我大凉山的夷人,从来不让女人吃亏……阿卓,你去打只绵羊,给我尊贵的女人补补。"

夷人杀绵羊,不用刀,用锤子。一锤下去,绵羊就安安静静地躺下,任人宰割。阿卓离开后,乌铁搂住开杏:"从昨夜开始,你就成了我们夷家的人了。而我乌铁,也就成了一个真正的男人,我有女人了……你不知道,我和你的事,犯了家支的大忌。不过,风俗嘛,不合适的就应该变一变。先前我已经向土司汇报了,他会饶恕我们的。我们,从现在开始,有好日子了……"

不要对我摸手动脚!"天报你!冷枪子打你!你会活眼现报!"开杏连忙捂口。这是杨树村咒骂得最恶毒的话,第一次骂出,她显然不习惯。

"你不知道,我对你的第一印象,就是你这双巧手,就是你居然能做出这么漂亮的、我梦想中的鞋子……我妈妈死得早,我从没穿过一双像样的鞋……"乌铁抬起脚,那脚长满硬茧,裂口横陈,十个脚趾像两块紫姜。

自己沦落到这一步,原来是因为这双手。开杏内心里生疼,要是自己没有这手就好了,要是自己这手从来就不会做鞋,就不会落到这么悲惨的一步!她憎恨它们,她四下里看去,想找一把刀来,将这十个指头剁掉。

这屋里,别说刀,就是木棍也没有。

开杏用力将手指掰得变形,可她掰不断,她把手指放进嘴里,试图用牙齿咬断它。

乌铁将她的手紧紧攥住:"你……"

是眼前这个可恶的男人,将她少女的梦幻,变成如此恐怖的现实,将她从清纯可爱的女孩子,变成污浊不堪的女人。她的初夜,变得可怜、可憎,变得令人作呕。她又撕又咬,又哭又闹,她举着双手,张大嘴巴,怒目圆睁,扑向乌铁。

乌铁很轻易就将她制止:"你……你疯了!"

夜很深了,不吃不喝的开杏虚弱得像是根没有筋骨的面条,软软地倒在火塘边的荞麦堆上。乌铁不忍再伤害她,靠着墙脚睡着了。对于这个夷家汉子来说,这一夜一天的折腾,也让他疲倦得够呛。

半夜时分,乌铁被低低的、急促的叫声惊醒。他睁开眼睛一看是阿卓。她焦急地叫着他。他翻身坐起:"怎么了,阿卓?"

阿卓满脸焦虑:"夜里,我起来喂马,看到很多人都往土司家里奔,都拿刀拿枪的,还有的提着麻绳和刑具。估计有事,我躲在他们身后听。原来,主人你娶了汉人为妻,土司不满了,他们要将你俩抓去填井呢!"

填井是夷人对家支里的人犯错后处以的极刑。将犯错的人捆住手脚,在头上套个口袋,腰上坠块石头,往深井里一扔,扑通落下,人肯定就活不了,这比其他的惩罚,有过之而无不及。

"我给索格管家报了信,但估计来不及了……"阿卓说。

乌铁吓出了一身冷汗。他明白了,土司对他的承诺,原来是假的。事实上,土司所谓的承诺,只不过是个烟幕弹而已,要命,才是目的。

乌铁毕竟是个久跑世外的人,在外这些年里,他不知多少次面临绝境,不知遭遇过多少次恶鬼貔貅。貔貅是乌蒙一带对恶鬼的称呼,此鬼聚百毒为一体。一旦逗惹此鬼,会厄运连连,怪病迭出,全身溃烂,难以治愈。他咬咬牙,抿抿嘴,冷静了下来。他让阿卓提个铜盆,在院门外看哨,一旦看见有人来,就一边往外跑,一边猛击铜盆,以此将人吸引到另一个地方,转移他们的视线。他拖来两捆湿松枝,放在火塘里,让浓烟慢慢升起,试图造成假象,让其他人以为他还在屋里烤火。然后他将昨夜刚刚解下来的行囊,迅速捆在马背上。

外面的月光,银子一样明亮。乌铁暗暗叫苦,这样的夜晚,躲哪都容易被发现。还好,天幕好像知道乌铁的困境,不一会儿就有一团厚厚的云层铺了过来,将月亮遮去。是时候了,乌铁不管开杏愿不愿意,将她扛起就冲出门。他跳上马背,勒紧缰绳,两腿一夹,幺哥低啸一声,往寨子外冲去。还没奔出寨门,纳莫土司就带着一帮人冲了过来。土司一见他,就叫道:"哈哈,最好的猎狗也没有九个鼻孔,最快的骏马也没有九只蹄。你能跑到天边,我拿手掌心煎鸡蛋给你吃!"很快,那些人铁桶一般围了过来。就在这时,突然外围有密集的枪声响起,接着土司府那边火光冲天,好像是房子着火了。纳莫土司失魂落魄地叫道:

"快回府!救火要紧!"

接着就有一队人马冲过来。有人叫道:"乌铁,跟我走!"原来是索格舅舅救他来了。乌铁两腿一夹,幺哥闪电一样,冲出寨子,瞬间消失在银白的夜色之中。

欲　望

挑水巷是个好地方。这条逼仄的巷子,将乌蒙这座古老的城池与外面的水池连了起来。城池在高高的山坡上,而水池则在低处,蓄了一池从远处流来的清泉。人们每天都要来这里担水进城,挑水巷就成了必须经过的通道。天不亮,就有担着木桶的挑夫,急匆匆地跑进奔出,巷子里的青石板,就给挑夫们的草鞋擦得光光的、亮亮的、滑滑的。而路两边的店铺就相对热闹些,酒铺、茶肆、烟馆、典当、药房、裁缝店……应有尽有。其间,穿长衣的、着草鞋的、白胡子的、顶瓜皮帽的……熙熙攘攘,往来不绝。

开杏喜欢水洒在青石板上那种湿漉漉的感觉,那种青灰色的石板有些像杨树村冬日的天空,或深或浅、不明不白的图案,像是乡亲们各种各样的表情和身影。看到这些,她就可以想象爹妈和兄弟姐妹们的样子,想象密密麻麻的白杨树林、温暖而又散发出香味的谷草堆、高高矮矮的房舍和此起彼伏的群山。水滴轻轻滴落在石板上,她也感觉到了,滴滴答答,滴滴答答,像一个女人永远流不的眼泪。

那年,乌铁和幺哥驮着她,冲过土司布下的重重关卡,渡过金沙江,坎坎坷坷地来到乌蒙古城。乌铁在挑水巷买了一间屋子,门面给开杏摆摊,里屋住宿,再往里就是马厩。开杏做鞋子卖,生意不是很好,但倒也能与她的长处相结合。

开杏每天早早地起床,将脸捂得严严实实,就露个眼睛,摆摊,做鞋,晚上再收摊回屋。吃完晚饭,煨水,盛在大木盆里,关门闭户,脱光身子,慢慢地洗。她先是洗脸、洗发,接着洗身体的各个部位,她对自己那个隐秘的、惨遭蹂躏的地方,洗得特别地仔细、小心。洗了一遍,洗两遍。洗了两遍,洗三遍。每次,她都要用掉几大桶水。一段时间以来,她用过古城所有的皂角、肥皂和胰子,甚至十分昂贵的消毒酒精,用过古城最好的杉木浴盆,还要加玫瑰、菊花,或者滴上一两滴香精。乌铁对她在这一点上的奢侈,倒吸凉气,却又不敢发声。

乌铁曾经到过一次杨树村,那是他自己提出要去的。开杏不准,但这个满身血性的夷人,一副敢说敢作敢当的蛮样。说服不了他,开杏便不再理会。她自己则发誓永远不再跨进杨树村半步,她没有脸见亲人们哪!乌铁骑着那匹与他狼狈为奸的枣红马,来到杨树村。村里人得到消息,迅速赶来,守在村口。人们举着挖地的锄头、劈柴的砍刀、抵门的木杠,愤怒的火焰似乎要将他烧毁,让他进阿鼻地狱,人们不甘心。甚至有人将茅坑里的屎尿端来,准备泼在他的身上。

到了村口,乌铁跳下马来,一步一步往村里走,他的脸上全是笑,讨好的笑,内疚的、满怀歉意的笑。村里人对他如此,早在他的意料之中。

开杏的爹呸了一口,说:"哪里来的花苞谷,欺负到我杨树村的头上来了!"

开杏的妈妈抹着眼泪说:"砍血脑壳的,你还我女儿!"

开贵手指戳在他的鼻梁上,骂出此前从未有过的粗话:"还我妹妹开杏,我×你祖宗八代!"

"对不起了,向你们谢罪!"乌铁满脸愧疚,弯腰行礼。

没有人会原谅他的。有的对他指手画脚,有的把口水吐到他脸上,有的举起手里的家伙要打。但看到他一脸的冷静时,大家一个个去看开杏的家人,只把手里的家伙高高举起,却不敢下手。

待他们都骂够,恶气出够了,乌铁才说:"开杏在家,但她怕见你们,让我代她来看望你们……"

"那你就拿命来吧!"开杏的哥哥说着,挥起了手里的砍刀。

"对,挖了他的眼!"

"掏了他的心!"

"断了他的手!卸掉他的脚!"

"我是真心对她的,我这一生只有她一个女人!"乌铁说,"不要杀我。杀了我,开杏就成寡妇了……"

开杏妈妈浑身颤抖,似乎是要跌倒。愤怒的人们像是身上的电源突然断了,举起的武器,重落下来。

乌铁从马鞍上取下沉重的褡裢,哗啦,倒出半袋银子。银子在阳光下闪烁着诱人的光芒。这是他几年里积累的部分财富,此前他曾拿出一部分买挑水巷的房,以及供开杏开支。

村里人愣住了。他们从来没有看到过这么多的钱,没有看到过这样慷慨的夷人。

乌铁用脚踢拢散乱的银子:"这是我的补偿。"

"我们不要……别……"开贵的声音明显软了下来。

乌铁说:"收下吧,你们可以用它来买刀枪,买粮食,修筑工事。听说日本人快要来了,他们烧呀杀呀的。单靠这些柴刀火铳,要保护这个村庄,要保护这里的人,还是很困难的。"

"从中拿出一点,给两位老人买点吃的穿的,别让他们冷到饿到。"乌铁又说。

乌铁的话再次起了作用。他回头上马,居然没有谁阻拦他,也没有谁向他再次举起锄头和刀具。杨树村人对他的态度,使他没有将他和开杏所住的地方,告诉任何一个人,包括开杏的家人。那一堆闪光的银子,让他们都忘记了急需解决的问题是啥。

　　的确,乌铁深深地爱着身边这个女人,他的爱带着更多的自责。他给她买房,在房契上写上她的名字。他给她买吃的,买穿的,买化妆的。每天给她准备足够的清泉水,把家里所有的石缸、瓦钵、木桶全都装满,以便她清洗身子。他为了她,大把地花自己用命换来的银两。他挑水、洗衣、做饭,甚至帮开杏买布、打底、搓麻绳。但开杏对他有着刻骨的深仇大恨。她不和他说话,不给他做饭,不给他洗衣。乌铁在床上要她的时候,她也不搭理他,只是将脸埋在被子深处,一声不吭,纹丝不动,一遍又一遍地在心里叫着那个教书先生的名字,泪水如泉水一样,不可抑止地涌了出来。

　　想那个人的时候,开杏就将收藏在木柜深处的、还没有完成的那双鞋拿出来,一针一线地做。她想,等哪天这鞋做完的时候,或许就是这个人出现的时候。这鞋也算是历经坎坷,开杏把它们当作性命一样看待,走到哪,就带到哪。这是她的梦,是她的秘密。

　　从杨树村回来的那一天晚上,乌铁说:"我们要个孩子吧,让他像我一样,高高大大,无所畏惧!"

　　开杏没吭声。对于她来说,这种要求根本是不可能的事。她没说话,比一万句"你做梦吧"之类的话还要冷漠和绝情。

　　开杏的所作所为,乌铁都在容忍。做完家务,他就到古城里面找生意做。乌铁身份不同,古城里的人喜欢和他说银子,说鸦片和夷区里那些值钱的东西,或者是那些神秘的往事。他们一边说话,一边端着土碗喝转转酒。乌铁每天早早地出门,晚上,才会醉着酒,摇摇晃晃地回来。喝醉了酒,挑水巷变得很窄,日子变得很长。有时,他居然要到次日的凌晨,才会摇晃着,拖着软耷耷的脚步,走回挑水巷。曾经就有一天,他醉倒在家门口。开杏起床摆摊时,才发现瘫软如狗的他,旁边还有一大一小两只狗。

它们因为舔食了乌铁的呕吐物,醉倒在了他的身边。

不管他,就让他像只狗一样生活吧!他其实就是一只狗,他过狗的生活,是他自己的事。

乌铁最不能忍受的事情,在他的心里像是根纳鞋底的针,不断地刺痛着他。

终于有一天,他受不了了:

"开杏,我们是一家人,是不是?"

开杏并不理他。

当时是傍晚时分,乌铁是喝了酒的,要不然他胆子没有这么大。他在帮助她把摊子收回家。乌铁手里拿着一双做得完美无缺的布鞋:

"所有人都可以穿,为啥我就不行?"

开杏终于说话了:"你配?"

乌铁忍了忍涌上来的酒意,"咕咚"跪在地上:"我们夷人从来就不给任何人下跪的!我求你,行不行?开杏,你把以往的都忘记,我给你做牛做马,你答应我,你给我做一双布鞋……"

乌铁指指自己脱皮、皲裂的脚掌说:"我爹死了,我妈也死了,我从小就没有得到过温暖……"

乌铁说着,眼泪掉了下来。开杏第一次看到这个男人的另一面,心里软了一下,她闭上眼睛:"你想穿哪双,你自己去拿吧!"

不料乌铁居然得寸进尺:"我不要别的,我只要你以前做的那双鞋。我是看到了那双鞋后,才下决心和你……"

开杏气得浑身打战,心头的怒火被点燃:"你!你做梦吧!你要我的什么都可以。你可以要我,要我的头,要我的脸,要我的乳房,要我的手脚,要所有你感兴趣的东西……其实你都已经占有了,对不对?你怎么对我都可以,我都给你。但你要那双鞋,下一世吧!"

开杏转身回屋。开杏说这话时,咬牙切齿,字字带血。

乌铁吓蒙了。这个自从和他在一起后就基本不说话的女人,现在说起话来却像爆豆,句句椎心。这个女人什么都给了他,但就是不情愿给他做双鞋。不过就是双鞋呀,这鞋比起她的肉体、她的眼泪,简直是小得不能再小的东西,简直不值一提。她不给他做鞋,那是一个女人在耍小脾气。她想通了,说不定哪天她会主动给他量脚的大小,捏捏脚的肥瘦,屁颠屁颠地跑到布店里,给他选面料、麻线、黄蜡,还有用来黏合的面粉,然后守一盏青灯,打布壳、搓麻线、修鞋样,千针万线,直到做好,让他试试大小,试试合不合脚,看着他穿着鞋子在古城里走来走去地笑,脸上露出幸福的样子。再有,从一双布鞋的价值上来说,一锭银子至少可以买上十双,在古城里,开杏做的鞋不错,但做鞋卖的又不止她一个,在古城里走上一袋烟工夫,至少可以看到三五家。

但是,这女人就是不给他做鞋,而且态度这样坚决、果断,仿佛他们之间不是夫妻,而是敌人。乌铁自知,那一夜,他干了一件可耻的事,所以以后的日子,他就努力地在忏悔,在弥补,在修正,该出力的时候他就出力,该花钱的时候他就花钱。他用这样的努力,来表明自己的诚意和担当。可他想不到居然还是这样一个结果。乌铁眼睛红得怕人,像是一只受伤了的狼。是的,他受伤了,他受伤的地方不是头,不是脚,不是皮毛,而是内心。他忽地站起来,一步一步朝开杏逼了过来。

打人从来就是武夫的特长。开杏以为他要动手,头一昂,将眼睛闭上,让伤害来得更直接吧!在这样的人面前,死才是最好的解脱。用暴力来制伏女人,在乌蒙城里,不是没有发生过。男人醉了酒,女人偷了情,甚至孩子尿湿了裤子,铜锅里的饭煮煳了,都是女人被打的由头。更何况,眼下这个狂妄的男人,自尊心受到的是前所未有的伤害。

乌铁伸出的手,不是重重地袭来,而是轻轻地举起。他伸出两根手指,将开杏额头上凌乱的头发理顺。开杏的头发长长的、细细的、黑黑的,干干净净。她的额头光光亮亮,饱满而充满活力,她的睫毛整整齐齐,修长而安静。这个女人在风雨坎坷中,一直保持着自己高贵的品性。乌铁突然感动。他心软了,转身离开。

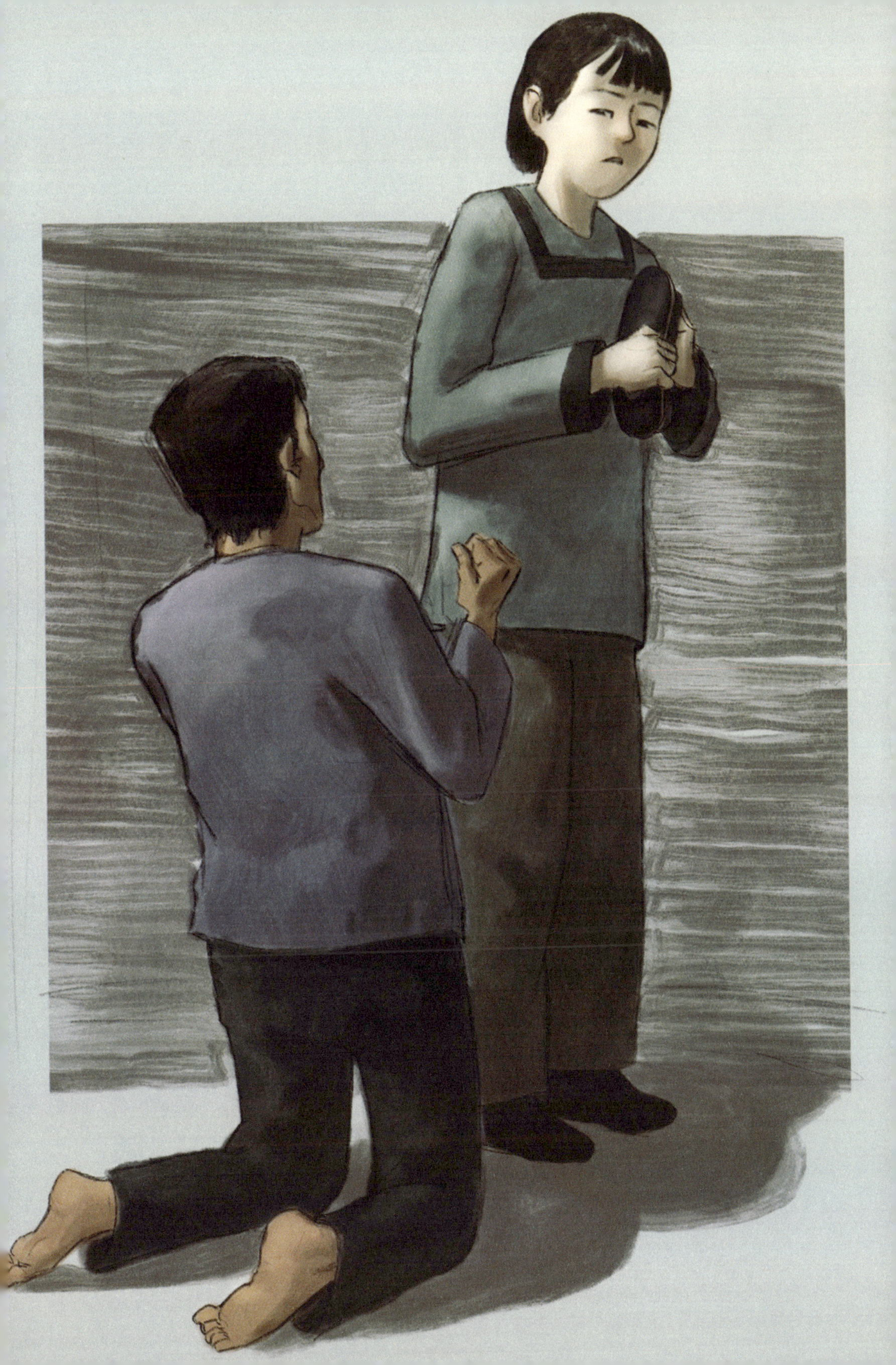

乌铁忍了忍涌上来的酒意,"咕咚"跪在地上:"我们夷人从来就不给任何人下跪的!我求你,行不行?开杏,你把以往的都忘记,我给你做牛做马,你答应我,你给我做一双布鞋……"

乌铁每天尽作为丈夫应尽的职责,依然帮助开杏摆摊,做饭。其余的时间,他要么牵着马到城外让马啃食青草,要么走入古城,谈他的生意。但他的表情越来越冷,回来的时间越来越晚。有时鸡叫头遍了,乌铁才会踩着空旷的石板路回到屋子。那步子是疲倦的,是沉重的,有时又是酒醉的,飘摇的。开杏在被窝里听到了,她也不用起床,反正木门是虚掩的。他什么时候回,甚至回与不回,都是一样的。

相　逢

最近几天,开杏感觉到巷子深处,总有一个人在关注她。那人穿件长衫,礼帽压得低低的,还架着个墨镜。待她抬起头来,那人便将头转了过去。等她往那边走过去时,那人立即消失在巷子尽头。甚至有两次,她低头做鞋,那一袭长衫还会在她的摊点前停下,她抬起头,那人又突然走开。

她知道,自己被那人盯上了。

盯就盯吧,眼下她遇上的,都是些倒霉得不得了的事情,令人绝望的苦痛,已将她折磨得麻木不仁。她只是有些好奇,想弄清楚这个人到底是谁,为什么要这样。如果他喜欢鞋,买上一双就是。如果是喜欢上……喜欢上我,那就明说吧! 此前,她在乌铁的挟持下,刚在这条挑水巷住下,刚在这个街面上露脸的时候,就不断地有小混混,有白面书生,有各种各样的人,以各种方式来到她的摊子前,对她做的鞋子品头论足,对她说三道四。乌铁先是好言相劝,再是一言不发,最后怒目圆睁,在一个小混混将手伸向她胀鼓鼓的胸口时,突然发力,抓住那人的腰带,将他举得高高的,再狠狠摔在青石板上,差点要了那家伙的命。这事传开后,就再也没有人敢在她面前胡作非为了。而现在,又突然出现这样一个人,这人的狗胆,难道比那些混混的还大吗?

事实上,并不是这个人胆子有多大,这个人是真正爱她的人。这个人就是胡笙。胡笙打小和开杏青梅竹马,两小无猜。两人很小的时候就在一起,放羊,捉泥鳅,拾谷穗,爬到树梢摘柿子……有什么痛苦和欢乐互相知道,有什么优点和缺点互相知道。开杏没上过一天学堂。母亲从她可以动手的那一天开始,就教她做针线活,衣服、帽子、鞋袜、头巾、床上用品……没有一样她不会做的,没有一样她做不好的。开杏知道,人在外,最重要的是形象,而形象靠的就是穿着打扮,穿上高档的衣服和穿得邋遢,绝不是一回事。而在所做的针线活中,她做鞋最在行。做鞋需要体力,需要眼光,需要心灵手巧。更重要的是,她觉得鞋太重要了。一个长年在外奔波的人,没有一双好鞋,肯定是失败的。穿上舒适的鞋,可以大步走路,可以开心干活。膝抬得高,步迈得大,说话的声音干脆利落,人就会有底气。这样的人,就是谈生意,成功率也要高得多。因而她花在做鞋上的工夫最足,时间最多,布底要用什么料子,鞋面要用什么料子,糨糊用哪个时候挖的魔芋煮熬,农村人穿的鞋要多少层厚,生意人穿的要多少层厚,老年人穿的要纳多少麻绳,小孩子的又需要纳多少麻绳……这些,她都细心琢磨。十多岁的她,在杨树村就小有名气了。胡笙读了好些年的书,识得字,在乌蒙城谋了个教书先生的差,不用再回杨树村种地养畜。他在个人婚姻方面,眼光不低。但他就看中这个一字不识、打小就在一起长大的开杏。他提了亲,原本打算过了年,天气转暖时,就和开杏把喜事办了,再把开杏领到城里,名正言顺地过上夫妻生活。想不到,幸福生活还没有到,噩梦却开始了。

  胡笙和开杏见面后回城的第二天,他还在讲台上和学生们讲生命的可贵和自由的价值时,开贵突然冲了进来,见他在讲台上侃侃而谈,愤怒的脸立即转为笑脸。他说有事相求,要到他的住处一叙。未来的舅子有事相见,胡笙哪还有不答应的。开杏的哥哥进了他的屋后,立即变了个样,将他的书房、衣柜、床下甚至是旁边的茅房都翻了个遍。当开杏的一根头发也没有发现后,开杏的哥哥才对他吐露实情。听到开杏失踪这个消息,胡笙来不及和开贵计较,连忙赶回杨树村。他和乡亲们一道,找遍所有的草堆、树林、溪流、水井、房前屋后,甚至远处的山林、悬崖、沟壑、水湾,他们怀疑她落水了、被狼吃了、上吊了、误入山路了……但所有的怀疑都没有成立,最后是那一串铺向金沙江对岸的马蹄印,证实了开杏被抢的事实。

胡笙的愤怒和绝望可以想象。他和寨子里的人扛着打豺狼的火铳、劈柴的刀斧,浩浩荡荡地渡过金沙江,奔向夷寨。他们决定以死相搏,换回尊严。而在与夷寨土司交涉过程中,他们才知道罪魁祸首已经逃亡,不知下落。而这个罪魁祸首,也是他们准备除掉的人。对于乌铁,纳莫土司心急如焚。不及早除掉他,说不定,哪天坐在虎皮铺垫的土司靠椅上的,是他乌铁,而非自己。站在山寨门口,纳莫土司情绪激动无比,他挥动手臂,大声说:

"要是你们捉住他了,干脆灭掉他吧,我们寨子可容不下这样的孽种!把他的头捎回来,我们酬谢你们三头牛、五支枪,再加一百两银子!"

胡笙把牙咬碎了,把唇咬破了,一个拳头砸在寨门上,手砸得血肉模糊。他那个恨,比乌蒙的天高,比金沙江里的水深。

找不到开杏,胡笙回到古城。给孩子们上课,他显得六神无主,神形憔悴。他让孩子们回到家,告诉家长和亲人们。"你们啊,帮助我,找一个姐姐,头发长长的,眼睛大大的,手掌心有厚厚的茧皮和勒痕……"他说的最后一句,算是最有特点的,那是做鞋子拉麻线所必需的。但几天过后,孩子们的家长一个个跑来告诉他:"对不起啊,胡师爷,街街巷巷我都跑遍了……"

课后,胡笙不再像往常那样读课本、背古诗、练毛笔字。所有对境界的扩展、学养的提升,在失去心上人这样的大事面前,显得那样寡味和毫无意义。他走过大街小巷,他看过布匹店、粮食行、铁匠铺、席子街、毛货街、纸火店、包子铺、铁器厂、药店……甚至牲口市场,他也去看了。那个眼睛大大的、掌心有茧皮和勒痕的开杏,连点影子也没有。

有风吹过,胡笙张大鼻孔,使劲吸气。

空气里没有开杏的任何气息。

胡笙像是被抽了筋,走起路来摇摇晃晃,风一吹就会被吹走。就有人在背后笑他:

"他这样子,就算找到开杏,也要不回来。"

话很难听,但事实的确如此。胡笙读书不少,遇事老是从自己的身上找原因。他捏紧拳头挥去,想象着自己是要砸烂一个世界,可放下的力量,却似乎苍蝇也撑不走。

不知不觉,他来到武馆。身材结实的武术师傅带领着一帮人正在练武,一招一式,虎虎生风。

"师傅,你见到过开杏吗?一个小姑娘,手掌心里有……"

"小伙子,你都问过三次了。"师傅一个霸王甩鞭,铁锤一样的拳头,差点砸在他的胸口上。

胡笙长长地作了一个揖:"师傅,我想拜师学艺,请您收下我。"

"为啥?"

"我要报仇,雪恨!"

"公仇?还是私恨?"

"……"

"公仇当报,私恨当消。"

"……"

师傅收拳,认真看了看他:"你这样子,手无缚鸡之力。眼下兵荒马乱,没有两下,连自己都难保,别说是保护小姑娘。"

胡笙走进队列,咬着牙,蹲开马步,一拳打了出去。一个趔趄,他努力站住,又一腿踢了出去。

教书之余,胡笙开始习武。乌蒙这个地方,山险水凶,是中原通往云南的必经之地,常常有人从这里离开,到很远的地方。也常常有人,从很远的地方来这里。走的路远,干的活多,没有两手防身的招,九死难有一生。胡笙拜了个师父,早早起床,深夜才睡。他对师父教的每个动作细心揣摩,心领神会。他还买了拳谱,对着图片、文字,悉心研究,不做到位,誓不罢休。他在寻找,在等待,见到那坏种时,他要将那坏种碎尸万段。

小酒馆里,人声鼎沸,四下乱麻麻的。老的、年轻的、穿长衫的、戴瓜皮帽的、穿草鞋的……都有,三三两两围坐在桌子前,就着花生米喝酒。有的还喊着酒令。

乌铁一个人缩在角落里,端着酒碗,喝得面红耳赤。

他举碗再喝,酒碗空了。

乌铁舌头有些硬了:"小二,打酒来。"

店小二挤挤眼睛:"没酒啦!"

乌铁从衣袋里掏出一块银圆,拍在桌上:"不欠你钱!"

店家走来,赔笑:"兄弟,这乌蒙白酒,劲大。下次再喝吧!"

乌铁一拳擂在桌子上,酒碗跳起来,又落下去:"是想关店啊!"

"有心开酒店,还怕你大肚汉?"店家朝店小二挥挥手,"年前存的那个大坛,开!"

小二抱来一罐:"兄,你慢慢喝。"

背后有人小声说:"这个夷人,酒量了得!是要上景阳冈打虎吧!"

另一个说:"这个人很神秘,好像很有钱呢!"

小二凑过来:"这人心里有股气,你小声点。"

借酒浇愁,乌铁并不快活。乌铁摇摇晃晃回到挑水巷,推门进屋,开杏还在油灯下纳鞋。

乌铁酒醉醺醺:"开杏!"

"哐啷"一声,开杏将门关上。

胡笙发现,每天晨练的人中,有一个武大三粗的人,练习起来很卖力。这人不像是本地人,满脸漆黑,腰圆臂粗,动作生硬些,但力量是没的说,一招一式,来得很快。他脸长得像块门板。胡笙对他的了解很少,只知道他有个家在乌蒙城里,只知道他还养有一匹据说可日行千里夜行八百的马。他行踪诡秘,表情严肃。问他话,他也不作答,更多是用点头、摇头来表达。高兴和愤怒时,这个家伙就会买上一碗酒,蹲在角落里闷喝。他就是乌铁。

胡笙看这人有些不寻常,擦汗之余,侧身问他:"你上手很快,干啥的?"

乌铁看了他一眼,并不吭气。胡笙有些尴尬,回头继续擦汗。

旁边有人说:"这日本人也太过分了,听说已经占领东三省。"

另一个人说:"他敢跨进乌蒙半步,我就敢叫他有来无回。"

那一天,师父没有传授新的内容,垮着脸把大家集中起来,立正站好。师父表情严肃,语言低沉。他说眼下中国山河破碎,民不聊生。日寇已经占领南京、济南,企图沿津浦线进攻,南北夹击,进攻徐州。他说日寇所到之地,烧杀抢掳,无恶不作。再不反击,说不定有一天,乌蒙也会朝不保夕。师父说:"七尺男儿,面对此情,我们是待在家里,还是迎难而上?"

此情此景,让胡笙血往上涌,难以抑制。一提到这些列寇强盗、这些野兽,他就情绪失控。要知道,就是这些强盗,将他的心上人抢走,将他的幸福生活打碎。捉到他们,他要将他们碎尸万段,再踏他们一千脚一万脚。日军进犯中国的事,他早已知道。近来报纸一直在报道,各级政府似乎也在做着各种各样的准备,他的心里也在权衡着这事儿。今天师父一说,他还觉得真是这样,七尺男儿,能坐以待毙吗?能熟视无睹吗?能蒙辱偷生吗?

"不能!是男儿就得洒热血!"

他立马站出来,第一个报名,要上前线。离开训练场地后,他就开始为自己的出行做了种种准备:让那些小学生另寻先生;将自己暂住的小屋进行清理,能带回杨树村老家的,就请人带回去,不能带的,就送人;那些教材和其他图书,他认为还可以启迪很多人的,就留下来,让后来的先生使用……来不及回杨树村了,他只好流着泪,给妹妹金枝写信,告诉她更多的事情只能她自己做。婚姻大事,已有变局,开贵难以依靠,自己心里要有个数。胡笙打小父母就离开人世,长兄为父,操心理所当然。

走着出去,就不要想着还走着回来,男儿有志在四方,男儿就应该血洒疆场。就要离开乌蒙,奔赴前线,胡笙有些感伤。读书人的脾气让他产生了对这个古城难舍难分的感情。以往一直忙,他还没有完全走过这个城市的街街巷巷。现在,他觉得有必要走走了。部队开始领队训练,他在训练之余,向教官报告,说自己要收拾东西,便一个人满城地转来转去。

他满怀深情地走过古城的一街一巷,内心做了永久的告别。他在心里说:让我再看你一眼,我这一走,将不再回来……内心痛苦的挣扎让他对这个城市更是难以割舍。每走到一个地方,他都要停上一会儿,每走到一个地方,他都要眯着眼睛,上下打量一番。他走走停停,停停走走,此前没有感觉的地方,现在却都值得留念。

那一天的阳光,特别好。一束束光像是瀑布,从古旧的瓦屋顶上,往巷子那头泼洒下来。要是以前遇上这样的场景,胡笙就会在心里酝酿一下,吟上一首诗词,修改修改,拿到报纸上去发表。现在,他没有那份闲心,没有那份雅兴,他的内心被感伤填充得满满的。就在他穿过小巷的深处时,他看到了一个人,这个人让他张大嘴巴,全身颤抖,不知所措。

这个女人站在一个鞋摊前,有一下、无一下地摆弄那些鞋子。她一头长长的头发,身材修长,表情麻木,似乎深藏忧伤。阳光从巷口落下来,这女人像沐浴在黄金的瀑布里一样。

从举手投足看来,她分明就是开杏。胡笙揉了揉眼睛,可他越揉眼越花,越揉越看不清。

当他走过去时,她却很快进屋,将门掩上。后来,她干脆不再出门。这是怎么回事?如果真是开杏,她为啥怕见人?她并不知道走过来的是他胡笙呀!如果她知道眼前这个人是胡笙,她应该会兴奋,会朝他跑来,和他……可是,为啥她相反还要躲起来?

在没有摸清情况前,他告诫自己别轻举妄动。但是,眼下留给他的时间很少了。第二天,他就要随抗战部队上前线了。他必须在今天之内弄清楚:这人是不是开杏?如果是,为啥会出现这种情况?

胡笙走进斜对面的一家茶铺。茶铺的大板凳上空无一人,屋里只有两个须发半白的老人,守着煨水的火塘。那老汉咕噜咕噜地吸着水烟袋,大娘轻轻拨弄着柴草,尽量让烟雾小一些。胡笙晓得,这老汉姓陆。他要了一碗老树茶,找了一个正好观察对面的位置坐下。不久,这个女人出现了。胡笙看得更清楚了,他确定,这女人就是开杏。她的一举一动,沉稳果断,没有少女的犹豫和羞涩。她的身子,好像比以前略显丰腴。看来,她的生活比以前好啊!胡笙内心更是失落。唉,她生活得这么好,而且似乎是忘了他胡笙了。还有什么放不下的呢?还有什么忘不了的呢?

忘了吧!胡笙内心涌起无限的失落。

他站起来,转身要走。突然,他看到两个挑夫担着水,趔趔趄趄走来。他们不是给茶铺送水,而是一转身,跨进了开杏的屋子。

胡笙回头问:"陆大爷,对面这个女人,用水量比茶铺还大啊!"

还没等陆大爷说话,陆婶抢着说:"你有所不知,这个女人啊,可是我们挑水巷里最讲究、最爱干净的了!"

"是吗?"胡笙刨根问底。

"每天晚上,这女人都要洗三次澡,有时更多。她家晚上流到沟里的水,第二天还有香味呢!"

"咦,奇怪了!"

"以前都是她男人给她担水,这几天听说男人去辕门校场操练,要上前线去了,她就请挑夫给她送水啦!"陆婶说。

"操练?操练什么?"胡笙并不想听后半截话。

"你呀,书生一个!现在前方吃紧,日本人都攻占了我们好些州县,官府组织青壮年都要上前线,你不会不知道吧?……年轻人好多都没有使过枪,舞过刀,上战场前要强化训练的。"

他胡笙不是每天都在训练的吗?胡笙因为心不在焉,就一时没有转过弯来。他拍拍脑袋,表示歉意。

陆大爷瞪大眼睛:"我儿子都参加了,你没去?你不会是有什么靠山吧?"

有靠山,有人通融,肯定是不用去舍生忘死。但这和胡笙没有关系,胡笙是自愿的。陆大爷说的这些话,胡笙还是没有听进去。胡笙是在琢磨:开杏这么讲究,以前从没有这样过,到底是怎么回事?

胡笙摇摇头。

胡笙将帽檐拉得低低的,尽量遮住他的脸。他走出茶铺,往对面的屋子走去。那女人听到响动,迅速跑进屋,将门关上,插上门闩。

胡笙拍门,同时变着声音喊:"开门,我买鞋!"

里面的人干脆抬了根抵门杠,将门抵得更牢。

不见开门,胡笙将门拍得重些,左右邻居伸出头来,警惕地看着他。胡笙感到自己的冒昧,只好离开。

胡笙担着满满的两桶水,摇摇晃晃走进挑水巷,颤颤抖抖地来到那女人的家门口。那女人看有人给她送来水,便打开木门,让他进去。他低着头,跨进门槛。可他怎么也控制不住自己,双腿颤抖得不行。桶里的水花不停地溅出,像是盛了不安的鱼儿。

那女人说:"师傅,慢点儿,如果不行,就歇一下。"

听声音,再看那模样儿,胡笙肯定了。他举起手,将糊住眼睛的汗水擦掉。那一瞬间,那女人也认出他来了,呆若木鸡。

胡笙肩上的水桶被打翻在地,清澈的泉水迅速往低处流去。开杏转身要逃。胡笙一把拽住她。

"开杏……"

"冤家……"

开杏失踪了很久,现在胡笙终于找到她了。而等见了面,却又无法面对。开杏挣脱,往里屋奔去。胡笙追进去,将她一把抱住,紧紧地,勒得她喘不过气来。开杏努力反抗,可开杏越是挣扎,胡笙就搂得越紧。

"开杏!你不知道,你消失了这么久,我心都碎了!"

开杏手松开了。她像被抽了筋,全身没了力气。她垂下头,依在胡笙的胸前,放声大哭起来。开杏哭得悲痛欲绝,死去活来。开杏哭得泪雨滂沱，浑身战栗。

胡笙将开杏搂住，深情地吻她。他吻她的额头，吻她的眼睫毛。他将她的眼泪吻干，吻她的鼻翼，吻她的唇，吻她的脖颈。他从上到下，吻得她全身发软，吻得她忘记了一切。

"噢……"开杏长长地叹了一口气。

胡笙今天要做一件事情，就是想彻底地拥有开杏。他想，要是自己在那一天黄昏，将开杏要了，他们肯定就不会有后来的惨痛。他需要她，他要拥有她。他摸索着，颤抖着，将她的衣服，一件件地脱掉。

胡笙也将自己打开，都快要进入了，开杏突然清醒过来，她拒绝道：

"你，你不能……"

"我为什么不能？你是我最心爱的人！"

正因为自己是胡笙最心爱的人，开杏才不让他进入自己。胡笙的力气越来越大，再不阻止，开杏的最后一道防线就会被攻破。开杏手足无措，大脑一片空白。慌乱中，她反手抓过放在桌案上的大号钢针，狠狠扎在胡笙手上。

"啊！"胡笙一声惨叫，倒吸了一口凉气。

将手缩回，胡笙的激情瞬间即逝。

胡笙紧紧捂着手，痛苦地盯着她："开杏，你为什么要这样？难道你不爱我了吗？"

开杏痛哭："正因为我爱你，我才不会玷污你！我是一个脏女人！我是一个臭女人！我是一个坏女人！这些日子以来，我天天洗，从未间断，从头到脚，从上到下，从里到外，洗了很长时间也没有洗干净。我天天供神拜佛，可神佛却不肯原谅我……"

"你……告诉我，到底是怎么回事？"

"我是被棒客抢来的！"开杏一边穿衣，一边咬牙切齿，"你走吧！你去找一个好女人，漂亮女孩多的是，有才有德、识文断字、干干净净的女孩，才配得上你……"

果然是村里人猜的那样。胡笙像头愤怒的狮子:"杂种,他在哪?我和他拼了!"

"他死了!他早死在阿鼻地狱了!"开杏推他,"你走吧,这里不是你久留的地方!你走吧!求你了……"

胡笙失望地说:"我会离开的,我明天就走。"

开杏一愣:"你到哪里去?"

胡笙满眼含泪:"还以为见到你我就不再离开,还以为见到你我会改变主意。看来,这个将我心都烧坏的地方,已没有让我留下来的必要了……"

"我对不起你……"

胡笙擦擦眼泪,抬起头,仰望着这黑黑的屋顶:"我要离开乌蒙了,我要到前线,打日本鬼子去。日寇的铁蹄践踏了我们的疆土,乱世惊扰了我的灵魂,可怕的现实击碎了我的梦,我坐不住……"

"是男人就血洒疆场!你去吧……"

"你跟我走吧!和这个牲口在一起,有意思吗?"

开杏撕心裂肺,推他出门:"你滚!"

失　望

这段时间以来,乌铁内心已经很冷。他晓得自己和开杏再这样熬下去,不会有好结果。没有和睦,再富的家也不欢乐。与其这样庸庸碌碌地生,还不如轰轰烈烈地死。夷人可从来就没有一个孬种。一时让一个女人看不起,不会有大问题;而一生都让一个女人看不起,可是件不得了的事,这样的人不配自称夷人。

乌铁从酒馆里出来,摇摇晃晃走到阴暗的地方撒尿。胡笙从背后摸过来,摆开架势。从背后看去,乌铁太结实,估计难有胜算。胡笙便从旁边拾起木棒,往他腿上打去。一下,两下,三下。乌铁尿完,反手抓起木棒,双手一折,木棒断了。

胡笙捡起一块砖头,狠狠砸在乌铁的背上,乌铁一点反应也没有。

"杂种!"

乌铁回过头来,醉眼蒙眬:"你,咋回事儿?"

胡笙倒吸一口凉气,转身离开。

乌铁趔趔着走进酒馆:"小二,再来一碗。要新烤的。"

乌铁醉倒在墙角。酒店小二生怕他出事,叫来开杏。开杏蹲下扶他,乌铁挥手将她搡开:"你是谁?别惹我!我有开杏就够了。"

"开杏啊,她,死了。"

"别乱说。我喜欢开杏。"

乌铁打起了呼噜。

半夜,乌铁酒醒。油灯的光辉,将开杏笼罩在神秘的氛围里。乌铁想起了那个黄昏,想起了那些惊心动魄的往事,想起了他抢开杏的最初目的。自那段时间以来,他费尽心思,努力讨这个女人的好。可他连穿上一双布鞋的小小的梦想,都难以实现。现在,他看到眼前这个女人,居然又开始做那双此前没有完成的鞋子。

"喜莫!"

喜莫是夷人对老婆的称呼。这话开杏听得懂,她颤抖了一下。乌铁弯腰,要亲开杏,开杏连忙扭开脸。

乌铁又叫了一声:"喜莫!"

开杏没有回答。开杏继续着她手上的事情。她用锥子打孔,用钢针引着麻绳,从左边穿进去,从右边拉出来,再从右边穿进去,从左边拉出来。她的动作不疾不徐,节奏感强。好像在她面前,就从没有这个叫乌铁的男人存在。

乌铁跪在开杏的面前:"喜莫,我们在一起已经一年多了,可你还不原谅我!"

开杏满脸冷漠:"你我之间,不存在原谅与不原谅的……你也别喜莫喜莫的,硌耳朵。"

乌铁恳求道:"我们夷人,从来就不给人下跪的,我现在给你下跪。难道就连点小小的请求,你都不肯满足我吗?"

开杏终于侧过头来:"哦,难得你行这样的大礼,我可受不了。"

乌铁眼神坚定:"我明天就要离开这里,到战场上去。"

"你也……"开杏掩了一下口,说,"你要去哪?"

"上前线,打日本鬼子。前些天,我就报名了。"

开杏有些惊讶,嘴微微张开。乌铁报名上前线的事,他可从来没有和她说过。乌铁这样决定,不和她说,也属正常。这些日子以来,开杏就从没有管过他的盐咸醋酸。开杏身边,两个不同经历、不同身份、不同处境、不同民族的男人,在大难来临之时,居然有着相同的理想和主张。

开杏说:"我低估你了,起来吧!"

乌铁握着开杏的手,央求说:"你要答应我。"

"我给你。"开杏放下针线活,站了起来。她走到灶房,将煨好的热水提到里屋,将浴盆打理干净,哗啦倒进水,试试水温,再往里面撒了几瓣野菊,脱掉衣服,跨了进去。

开杏认认真真地清洗着自己,蓬乱的发、细长的颈、挺立的胸、圆润的臀、丰满的腿……她一一洗过。她洗得那样认真,那样仔细,那样小心,仿佛洗的不是自己,而是一件珍贵的艺术品。洗完了,她擦干身子,回到床上,对着不知所措的乌铁说:

"你也洗洗吧!"

他们极尽缠绵。他们在天堂里飞翔,又在天堂里跌落。他们有时活着,有时死去。后来,当乌铁气喘吁吁地对她说起孩提时的梦想时,说起想穿开杏亲手做的布鞋时,开杏毫不犹豫地拒绝了,立马将一个冷背对着他:

"我啥都可以给你,但这鞋子,不可能。"

看来,自己对她巴心巴肝,却是热脸巴贴她的冷屁股,费尽心思,依然不讨她的好。乌铁睁大眼睛,看着瓦隙里的黑暗,想了很多,邻家的公鸡喔喔啼叫,是五更了,他果断起床,简单收拾了一下,牵着幺哥,到部队集中去了。

　　白天给胡笙的承诺,是她不变的梦。乌铁离开后,开杏立即起床,忙她手上的活。一盏灯油耗尽,早晨太阳的第一缕曙光照进挑水巷时,她终于完成了这件活计。她用一块绸布包好,急匆匆地往古城中心的辕门口走去。

　　这个军营的外门,古旧而沧桑,石块凿砌的石栏已有些腐朽,顶部长满了枯草。眼下,官府居然在里面办公,而门口是个很大的广场,一直是官府的练兵场。乌蒙有什么大的活动,都在这里举办。开杏很少到这里,她对于这样的地方没有任何感情,不好奇,不关注。相反,她讨厌它,她恐惧争斗,暴力让她身心不安。当她来到这里时,誓师大会早已结束,身着土黄色军装的男人们,已列入长长的队伍,向城外走去。他们背着背包,扛着枪,踏着齐步,一个个脸色凝重。两旁站着很多人,有年迈的老人,有孩子,更多的是青年妇女,他们愁容满面,甚至不断地擦着眼睛。他们有的抱着衣服,有的端着干粮,试图在这个时候,将这些微弱的温暖,送给不知何时才能回家的亲人们。但是他们送不出去,部队里有规定,不能带沉重的东西。

　　那些东西不能带,那鞋应该可以吧,一双布鞋,可以别在腰带上,可以揣在怀里。直接穿在脚上,不是更好吗?开杏找了个石台阶站上,睁大眼睛,努力找那个叫作胡笙的白面书生。可那些身着军装的人,高矮胖瘦没有太大的差别,脸面就更分辨不清了。他们从她面前依次经过,她根本看不出哪个是胡笙。

　　队伍走完,没看见胡笙。她追到一个勤务兵,伸出双手拦住他:

　　"人都走完了吗?我找的人,咋不见了?"

　　勤务兵向她行了个礼:"从乌蒙出发的人,有一万多人。大部队昨天夜里就开始奔赴前线了。剩下的是骑兵,你看他在不在后面。"

说完,勤务兵一阵小跑,追部队去了。

"哎哎!"开杏那声音细若蚊子,在如潮水般的啜泣声里,像一根绣花针落入河流。

开杏知道,乌铁肯定是骑兵中的一员,而胡笙一定不是。不一会儿,骑兵果然来了,这一队士兵更威武,更严肃,当马匹嘶叫着,踏着弥天的灰尘从面前走过时,送行的人开始将手里的东西往他们那边抛,可他们一个也没有伸出手来接,他们骑在马背上,一手牵着缰绳,一手按着腰上军刀。正在这时,她看到了乌铁,这个满脸黧黑的汉子,比其他人都高出一截,原因是不仅他个子高,他的马也高。他目光炯炯,神色严肃,在开杏看到他的一瞬间,他也看到了开杏。他看到了开杏手里的那双鞋时,眼里的火光点燃了。他大声叫道:

"开杏!把鞋给我!"

开杏下意识地将手里的鞋往身后一收,眼光很快移开,装作没有看到他。乌铁从她面前走过时,速度明显慢了下来,可开杏依然没有去看他,没有要送别他的样子。开杏的目光穿过他,在寻找另外那个有资格得到这双鞋的人。乌铁失望了,他紧抿双唇,双腿一夹马肚,手提紧缰绳,幺哥往前蹿去,超过了前边的队伍。四下里灰埻埻的,开杏的眼睛模糊了。

军队远去,尘埃渐落。开杏转身,她吓了一跳。身后站着两个人,是陆大爷和陆婶。他们互相搀扶,头发灰白,满面愁容,像两棵半枯的老树。

噩 耗

两个男人一瞬间就从开杏身边消失,这对于她来说,是再悲伤不过的事情了。她不知道那个胡笙,在离开乌蒙时,没有心上人送别,会不会悲恸欲绝,心若死灰,那样可就麻烦了。一个男人,要是在战场上分了心,要想打胜仗,要想在枪林弹雨里不出纰漏,怕难以做到。而对于乌铁,这个粗人,这个执拗得九头牛都拉不回的人,在生离死别前,居然连想穿上一双布鞋的小小愿望都没有实现,那内心一定不会有多快乐。

他们在的时候,开杏怨恨他们。他们走了后,开杏又开始惦记他们。开杏不仅孤单,内心更孤单。不仅内心孤单,更多的是魂魄孤单。早上摆摊,再也没有一个五大三粗、一声不吭的人,在她还没有洗脸、化妆的时候,给她把摊点安排好;再也没有一个人,会在天不亮就担着两只水桶,把她一天要用的水挑回来;再也没有一个人,在夜深人静的时候,醉醺醺地将紧锁的木门拍得山响;再不会有一个男人,伪装着,躲得远远的,小心地看她,然后缠着她,要和她一起生、一起死……

唉,人生就是这样,该走的不走,该来的不来。人生就是这样,这种叫作往事的东西,会在人经历过了、伤心过了的时候,再一次折磨人。当开杏每天坐在小摊前,看着熙来攘往的人流中,突然会有一个挑夫,因负担沉重,走路趔趄,将水洒落下来,把石板淋得湿漉漉时,当开杏突然看到那双经历很多,而最后居然没有人穿上的布鞋时,当开杏每天深夜在睡梦中醒来、感受着瓦片在风雨中慢慢变形的时候,她年轻的心,迟钝而且苍老。

开杏曾专门到县衙门走了一回。漂亮的女性走到哪都受欢迎,荷枪实弹的卫兵主动向里面报告,并把她送进了办公楼。那办公楼是木楼,地板也是木的,走上去就咚咚作响。她说了两个男人的名字,在案桌前写字的人,站起来,在木柜里翻了半天,拿出名册,找到了两个人的名字,奇怪的是,两个男人的家属一栏,填的都是她的名字。她问归期,那人笑着给她解释,打仗可不是一时半会儿的事,也不是说回来就回来的。那人要她安心生活,有什么事情就给政府报告。

"不要担心,这支队伍可是龙云主席千挑万选出来的,战斗力很强。他们所在的军,是六十军。军长卢汉,就是乌蒙人。他们会互相照顾的。"

互相照顾?她的心里咯噔了一下,她还真不知道,两个男人在一起,会发生什么样的事。照顾?恐怕难了。

开杏打开包裹,拿出那双鞋:"可以把这鞋带去吗?"

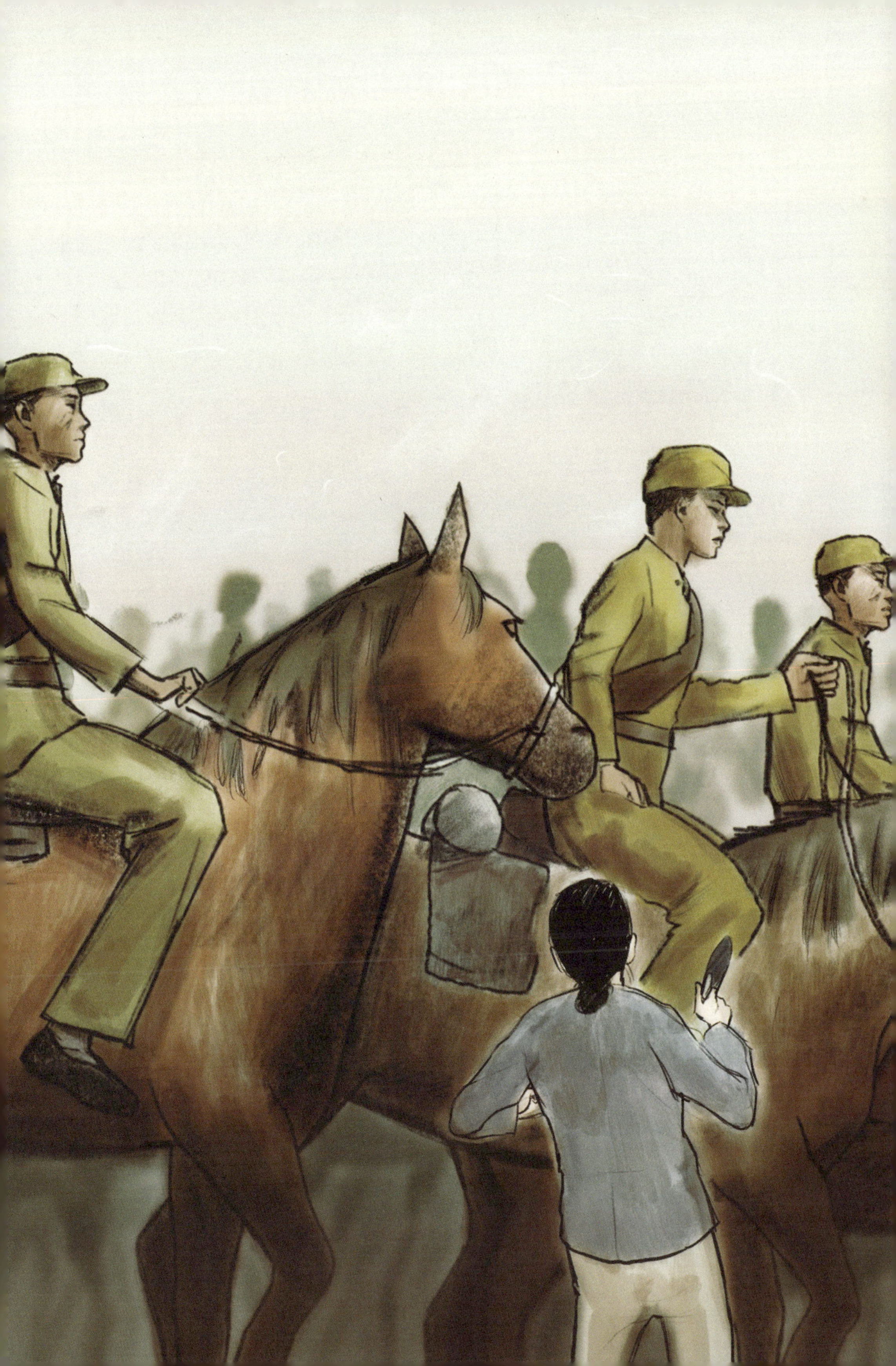

开杏的目光穿过他,在寻找另外那个有资格得到这双鞋的人。

那人合上表册,端起盖碗茶,喝了一口,笑:"这么远的路,带这个……呃,没有必要,部队里穿的,比这……呃……"开杏倒有些不好意思。不就是一双布鞋吗,添啥乱啊,也真是的。

一天天过去,一月月过去。第二年的春风一吹,瓦顶上的衰草枯落,冷霜一夜消失,取而代之的是一缕缕草芽。一个人过日子,开杏懒多了,她一般都在吃了早饭之后,才打开门闩,摆摊设点。而在这一天,她刚打开门,就听见对面茶铺里很多人在大声议论。她听到了台儿庄战事吃紧的消息,听说死了多少人,伤了多少人。她急了,跑过去问,那些人都是从报纸上看到的,其他更多的消息,都不得而知。

她又一次跑到县衙门。还是那样的人守门,还是那人坐办公室,他们都那样地接待她。当她把自己的担心说出来时,那人有些心不在焉:

"不急不急,战争一结束,他们就会回来的。"

听这话,似乎一点事也没有。要再多问,那人也说不出个所以然来。天知道,是他不愿说,还是根本就不晓得。

紧接着消息多了,这些天,茶铺里依次在传递着这样的消息:

……

四月十九日,日本侵略军在台儿庄一线集结了二十九个师团的兵力,对我军阵地发起了大规模的进犯,中央部队守军汤恩伯、于学忠部阻止不住溃败后撤,台儿庄防线危在旦夕。

四月二十六日,滇六十军奉李宗仁急令赴台儿庄接应援汤、于。次日拂晓全军按指定地点集结时竟与日军遭遇,敌以数倍于我之兵力将我六十军围住,妄图歼之。面临敌众我寡之势,我军将士未退半寸,由晨到暮,再由暮至晨,同敌人展开了拼死搏杀,血战中我五四二旅旅长陈钟书、一〇七八团团长董文英、代理团长陈浩如、一〇八〇团团长龙云阶、一〇八一副团长黄云龙、一〇八二团团长严家训、一〇八三团团长莫肇衡均战死。一〇八一团在白刃战中陷入重围,全团官兵壮烈牺牲。一〇八七团赵彬营在激战中与主力失去联系，孤军奋战至五月初方撤回，六十军终于以惨重的代价击退敌人，把中央部队失去的阵地夺回。

  日军进攻受到六十军顽强抵抗，恼羞成怒，随即用飞机、大炮、坦克和各种火器向我阵地狂轰滥炸，再用数倍于我军的兵力轮番对我军发起攻击，虽敌军攻势强大凶猛，然我六十军毫无畏惧，前仆后继，誓与日军战斗到底，敌人始终未能前进半寸。

  侵略军在正面强攻台儿庄遭遇失败的前提下，只好改变战略，将主攻的目标转移到台儿庄西侧的禹王山，再次梦想占领禹王山切断陇海线，直取徐州，重握战局。可是日军此举已在一八四师师长张冲的预料之中，主力早就进入禹王山严阵以待，张冲还把师指挥所设在禹王山阵地前沿的西北坡，发誓与阵地共存亡。这一阶段我军的战略防御形成了以禹王山为中心，东庄、火石埠、李家圩、枣庄为第一道防线，赵村、赵家渡、西梁王城、房庄、胜阳山为第二道防线的防御体系阻止日军进犯。

  四月二十九日，日军在飞机、坦克的配合下，骑兵、步兵相随联合向我防御体系各阵地一次又一次地发起更猛烈进攻，一些阵地反复易手。至五月一日我第一道防线失守，紧接着第二道防线亦局部开始动摇，眼看整个防御体系即有被攻破之势，此千钧一发之际，一八四师准确地分析了敌情，当机立断急令我军火炮猛轰隐蔽在大、小杨庄的待援敌军，瞬间敌顶泻弹如雹，数以万计的待援日军血肉横飞，皆成鬼魂。此时进攻我军的日军援兵遭到灭顶之灾，不战自乱。我军抓住战机，奋勇杀出，阵前敌尸如山，失去的阵地重新被我军夺了回来。

  ……

  人们密密麻麻会聚在辕门口，邮差每每将报纸送来，大伙就争相传阅,挑水巷进进出出的人,行色匆匆。开杏不识字,便守在那些同样是急不可待的人身边,他们会将每一则消息大声读出。报上的文章没有具体写到每一个士兵。最近一天报纸上,是这样写的:

……我滇六十军亦是师无完师,旅无完旅,团无完团,营无完营,全军四万余人,仅存万余仍坚守至五月十四日,最后离开台儿庄……

这灭顶消息让好多人都不能自持,老年人呼叫儿子的名字,年轻的妇女呼叫丈夫的称谓,小孩子见大人们哭得呼天抢地,也跟着呜里哇啦大声哭叫。开杏流下了泪,但开杏哭不出声,她的声音被复杂的往事所牵掣,她的心像被锥子锥了一样疼痛难忍。此时,伤痛之深,无人能够体会。

开杏一直都能梦见他们。她梦到乌铁为了那双鞋,在她面前就像孩子一样哭得伤心委屈。她梦到胡笙为了得到她,天天给她挑水,直到佝腰驼背、须发全白……

隔得那么远,两个男人,依然是开杏心头的硬疙瘩。

终于有一天,一帮人从挑水巷的那头,噼噼啪啪地来到了她的鞋摊前。远远地就可以看出,这些人都是穿制服、吃官饭的人。这段时间以来,这些人对她关照颇多。他们知道,这个叫作开杏的女人,男人上了台儿庄后,一点消息也没有,弄不好是个寡妇的命,因此对她格外关照,只要是买鞋,都要朝她这里跑。价格嘛,说多少就多少,从来不还价。当然,开杏也不会多要。

这不,他们又来了。不过,他们这次来,可不是买鞋。为首的手里握着公文,一脸的严肃,同时还有些歉意。和开杏打了个招呼,他说:

"开杏,有件不好的事情,想和你说一下……呃,我们希望,你能够挺得住。"

开杏似乎感觉到了什么:"哦……"

那人的声音低了下去:"部队来通知了,你丈夫光荣了,敬请节哀!"

开杏身子晃了晃,可怖的噩梦还是来了。她咬了咬牙,镇静了一下:"是哪个丈夫?"

"哪个丈夫?"来人一时也犯了糊涂,"你的意思是?"

开杏说:"光荣的是乌铁,还是胡笙?"

来人醒悟过来了,打开公文认真看了又看:"光荣的是乌铁。"

"乌铁!乌铁!你这冤家……"开杏泪流满面。

过了一会儿,她忍不住问:"那,那胡笙呢?"

"胡笙?"那人打开公文,翻了一会儿,"没有他的名字。"

没有名字,说明他还活着!开杏止住呜咽:"他在哪?你们说,他在哪?他回来了吗?"

那人摇摇头:"说不清楚,这是前线提供过来的……你知道,几十万人死在那里,谁说得清?"

这些男人,说走就走了,说不在就不在了。想死的死不掉,想活的又活不了。这世道,真不让人有日子过。开杏想要纳鞋底,却连拿针的力气都没有。她想要扫地,扫把还没有举起就落在地上。活要见人,死要见尸啊!开杏决定再去问问,如果乌铁真的死了,她决定要回尸骨,给他找片坟地,做个棺材,按照他们夷人的风俗,请祭司来念念经,指指路,让他灵魂平安回到天界,把日子过得稳妥些,以后别害人,也别害自己。

开杏来到县衙门。她见到了先前去他们家的那几个人,他们很忙,正在整理一大堆的文书。其实那不叫文书,准确说是烈士证。其中一个说:

"有名有姓的就有三千多,我们乌蒙伤亡惨重啊!"

开杏的到来,并没有引起他们的注意,因为在他们的周围已经拥挤了一大群和开杏差不多的人。他们都是差不多的神情,眼睛红肿,神情疲惫,身体颤抖。其中有拄着拐杖的老人,有流着鼻涕的孩子,更多的是青年妇女。这些人都是去年送别亲人的,今年在这个地方,为他们的亲人生死未卜而痛哭流涕。

开杏是想问,活要见人,死要见尸,死去的人,尸骨在哪里啊?

挤了半天,不等她问,别人就抢先问了,乱糟糟的人声中,有人回答:"光荣了的人,在战场就地掩埋。"

开杏还想问什么,可什么也问不到,那些乱麻麻的人影、哭天抢地的悲伤,掩盖了一切。回到挑水巷,开杏呆坐了一个下午。乌铁离开的这段时间里,开杏开始觉得屋空家宽,清静了许多,后又觉得寂寞难耐,孤苦难熬,再后来,她有意无意地整理到了乌铁的一些东西,惊讶地发现,乌铁为她做了很多活。

开杏在后院堆杂物的小屋子里,堆放了很多乌铁养马的工具。而在那一大堆工具的旁边,还有更多做鞋所需要的材料:麻丝、黄蜡、锥子、镊子、钢针、顶针和上好的面料,以及防止麻绳勒坏手掌的牛皮掌套……懂货的人一看就知道,这些东西都是乌蒙最好的东西,都是不可多得的上乘货。这些东西多到开杏五年也用不完。

想不到,这个有心计的夷人,这个令人讨厌的男人,会在离开人世之前,为开杏留下这么多的东西。

冥冥之中,他是不是早知道,自己有去无回?

这段时间,开杏没少到对面的茶铺里打探消息,没少从陆大爷口里了解到一些此前从不知晓的事情。她断断续续知道,这个打小生活在夷寨里的男人,从小就经历过生离死别,在人世间江湖里九死一生,和很多人抗争过。也难怪,这个缺少关爱的男人,自从挟持了开杏来到乌蒙城里后,就再也没有出过远门。他一次又一次地讨好开杏,一次又一次请求开杏原谅他,尽管开杏从未给过他好脸色。这个强硬的汉子,在开杏面前,居然连一双鞋也没有得到,就是离开乌蒙、奔赴前线的时候,他也没有得到过开杏的笑脸,没有得到开杏亲手做成的布鞋。

"你们,你们知道得这么清楚,为什么不跟我说啊?"

据官府通知,陆大爷的儿子也在前线牺牲了。这段时间,陆大爷和陆婶伤心得多少次死去活来。陆婶不断地在巷子里走来走去。她每见一个人,就要拉住问:

"你们,看到我家的陆树没?他眼睛大大的,样子有些黑瘦……"

陆大爷整夜整夜坐在火塘边。壶里的水潽出来,烧干了,他再加上。火塘里的木柴燃尽,他再添上。

招　魂

现在,这双鞋还在开杏的衣柜里紧锁着。夜深人静,开杏将鞋拿出来,静静地抚摸它们,一遍又一遍。好多次,她就抱着这双鞋,听着更夫敲着竹梆子的声音,听着夜行鸟飞离廊檐的声音,听着夜露滴湿瓦顶的声音,睡着了,再醒,醒了,再睡。

开杏想,是不是他们都死在了遥远的异乡,他们都没有了归依,他们都在托梦给她,他们和她都有着千丝万缕的关系?她将那一双鞋拿出,走到巷子的尽头,预备烧掉。在杨树村,一个活着的人向死去的人寄托哀思,就是给他烧冥钱,就是把他喜欢的东西、他用过的东西烧给他。可刚擦燃火柴,她又突然改变主意,将鞋从柴堆里捞了回来。

按照乌蒙的风俗,她买来一大堆冥钱。在阴间,新亡人没有钱,是寸步难行的,连看门守桥的小鬼那里都行不通。她将冥钱堆起,点燃,那一张张黄色的草纸,像一只只火鸟,在巷子里扑腾。起落间,成了黑色的碎末。开杏说:

"乌铁,领钱去吧!山再高,水再深,你都过来一趟,领去买间房,买块地。最好买个你喜欢的女人,好好生活,别在阴间抢人了……

"卑贱的游魂鬼怪让开,你们不配享用,让高贵的人领去吧!"开杏说。

开杏骑上幺哥,出乌蒙,过金沙江。之前,幺哥上前线未成,官府将马送回。有人提出要买,开杏摇头。开杏在乡下长大,天天和牲口打交道,她晓得幺哥是少有的好马。她把幺哥留下来,给它吃,给它喝,给它打扫卫生,每天抽空拉它出去溜达,偶尔用马帮助陆大爷到山寨驮茶叶。渐渐地,她和幺哥的感情深厚起来。幺哥也通人性,开杏骑在它背上时,它走得慢,走得稳。开杏就想,人如果品性不好,就连牲口都不如。

风餐露宿,翻江过山,开杏来到乌铁家住的夷寨。路怎么走,寨子在哪,她根本就没有印象。虽然她此前走过这条路,但那是一个黑暗而恐怖的夜晚,她被裹在黑黑的毡子里,根本就没有任何印象。但是幺哥知道,这个一直不吭气的家伙,好像从来就没有迷过路。就是在十字路口,它也不需要停下脚步。

这是一个非常可怕的举措,这是一个超出常人想象的做法,开杏却义无反顾。开杏来到夷寨,见到土司,土司满脸惊讶,他搞不清这个汉族女人到底被何种迷药所惑,或是吃了熊心豹胆,居然敢来无数汉人一提起就为之色变腿软的夷寨。这么美的汉家姑娘,难怪乌铁为她,连命都不要了。更让土司匪夷所思的是,这个女人居然提出要按照夷人的风俗,请祭司为曾经抢过她、施暴于她、将她命运改变的男人念经消灾。

开杏从褡裢里抖出了几锭银子,说明来意。土司说:"乌铁尸骨都在千里之外,这孤魂野鬼,连点遗物都没有,要祭司读经念咒,效果不大好啊!"

居然这样啊!开杏想了想,从包裹里将那双布鞋拿出:

"这是他一直一直最想要的,可以吗?"

"当然可以!"土司看看开杏,又看着那双鞋,啧啧赞叹:

"你真是心灵手巧,又有胆识,汉人堆里,难有这样的奇女子。怪不得乌铁要为你失魂落魄。少见!少见!"

"要不是你遇上这种倒霉事,真想让你给我做一双。"土司看着脚上档次并不低的马靴说。那是他上月托人从成都弄回来的。为此,他花费了不少鸦片。

"鸭子爱洗颈子,猫儿爱舔爪子。"土司太太呸了一声,"德行!"

整个夷寨的人都集中了来。年轻的男人们,都已上了前线。为数不多的老年男人,头顶英雄结,身披查尔瓦,一顿一挫地赶来。女人也身着百褶裙、顶着各式各样的头饰出场，整个院坝色彩斑斓。据土司说，这样庄重、肃穆的场面已经多年未见。土司令人拉来了三头牛、六只羊、九只鸡。祭司头戴法帽，身穿法衣，左手执牛皮鼓，右手握法铃，他们将那双布鞋摆得高高的，人们团团将它们围在中间。祭司从地上抓起三把泥土，重重地撒在那鞋上，说要逐散凶气，以免污染人。接着便开始念起开杏无法听懂的经咒。虽然听不懂，但开杏感受到了夷人的真诚，抗战死去的英雄，在这里也受到同样的敬仰。祭司手摇法铃、法扇，念了三天三夜。消灾经、指路经、土葬鬼经、断凶鬼经、解除死伤病痛经、取魂经、颂水经……九九八十一部经，都给认认真真念了个遍。

祭司开始给乌铁招魂。

祭司问："下雨打雷吓走的魂，回来没有？"

开杏在旁边低低地回答："回来了！"

"野狗野豹吓走的魂，回来没有？"

开杏在旁边伤心地回答："回来了！"

"冷枪冷刀砍落的魂，回来没有？"

开杏大哭："回……来……了……"

……

开杏哭得死去活来，她不仅仅是为死去的人哭泣，她还为自己不幸的遭遇悲痛。她哭得天色晦暗，星辰无光。一直在旁边忙这忙那的阿卓，放下手里的活，劝她说：

"万物都有死，死是人们都要走的路。说太阳不死，云雾遮来便是死；说月亮不死，缺蚀时候便算死；说老熊不死，蛰居之时便算死；说长蛇不死，换壳时候便算死。什么都有死的一天，可是活着的人，更要好好地活着才是。"

开杏紧紧攥住她的手，感念她在自己面临崩溃的时候，给予的点点温暖。

祭司放下手里的法器，大大地喝了一口酒说：

"乌铁有你这样一个女人,他魂归祖界,安心了。"

开杏又是哭。

祭司凑过来,压低声音说:"不过,娃娃啊,恕我冒昧,你这男人,恐怕还没到黄泉哪!"

开杏擦掉眼泪,双手给祭司递过一杯酒,双膝跪下:"此话咋讲?"

祭司说:"我费了很多功夫,这魂却招不回来,应该没有死吧!刚才的回声,还夹杂着人的气味……你回去好好等着吧!"

开杏满脸疑惑:"不会吧!阵亡通知书都送到了……"

祭司"吱儿"喝了一口酒,醉醺醺地说:"你回去等着吧!或生或死,凡人不可知,天神恩体古兹自有安排。"

念经消灾的几天里,开杏多次见到了阿卓,这个被夷人抢来、在寨子里生活了二十多年的女人,一直在忙前忙后。阿卓打心眼里,把开杏当成自己的主人,为这个比自己年轻、比自己漂亮、比自己有胆识、比自己有深谋远虑的女孩子所折服。

经咒结束,开杏扛了一把锄头,让阿卓带路,来到夷寨后面高高的山顶上。在这里依稀可以看见滔滔奔流的金沙江和对岸苍苍莽莽的乌蒙大山。就是这里了,开杏点点头,用锄头在地上挖了个坑,从包里将那双布鞋拿了出来,放在里面。

阿卓一把将鞋子拽出:"这么好的鞋啊,你……"

"给乌铁。他为了这双鞋……"

"你用这种方式达不到目的。你不知道,念经咒的这几天,好多人看这双鞋的眼神,有人几乎都伸出手来了。你要是将它们埋在这里,说不定还没等你走出夷寨,它们就会穿在某个赤脚男人的脚上啦!"

开杏回头,远处人影绰绰,一隐一现。

"穿就穿吧,谁穿不是一样?"开杏心灰意冷。

阿卓急了:"不是的啊,你有所不知,按照夷寨的风俗,这鞋附有本人灵魂,埋在地下,他在阴间会遭遇灾祸的!"

开杏发了一会儿呆,连忙收回,塞进包裹。

仪式全部结束,一直尾随在后的阿卓,犹犹豫豫地说:"开杏妹妹,如果方便的话,你把我带走。只要能够过江,我给你当一辈子娃子。"

纳莫土司躺在床上。土司太太很贴心,一边给他捶背,一边给他加烟泡。

土司太太说:"你那侄儿乌铁死了。他的小媳妇……"

纳莫土司深深吸了一口,闷了好一阵子,才慢慢吐出。那么珍贵的东西,他不会随便就吐掉。

"乌铁死了,倒不是件坏事。"

"我知道你在想啥。去年,乌铁送过我一只银老鼠,答应今年送你一头银牛的呢!"

纳莫土司慢慢将烟雾吐出来:"是呀,他死了,就失言了。"

"不过,现在这个小媳妇儿,自己跑上门来。这是财运呢,你可别杀她……"土司太太试着说。

"一个女人,难道她还有乌铁那么大的能耐?"纳莫土司满不在乎。

"没有能耐,她敢来?"土司太太说,"这凉山哪,可不是一个手无缚鸡之力的小媳妇能随便出入的。"

纳莫土司笑道:"就是。对我宽松点,你不会吃亏。"

土司太太瞅了他一眼:"我晓得你在打啥肚皮官司。坏主意不可有,家支里的规定,你是每年都要执行几次的。"

"做娃子不好吗?给其他土司换两支枪,不好吗?"纳莫土司说,"这是财富啊,现在都不太平了,战火烧到家门口,军火要紧。"

正说着,开杏来到土司府的门口。门卫一通报,纳莫土司高兴得眉毛都立起来了。

"请进请进。"纳莫土司对太太说,"这不送上门来了吗?你先回避一下。"

土司太太一摇一晃进了里屋。看开杏进来,纳莫土司放下烟枪,他听开杏说了来意后,一边表示对侄儿乌铁离世的同情,一边伸手去摸开杏的手。开杏很有礼貌地站起来。不想纳莫土司居然走过来,伸出双手,要搂抱她:

"乌铁离世,你就留下来吧!有我纳莫土司,哪会不管,让你冷着饿着,孤着寡着。"

"您是长辈,不可乱来。"开杏再次退让。

纳莫土司说:"叔叔和你说话,这样不懂事啊!早年局势稳定,我没少到过汉区。那些文化,我还是学习了不少。"

"请叔叔饶过一回,小妇人家不懂事,您大人海量,请多谅解。"

纳莫土司生气了:"你是敬酒不吃啊……"

开杏肯定不配合,不配合就被纳莫土司关押了起来。土司太太的意见是卖给邻近山寨的头人。凭开杏那脸,至少可以换二十锭银子,或者五匹马。纳莫土司的意见是先关押几天,如果她听话,就把她留下来。土司府里眼下缺人,做饭、打扫卫生的女娃子根本不足。

开杏被关进这黑暗的屋子。她想,这一次肯定是死定了。没有办法,只能听天由命。夜半,有人撬开门锁,钻了进来。开杏吓了一跳,黑暗中摸了一块石头捏在手里。还没等开杏出声,那人就小声说:"开杏妹妹,我是阿卓。"

开杏将举起的石块,悄悄放在了身后:"你怎么来了?"

阿卓告诉开杏,她知道土司夫人贪财,对土司私生活不放心。她刚才和土司夫人见了面。土司夫人提出,要四十锭银子,就可以送她俩过江。开杏看了看黑暗中的阿卓,再看看门外黑暗的天空,将随身的袋子取下,递给阿卓:

"告诉土司夫人,她的大恩大德,我终身铭记。"

阿卓没说假话。后半夜,阿卓牵着幺哥,悄无声息地来到院子里。阿卓扶开杏上马,前边一个扛枪的人带路,他们很快走出寨子。天亮时,两人已经到了金沙江边。

阿卓随着开杏,走山路,过金沙江,风餐露宿来到挑水巷。一进门,阿卓就咕咚一声给开杏跪了下来:

"妹妹,你这次救了我,我做牛做马来报答你。我才几岁就被卖到夷寨了,我不知道我的家在哪里……"

开杏连忙把她拉起:"哪能这样?我们都是同命人、苦命人,这里就是你的家了,我有啥吃,你就有啥吃,我有啥穿,你就有啥穿……"开杏说,"你在那边叫阿卓,是夷名,离开了,就不要再叫那名字。你以前叫啥?"

"我以前叫啥……"阿卓想了一会儿,"小时候,好像,我的小名叫盼盼。"

"那我就叫你盼姐好了。"开杏说,"让我们都有点儿盼头。"

两个女人把家收拾得整整齐齐,每天的鞋摊早摆晚收。她们做鞋很上心,精细,守信用,价格合理。甚至只需本钱,她们就会将鞋子卖给光脚走来的人。偶尔有穷得身无分文的人,她们也会把鞋送他。钱不过是身外之物,因为不幸,开杏折了不少。经历这些沟沟坎坎,她们已将俗事看得很轻。

冤　家

时光流淌,一晃又是半年。

午后,挑水巷里的人来往很少。开杏坐在摊点前绱鞋,鞋底和鞋面之间,还需要绱鞋这道工序才能完工。夜里没睡好,开杏有些疲倦。阳光温暖,她便在靠椅上睡着了。睡梦里,两个男人交替出现,他们一会儿是笑脸,一会儿在哭泣。一个骑着马窜来窜去,另一个则握着一本书自言自语。最后呢,到了最后,恐怖的场景出现,两个男人血肉模糊地朝她走来。

开杏惊恐万状。"啊!"她大叫一声醒来,本能地揉揉眼睛。盼姐见她醒来,端来一盆热水,拧了热毛巾,给她擦了脸。开杏精神了许多。多亏了盼姐的照料,开杏总算将这日子过了下来。

巷子的那头晃来一群人影。那影子越来越大,越来越清晰。原来是几个人簇拥着一架残疾人坐的车子,吱吱嘎嘎地朝她移动过来。车上的那个人,个子不矮,戴一副墨镜。开杏认识推车的几个,是县衙门的人。

"先生,是要买鞋吗?"盼姐问。

"我看看。"这声音有些熟悉。

"你先试试,如果喜欢,价格嘛,好说。"开杏向来对行动不便的人有着同情。

"不用试,我买啦!"那人颤抖着手,将墨镜摘下,一双眼睛深情地看着她。

天哪!这人是乌铁!开杏吓了一跳,她站起来,往后退:"你是乌铁吗?你是人还是鬼?"

盼姐也让这意外击中,她往开杏身边一站:"你……你可别吓人啊!"

乌铁笑了。他一笑,黑黑的唇里露出的牙,就显得白:"我是乌铁,哪是鬼!"

"你?你还活着?"开杏不相信。

盼姐说她相信乌铁还活着,但眼前更像是梦。

"开杏,你掐一下自己,掐嘛,这样,你就知道,自己是不是在梦中。"乌铁还是在笑。

开杏掐了一下盼姐的手背,盼姐挠了一下开杏的掌心。开杏的手心是痒的,盼姐的手背是疼的。看来,真不是在梦里。

"你……你真的是乌铁?"开杏依旧怀疑道。

"我真的是。"乌铁说。

"那……那胡笙呢?那个……"开杏急不可待。

乌铁说:"我知道的,那个教书先生,你以前的心上人……"

"你见过他?"

阴阳之间,就隔一条坎子。他点点头:"胡笙啊,好兄弟。炮弹不长眼。他,不在了。"

第一章 揪心的鞋子 | 061

盼姐插话道："可是，政府说的是，你不在了，胡先生下落不明……"

乌铁回答："上战场的人太多了，死的、伤的、下落不明的，都很多，也难怪他们。统计上出错，也不是一个两个。"

开杏叹了口气，挑水巷突然一片黑暗。好一阵后，她才清醒过来。她对乌铁说："回屋吧！"

乌铁伸了伸腿。开杏以为他是要鞋，也许，那鞋注定就该归他乌铁。开杏走进里屋，将木柜打开，拆除层层包裹，把那双布鞋提出来。

她蹲下身子，要给乌铁穿上："你等好久的了，总算是如愿以偿了。伸出脚来吧！"

渴盼很久的幸福终于来临。然而，乌铁却颤抖了一下，将身子往后一缩，闭上眼："算了吧，没有必要了。"

开杏不听，固执地搂起乌铁宽大的裤管。

那里空空荡荡的，什么也没有。她傻眼了，伸手挠去，却两手空空。她揉揉眼，还是这样。

"怎么会是这样？"盼姐急了。

开杏明白是咋回事了。她手一松，那双布鞋噗地落在地上。她举起双手，一拳一拳打在乌铁的胸口上。末了，她倒在乌铁的怀里，失声痛哭：

"冤家，你叫我咋个了断……"

乌铁伸出双手，给她理了理凌乱的头发，擦掉她满脸的泪水：

"嘿，喜莫，终于可以抱抱你了。"

陆大爷看到乌铁回来，攥着陆婶的手，几步穿过街心。老两口拉着乌铁的手，上看下看，左摸右摸。看着摸着，老两口哭了起来。他们是想儿子了。

陆婶问："你们是一起去的，他咋没回来？"

"我们乌蒙去的人太多，分散在各连队，互相不晓得下落。过几天，专门找人问问。"乌铁说的是实情。

"他会回来的，天亮前我看到他了。"陆婶说的，是梦。

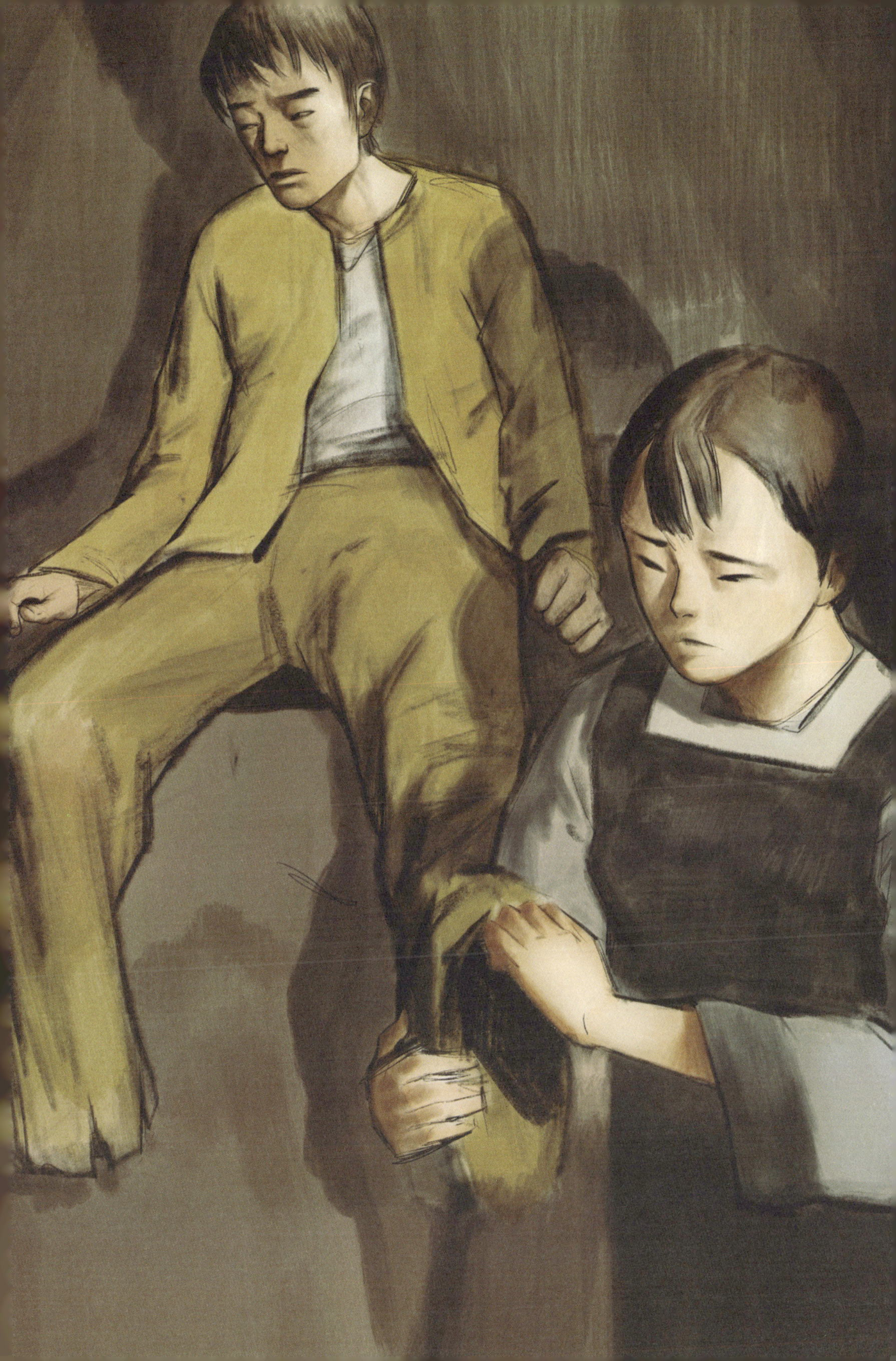

渴盼很久的幸福终于来临。然而,乌铁却颤抖了一下,将身子往后一缩,闭上眼:"算了吧,没有必要了。"

开杏不听,固执地搂起乌铁宽大的裤管。

"他口渴,嘴唇都起了壳,要我给他煮茶。"陆大爷说。

"有天神恩体古兹保佑,他会回来的。"乌铁安慰他们,"还有胡笙,也会一起回来。"

陆婶抬头,双手合十,看着天空,低声祈祷。

回过头来,乌铁看着盼姐,眼里充满疑惑:

"你……你是不是阿卓哟?"

盼姐笑:"你说像不像?"

听声音,肯定是。乌铁揉揉眼睛,看来看去,就是。

乌铁说:"阿卓。没有你,我早就见祖灵去了……"

开杏说:"她不叫阿卓了,她现在叫盼姐。"

"哦哦,盼姐。"回到汉区,换了名,乌铁是理解的,"你是咋过来的?"

盼姐说:"我也得谢谢你,谢谢开杏。要是开杏晚到几天,我就被纳莫土司换枪支了……"

说起往事,那是一大堆了。复杂,又扯心扯肺。

第二章 向死而生

报　丧

　　蹄声骤起，如重器着地，那嘀嘀的嘶鸣和有力的响鼻，忽然间由远至近。马威武的身材、光亮的皮毛、炯炯的目光，还有马汗液的咸涩和尿的腥臊，让乌铁深感亲切，振奋不已。乌铁张大鼻孔，深吸两口，他真实地感觉到，幺哥来到了身边，马用喷着热气的长鼻亲他的脸，用厚实的毛皮在他身上蹭来蹭去，用铁蹄在石板上猛叩。他热血偾张，抓住马鬃，一跃而起，试图跳上马背，与它驰骋江河。不料他跳得太高，却落得很低，扑通一下，重重着地。伸了伸并不存在的脚，摸了摸生硬的床板，乌铁才知是梦。他有些遗憾。睁大眼睛看去，四下里黑乎乎的，伸手不见五指，冷风吹得瓦檐咯咯作响。

　　乌铁刚安顿下来，内心突然慌张起来——这屋子里少了一样重要的东西，他生命里非常重要的东西。他没有看到他的幺哥，没有听到马的嘶鸣和嚼草声，没有嗅到马尿的臊气和草料的香味。乌铁回来的第一件事就是想看看自己的幺哥。但一说起那马，开杏就闪烁其词，东拉西扯。乌铁有了不祥的感觉。果然，当他慢慢挪到屋后的马厩，推开木门时，马厩空空，蛛网层叠。

　　"我的马呢？我的幺哥呢？"乌铁的声音高了起来。

　　开杏不吭一声，她的牙咬得紧紧的。她不说，乌铁就不知道实情。事到如此，乌铁只好暂时作罢。开杏对他的态度有所好转，他有了在这屋里生活下来的基础。这让他感动、踏实。他欠开杏的，永远无法弥补。此前，他因为一双鞋，将开杏和自己推向了命运的旋涡。现在，他不能因为一匹马，再将深藏的矛盾激化。他默默为幺哥念平安经，祈求那兄弟一样的幺哥，平平安安回来。

　　乌铁侧耳细听，偶有三五个人匆匆走过，草鞋擦过青石板的声音，重重喘息的声音，或者是按捺不住要咳的声音，碰在小巷两边的木壁上，然后跌落,沉闷而空旷。乌铁知道,是早起的人担着水桶去城外挑水了,是生意人背着褡裢上路了,是还有梦想的人起床学艺或者上学去了。

咳上两声,乌铁撑着身子,自个起床,开始料理一天的生活。没有了脚,生活起来十分困难,但乌铁并不就此都依靠别人,自己的事得自己做。

他摸索着起来,想给马铡些草料。可铡刀已经生锈,转轴紧涩,稍动一下,就吱嘎怪响。挪挪稻草,那稻草很陈,可见放置很久了,发酵后形成的气味直冲眼鼻,让他忍不住流泪和咳嗽。杂乱中有老鼠突然蹿出,又瞬间消失。他慢慢挪到后院,马厩空空,马槽空空,马匹生活过的味道已经很淡,就是屋角尚在的一堆马粪,也早已失去水分,变了颜色。不用心体会,已经很难感受到那生物曾经存在过。

那一见他就会刨蹄子、打响鼻、摇摆尾巴的家伙已经消失得无影无踪了。

他拍拍脑袋,知道眼下并不是梦。先前的景象——无数次与马有关的,那才是梦。他不知所措。

小巷远处突然有踢踏踢踏的声音传来。

明显是马蹄声,明显是坚硬的马掌,有节奏地叩击巷子里的青石板。乌铁一惊,懂马的他一听,就知道这马的腿劲儿,知道这是一匹有过无数经历的马。这蹄声如果再急促些,肯定还会火星四溅;这蹄声如果再沉重一些,肯定就是驮上了很多宝贝。只是这蹄声有些慢,有些滞,有些黏,如果不是身负重物,就一定是身体有什么问题。这情景曾经日复一日地出现,又日复一日地消失。现在耳边的这一切,让乌铁怀疑它的真实性,或者,与自己并没有半点关系。

乌铁干脆挪回床上,缩进被窝,闭上眼睛。

那马蹄声由远至近,又由近至远,重蹄磕响青石板的声音,在巷子的另一头停滞。

不一会儿,外面响起一个男人疲惫的声音,这人一定刚被土豆噎过,或者被冷风吹病,声音粗糙而悲苦:"孝子磕头!"

声音生硬而凄凉,明显是报丧的声音。在乌蒙,有人死了,亲属往往是用这种方式来通知至亲和街坊四邻。这个乌铁晓得。

接着便有人将木门重重拍响。

乌铁翻爬起来,摸索着过去开门。

抽掉门闩,开贵和麻脸石匠噼噼啪啪扑了进来。他们带来满身的寒冷和潮湿。

"爹死了!"开贵带着哭腔说。

开贵是开杏的哥。舅子突然光临,让乌铁措手不及。要知道,此前开贵可是不想见乌铁的,一看见他就烦,一见他就指桑骂槐,什么话难听就说什么,情绪激动时,手指头挖到乌铁的额头上来。甚至呢,还大口吐痰,跺脚。他要是真想妹妹开杏了,就趁乌铁睡了时进来,或者将开杏叫到对面的茶铺说话。

可现在不一样,开贵天不亮就赶来,又有村里的麻脸石匠跟随报丧,让乌铁感觉到事情的重要。

"怎么就过世了?之前……"这消息来得有些意外。

"气死的呗!"开贵跺了一下脚,有着无限的怨气。

随来的麻脸石匠将孝帕和腰带放在供桌前的方桌上。孝帕是白布做的,腰带是红的,一红一白,扎眼。这里的风俗是,媳妇家那头有老人去世,女婿是要头顶孝帕,腰系红布的。两种东西,丧家都要及时送达。

话从开贵口里出来,总是怪怪的,乌铁不知所措:"这……"

响动惊醒了开杏,她心急火燎地穿衣起床。睡在后院里的盼姐也连忙起来。

"爹死了!"开贵又说。

开杏呆立,张开的嘴合不拢,眼珠不转了,人倒在地上。盼姐将她搦起,往她的背上又拍又抹,弄了好一会儿,她才哭出声来。

开贵说,自开杏失踪后,爹晚上睡不着,白天没精神,后来干脆躺在床上就起不来了。杨树村下过第一场雪后，他就一直叫冷，手冷脚冷，开贵就在他床边烧了一盆柴火。身子不冷了，可心还冷。心冷了，怎么也热不起来，就堵，就胀，就疼。后来，开杏有了下落，可开杏打死也不回杨树村，不见父母，不见乡亲，活着也如同死掉了。爹身心疼痛加剧，当然熬不下去。

哭了半天，开杏停了下来。见开贵鞋都走烂了，大脚趾露了出来，开杏便让盼姐找来一双帮底相对厚实些的新布鞋，给开贵换上。开杏问哥哥怎么不骑马来，然后一边抽泣，一边尽可能找出些乡下办丧事须用的东西。

"报丧哪能骑马，那叫欺主……"开贵并不看乌铁的眼。穿上鞋，他在屋子里来回踱了几步。开贵不看乌铁，也属正常。开贵看不起他，恨他，当然可以不看。实在要看，睃一下就可以了。

"丧报了，你们看着办吧！"开贵看了看开杏准备好的一堆东西，走到水缸边，舀了一瓢水，咕咕喝下，让麻脸石匠和开杏将东西装进麻袋，抬出门外。

乌铁说："哥，我这样子，帮不了你，唉……"

"别叫我哥，你不配！看你那样子，帮我？别连累我妹妹就够了。"开贵的食指，枪管子一样戳过来。

开贵吐了口痰，用脚蹭了蹭。门后放着一个马鞍，出门时，他提起来在地上磕了磕灰尘，递给麻脸石匠："这个，放着没用，我捎走算了。"

开贵出门，麻脸石匠说："马……"

"马……上……走，"开贵连忙用眼神制止他，"别啰唆，搬快点。"

盼姐跟着出来，忙这忙那，开贵垮着脸说："你回去吧，没你的事了！"

两人扛着麻袋，弯腰弓背走出挑水巷。巷口拴着一匹马，马见两人过来，打了个响鼻，踢了一下蹄。

这正是乌铁的那么哥。

麻脸石匠说："幸亏有这匹马，不然，几十里路，我可没法帮你扛回杨树村。"

开贵对麻脸石匠说:"你说话太不靠谱了,闭上你那笨嘴。我们家里的事,你少说话。"

麻脸石匠抿住嘴,脸上的麻子就更密集。

老丈人离开人世,最直接的原因是开杏遭乌铁抢走,以致老人家忧郁成疾,最后命归黄泉。这理由当然充分。现在乌铁满怀歉意,不断地谴责自己。所造成的事实已无法改变,他和开杏商量,想回杨树村参加葬礼。他想借此表现得好一些,消解过往的疙瘩。开杏犹豫了一下,决定不去,开杏没有脸去。开杏这一生,有着无数的说不清。她捂在床铺里哭,她哭自己的爹,哭自己的命,哭世间的种种无奈,哭自己的身不由己。

乌铁缩在没有温度的火塘边,脸冷得像门外的青石板。

哭够了,累了,人也清醒了些。开杏包了块围巾,将脸捂得紧紧的,叫上盼姐,上街买来布料。她们用通红的棉布、黑黑的绸面和雪白的棉花,精心剪裁,认真缝纫,做了寿衣。然后她们翻出黑布麻线,一针一线做了寿鞋。活着未能尽孝,死了才有所表达,这对于开杏来说,是一种何等的悲哀。

衣物做出来了,开杏打好包,她让盼姐跑一趟,送到杨树村。

乌铁说:"我去。"

开杏说:"你不能去。"

"去世的是我的老丈人啊!"乌铁说,"要是在我老家,我得杀九头牛,送一筐银子。"

"他们看你不顺眼。"开杏知道,在杨村树人的眼里,乌铁是多么十恶不赦。开贵脾气越来越躁,好像变了个人似的。开杏担心乌铁去了,不招待见。

"我是死过一回了,下半截都交给阎王了,不怕。"乌铁说,"何况,上次去了,他们对我也还过得去。"

乌铁的性格,开杏不是不知道。她说服不了他,只能任由他了。

第二章 向死而生 073

要走之前,乌铁说:"如果放得下,你还是去一下才好,毕竟是你爹。"

还未收口的伤疤,让乌铁再次挑开。开杏又是一场哭,那种疼,那种羞辱,那种不堪,她如何放得下?

按乌铁的理解,掳走一两个人,取掉对方的人头,或者被冤家掳杀,这是经常发生、能够预料的事。在他老家凉山,婚姻不抢不成,冤家不打不识。就是此前定好的亲,成亲的当天,男方也要组织年轻精干的老表们,与对方反复搏斗,才能从女方家里将新娘抢过来。但他哪里知道,杨树村的世界,杨树村人的内心,哪能承受这种形式的重创?乌铁感受到了杨树村人的内心,特别是开杏内心的爱恨情仇。他尽量站在她的角度想问题,尽量认可她、迁就她、满足她。能不说的尽量不说,能做到的尽量做到。现在,除了按开杏的要求,带上奠品,请了吹唢呐的人和打四筒鼓的队伍,他还到牲口市场,买了最大的一头牛、最壮的六头羊和羽毛最为鲜亮的九只公鸡。夷人做事,从来大方。乌铁还捎信给金沙江对岸的祭司,请他们过来,带上羊角卦,带上指路经,带上法铃和皮鼓,给自己的老丈人念经消灾,帮助他尽快脱离苦海,早归天堂。

断　指

出了挑水巷,开贵忿忿不已:"乌铁那杂种,连自己都养不活,他配养马?"

麻脸石匠说:"开贵,这马叫啥名字呀?"

杨树村有个习惯,对喜欢的动物,都会给一个名字,那是名分。

"名字?这贱畜生,哪配有名字?"

麻脸石匠说:"村里马多,都不起眼。你这马贵重,非比寻常,取个名区别一下。"

开贵挠了挠头说:"乌铁这烂杂种养的畜生。乌铁,嗯……就叫烂乌铁吧!"

说着,天色渐亮,他们已走出城门。幺哥负了重物,走路趔趄,慢得焦心。开贵转到马后,往它的屁股上踢了一脚,幺哥后腿一闪,他差点跌倒。

开贵说:"烂乌铁,好吃懒做的杂种,随便驮点就这屁样,你怕要凶上死!"

他让麻脸石匠将马拉到石坎边,将驮架上的东西往前挪了挪,翻了上去:"烂乌铁,我走不动了!劳驾你背背我!"

那被叫作烂乌铁的马,身子晃了晃,差点摔倒。麻脸石匠心疼,觉得这马今天有些不正常。他弯下腰,看了看马蹄,原来铁马掌不知啥时掉了,马蹄都已分裂,血渗透出来,模糊了一片。马失了掌,如同人未穿鞋,负这么重,路上全是石头,脚掌不烂才怪。

麻脸石匠倒吸了一口凉气。

"你心疼了?你不晓得,对待烂乌铁,老子整死它还不解恨!"开贵挥舞着手中的荆条,"烂乌铁,快走!待会儿老爹身子冷硬了,穿不上寿衣!"

麻脸石匠不再多说,只是将牵马的缰绳放得再松一些,让马走略平整的路面。

那年,开杏的失踪,让整个杨树村人陷入了紧张之中。开贵一家更是惶惶不可终日。找不到女儿,看不到希望,爹的痨病又犯了。开贵对妹妹的遭遇心疼肝痛,他下决心,找不到妹妹誓不罢休。要知道,开贵找东西在杨树村是有名的。小时候为帮助妈妈找一根针,他能将火塘里的灰用筛子全过一遍,最后将那根针找出。胡笙家的羊被狼吓坏,躺进山洞就出不来,他爬进山洞,硬是将羊拽出。最有影响的一次是,麻脸石匠独自进山采石,不小心跌进石缝,越是挣扎,越是往下掉。麻脸石匠闭上眼等死。三天后,开贵找来了。他又是用石錾,又是用麻绳,还攀爬进石缝,活生生将麻脸石匠拽了出来。开贵背上蹭掉了一层皮。自此麻脸石匠对他言听计从,尽管麻脸石匠比他要大许多。

开贵磨刀擦枪,穿上麻丝编织的草鞋,背上干粮,跋山涉水,走上了寻找妹妹的路。这期间,麻脸石匠一直跟随他左右,忘乎所以。奔波很久,他们得到的一点消息就是,开杏给江对岸的夷人抢走了。这个消息让开贵知道妹妹还活着,但也令他恐怖和绝望,他知道妹妹到了江对岸的严重后果。他在通往江对岸的藤条溜索前犹豫了一会儿,在江岸边搭了一个草棚住下,每天早起,就对着河对岸打上一火药枪,骂,吐痰,跺脚,然后坐下来霍霍磨刀。可是,他长刀磨成了短斧,火药打光了,所有的诅咒都重复了好多遍,草鞋跺烂,他还是没有过江的勇气。当胡笙一行到对岸交涉回来,失望地将结果告诉他时,他才恨恨地领着麻脸石匠回了杨树村。那时,胡笙和他、杨树村的所有人,根本就不知道,乌铁已领着开杏,在古城隐居下来了。

　　有几天,保长陪着几个穿黄制服的士兵,在杨树村走东家,蹿西家。东三省沦陷,日本人快要打过来,县衙门组织青壮年,要上前线保家卫国。他们嫌麻脸石匠不好看,将比他小两岁的弟弟带走。上前线是玩枪弄炮、九死一生的事。开贵清楚得很,要是自己跟了那些言而无信、腐败无能的官兵上了前线,肯定小命难保。他不止一次听说,那些上前线的兵,带的是双枪,一支是步枪,用来打日本人,另一支枪呢?是烟枪!抽大烟用的。跟这样的部队上前线,不败才怪!再就是,自己死了也就死了,可要再想找到妹妹,与妹妹团聚,是不可能的了。听听动静,半个时辰后,他们将会出现在开贵的家门口。开贵心情沉重,内心烦乱,喝了几口酒,在院子里砍柴。意外发生了,非常不小心,右手的食指被柴刀砍掉。那血不仅流在地上,还流在他的衣襟上。随手一抹,满脸猩红,状若鬼怪。那一瞬间,开贵简直是疯掉了。他左手捏着那被砍下来的半截手指头,举起那没有半截指头的右手,从东村哭到西村,从村内哭到村外,末了坐在保长家门槛上,哭着诉说他再也不能当兵上前线、再也不能亲手解决日本鬼子的遗憾。那个右手的食指,管的是扣扳机,既然扣不了扳机,就是废物一个,上前线等于去送死。

这意外的事件让保长无所适从。上边需要的参军人数不够，保长弄了几天，临到最后还差一人。村里的关注点又回到了开贵的头上。开贵就让麻脸石匠去保长家报告，他开贵病得起不了床。

保长摸了摸麻脸石匠脸上的麻窝，遗憾地说："把脸上的坑填平，你就可以当兵吃饱饭了……你叫开贵还是别再躲了。"

开贵举着右手，挂根树枝，一趔一趔地挪到保长家求情："我不仅手残了，脚也刚崴了，骨节错开。开杏是给江对岸的夷人掳走的，我要到城里找当教书先生的胡笙写状纸。胡笙年轻，但文笔好，不但教学生读书写字，还教学生上操习武……"

伤筋动骨一百天。保长一拍脑袋："你别找他了，找他是我的事。"

保长当天就进了城，找到胡笙，可胡笙已经主动报名，办理了相关手续，准备上前线，正在收拾行李呢！金枝正在帮他缝补包袱。保长跑到征兵办，软磨硬泡，总算将这个自愿报名参军的年轻人的名额算在了杨树村。

杨树村的新兵们肩扛长枪，胸戴红花，意气风发地往城里跑。开贵没影儿了，他一个人躲在家里不肯出来。据麻脸石匠说，开贵手指伤口发炎，已经浮肿，难以起床；又说他看到村里的兄弟们一个个雄赳赳地上了前线，自己没能参加，内心难受，躲在火塘边抹眼泪呢。

新兵人踏马踩的尘埃未定，开贵出现了。他急匆匆赶到金枝家。此前开贵在村子里的种种表现，让金枝反感，对他一点好感也没有。

"你现在不哭了？手好了？脚也能走了？"金枝的话，经常带有火药味。

那只没有食指的右手，被开贵藏进了裤兜："除了……暂时不能打枪，其他的事我都能干……金枝妹妹，我等不得了，你快嫁给我吧！"

金枝没有正面回答他，只是说她在古城正中的辕门口繁乱的人群中，恍惚看到抱着一双布鞋奔跑的开杏。金枝说当时很想带她回来，可金枝把哥哥送走，回过头来，开杏已经无影无踪了。

开贵眼睛鼓得像两个汤圆,张开的嘴巴,很久合不拢来。这是个好消息! 此前,乌铁到过杨树村,试图跟他开贵一家和好,缓解抢走开杏所带来的矛盾。虽然乌铁给了那些银子,暗地里减轻了开贵内心的怒火,但开贵不可能一下就在村人面前换过脸嘴来。等乌铁的马蹄声消失在村外,开贵的妈妈想问女儿在哪里时,已经没有人来回答她了。开贵的老爹老妈拄着木棍到过一次乌蒙城,他们相搀互扶,转了几天,没有开杏的任何影子。老两口回到家后,便抽了筋骨似的,一蹶不振,病情渐重。乌铁拿来的那些银子,大多买药花了。开贵想,这家伙要是气不过,跑回去收拾开杏怎么办? 为此,他曾进城找过开杏,也曾找过很多人,请他们关注一下,一旦有线索,尽快告诉他。都过去这么久了,一点消息也没有,他整天心急火燎。现在,照金枝说的,既然开杏在古城出现,还抱着鞋子跑,说明她还活着,还有自由。可是,她既然这样,都这么久了,为什么不回去看看? 这真是无法猜透的秘密。

　　举着那只残手,他转身进城。街头巷尾钻了几天,妹妹还是无影无踪。

　　回到杨树村,开贵找到金枝:"嘿,金枝,你不是骗我的吧!"

　　"我骗你? 你也值得我骗?"金枝对他说话,从来都是针尖对麦芒。

　　"你当初说过要嫁我的呀!"开贵将话题引开。

　　"不是我说,是我们家说的,"金枝说,"我爹在世时说过,只要开杏姐和我哥结婚,我就嫁你。可是现在,开杏姐都没有踪影⋯⋯"

　　"你哥已上了前线。啥时候回来? 能不能回来? 天知道啊!"开贵说,"我们不能老等。不能因为这个,让你一直单身,也不能让我老打光棍嘛!"

　　"你这乌鸦嘴啊,尽说些不吉利的话! 我哥哥就算是⋯⋯也是英雄,他不是那种贪生怕死的蠢猪⋯⋯"金枝抹着眼泪说,"我告诉你,你才是罪魁祸首,当时,要不是你催我去见你,有我在,开杏姐就不可能失踪⋯⋯"

"没有依据的话别说。"开贵哑火了,声音低了下去,"要是你在,棒客怕要连你一起抢走……"

"我不管这些,只要开杏姐能够回来,和我哥成亲,就行。我哥不在,我来顶他拜堂!"

开贵眨了眨眼睛,说:"金枝妹妹,我们一起进城,去找开杏,找你未来的嫂嫂。"

"我不去,你一个大男人,我跟你去,成什么了?"金枝知道,这是个圈套,并不买他的账,"你真是,懒人借口多,懒牛懒马屎尿多。"

开贵感觉到了妹妹的存在,感觉到了妹妹飘来飘去的长发和她的笑意,感觉到了妹妹纳鞋底时一舒一张的动作和一见到男人就羞涩躲开的样子。开杏不会走远,开杏就在身边,开贵相信金枝提供的消息,也相信自己的判断。开贵灵机一动,找了两只水桶、一根扁担,进城挑水去卖。古城位置高远,缺水,给城里人家送水,这样可以接触很多的人。他担着水桶,脚步犹犹豫豫,目光专朝女人身上落,看到女人结实又略显苗条的背影,他就会不顾一切地追上去。要是追不上了,他就喊:"开杏!开杏!"一般情况下,听到叫喊,前边的女人就会回过头来。只要一回头,啥眉啥眼,自然清楚。也有的女人根本就不理会他,径直走自己的路。开贵就会扔下水桶,追过去,拍肩,或者拉扯衣服。胆小的女人吓得蒙着脸,兔子一样跑开,胆大的会站下来,回过头,叉着腰骂他。有一次,他担着两桶水,进了挑水巷,在陆家茶铺门口,看到一个女人,穿着旗袍,随行有个下人,抱着个孩子,跟在身后。那背影,那身材,那走路的姿势,和开杏根本没有两样。他叫开杏,那女人没有回头。他追过去,那女人已经走到一顶轿子前,就要上轿。开贵急了,放下水桶,扔掉扁担,糙裂的手紧紧攥住那女人的衣袖:"开杏,我是你哥!开杏,我是开贵!"

那女人回过头来,一脸愕然。可那眉那眼,分明是开杏无疑。开贵不放手,放手妹妹就会飞掉。那女人受不了啦,终于说话了。不过那女人说的是外地人的话,是北方口音。

女人说："我不认识你，你是谁呀？"

开贵说："我是你哥，我是开贵，跟我回去吧！"

那女人又说："你认错人了吧？我没有哥，也不认识什么开柜关柜！"

开贵的手还是不放："跟哥回去，开杏！"

那女人不耐烦了，脸垮了下来。有她脸色，很快就过来几个壮汉，将他按翻，噼噼啪啪，一顿好打。

"我分明看到的就是开杏，可她居然不认我了。是不是她撞上恶鬼貑貐，犯糊涂了？"开贵躺在地上，看着旋转的天空说。

陆大爷跨出门槛，颤抖着来搀他，要他起来。这些日子以来，陆大爷老是在梦里与儿子相会，儿子各种样子都有过。陆大爷的头发全白了，腰也佝偻得厉害。他理解开贵找不到妹妹的心情，安慰他：

"你是想妹妹想得多了，眼看花了吧！那是豆酱厂张掌柜的儿媳，是张公子到成都读书，回家过年，领着回来的妻子。"

也许是。那天太阳毒辣，所有的东西都是白花花的，晃眼。不仅人，房屋、商铺、街道，全都颠三倒四。

开贵不肯起来，躺着哭，哭完又想妹妹。

开贵不怕打，那种打只算是给他松松皮，挠挠痒。一个能将自己手指砍断的人，可见其心狠的程度。这跟进村子遭狗咬、采蜜时被蜂蜇、挖药时从崖上摔下相比，就是小儿科。

他捎信给金枝，要她务必进城来一趟。开贵告诉捎信人：

"你就告诉她，原来说的事情，有眉目了。"

金枝果然进城来了。金枝头发梳理得整整齐齐，换上了新衣服，走路精精神神，一脸的阳光。想见未来嫂嫂的心情，由此可见一斑。

金枝没有见到开杏。她见到的，是躺在脏乱旅馆里的开贵。开贵说他被打伤了，很严重，在死之前，想看看金枝。

看开贵的可怜样，金枝着急了。开贵要是真死了残了，那可不是闹着玩的。她找到古城里最好的中医孙世医，请他开了药，熬成汤，小跑着端

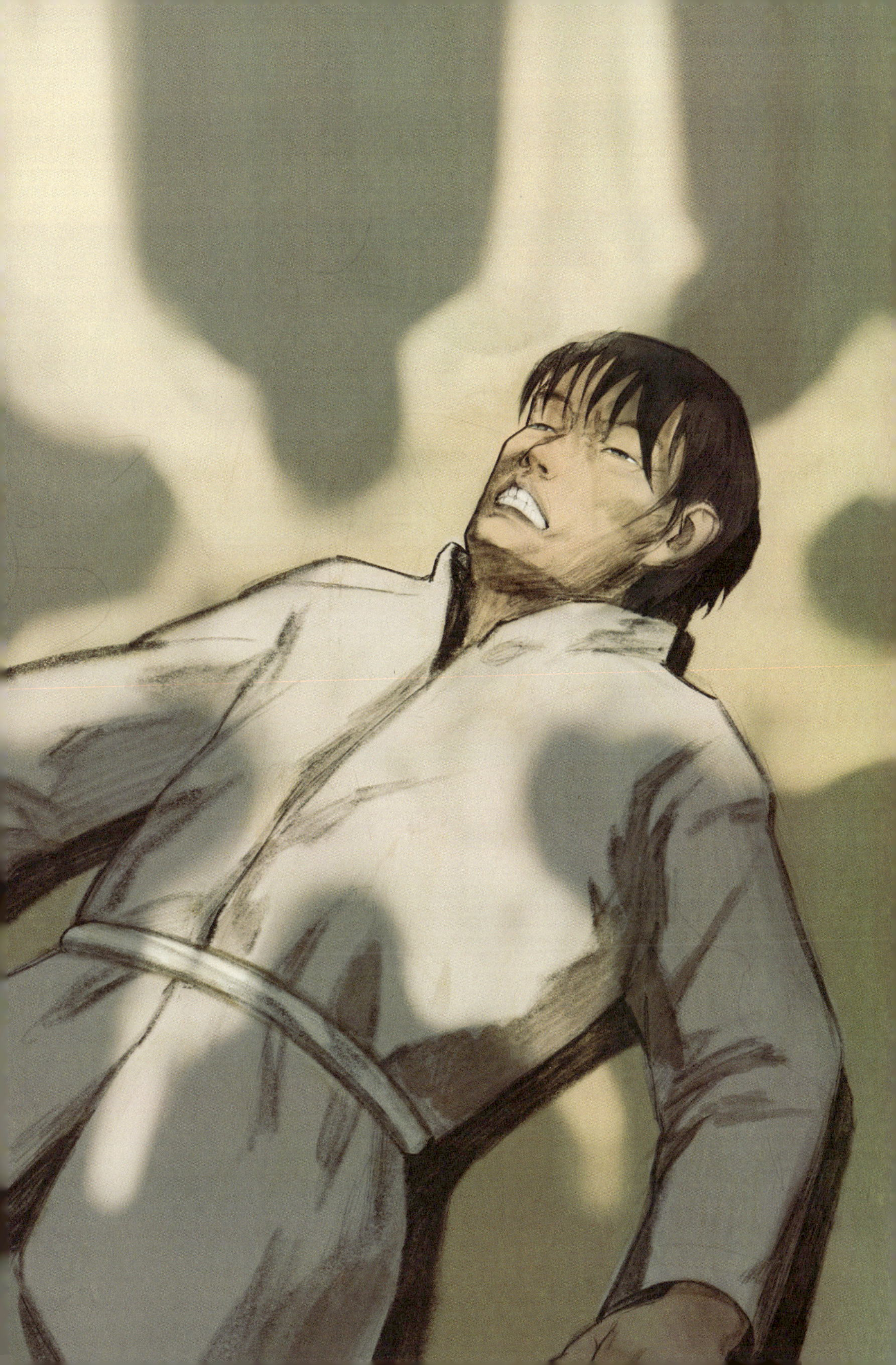

"我分明看到的就是开杏,可她居然不认我了。是不是她撞上恶鬼貀独,犯糊涂了?"开贲躺在地上,看着旋转的天空说。

回来,侍候开贵喝了。又煮了糖水鸡蛋,开贵哼哼唧唧吃了。开贵抹抹嘴,体力渐渐恢复。开贵伸手就想抱金枝,金枝这才知道,开贵是在对她撒谎。

金枝转身,摔门就走。

开贵追出门来:"金枝,你嫁给我,我们一起找开杏。"

金枝说:"你做梦去吧!"

开贵打赖骗:"我怀疑你说的话,你才是骗我的。你不是真的见到了开杏。我在这屁股儿大的城市里,天天汗流浃背地挑水,东奔西跑地找人,只为你一句并不靠谱的话。你假不假?"

金枝折回头,领着开贵到了辕门口。那个兵家必经之地,已没有了曾经的繁华,冷冷清清的。偶有人经过,也是快步离开,少有停留。金枝给他指了地点,说就是在那里看到她的,她是从哪个地方奔到那个地方的,最后是在那里消失的……金枝的讲述很清晰,很具体,没有一点编造的样子。

"但愿你不是在骗我。"开贵放下内心邪恶的念头,"那我就坚持下去。我再找找吧,没有开杏,没有你,我过不上好日子的。"

开贵担着水,专往僻街背巷走。在给主人家水缸里加水时,他的话很多,问人家有几口人,是男的还是女的,都在干啥,新娶了年轻的媳妇没有,买了年轻的丫头没有……有时问得人家生疑,对他有了警惕,瞪着眼睛看他,他才知道产生误会了,便直接问有没有见到过一个十六七岁的大姑娘。他说那是他妹妹,两年前给棒客抢走,并一一陈述开杏的长相、口音。他的言辞恳切,总算博得主人家的同情。末了他又将自己住的地点告诉他们:

"如有消息,尽快告诉我。我免费送三挑水……"

开贵累了,将水桶往墙角一放,跑到茶铺里讨水喝。他对陆婶说:

"婶,如有开杏的消息,尽快告诉我。我送您三挑水,作为答谢……"

陆婶对这事不大关心,倒是看到过来找他的金枝。陆婶说:"那个叫金枝的小姑娘，我倒是喜欢。抽空帮做个媒，给我家做媳妇。我家陆树打仗回来就成亲……"

"凭啥？"

"我家有这茶铺，保她饿不着，冷不着。生意好了，就穿绫罗绸缎……再有，我家陆树，人才好，比你个子高些。"

喝进一半的水，把开贵呛了个半死。

卖　水

开贵担着水桶，起得比鸡早，睡得比狗晚，吃得比猪差，干得比牛多。他的脚掌走遍了整个古城的街街巷巷，哪里逼仄，他就往哪里走，哪里偏僻，他就往哪里钻。但是，开杏并没有因为他的努力而同情他，在他劳累、失望的某个时候，突然跳出来，蒙住他的眼睛："哥哥，猜猜我是谁？"有时候他甚至想，怎么会没有一个小仙女，冒充开杏，来到他面前，从他肩上取下担子，说："哥哥，妹妹远在天边，近在眼前呢！"尽管她对他的回答牛头不对马嘴，尽管他知道这是骗他的，他内心会好过一点，他甚至会说："妹妹，你真是我的亲妹妹。"

民间的传说，都是那些吃饱没事干的人编的，生活中哪有？

开贵坐在茶铺前的门槛上："陆大爷，给我来碗茶，大叶片的那种。浓稠点，要烫。"

盖碗茶上来，开贵边吹边喝，边喝边吹。茶这东西，解乏。两碗下去，舒服多了。开贵闭上眼，想睡。对面的门嘎吱一声打开，一个女人出来，抬出木板，用两根长板凳支住，开始往上面放做鞋的布料、工具和做好的布鞋。女人的脸被头巾蒙得严严实实的，只露出一双眼睛。她做完这些，很快回屋。那些布鞋码得一垛一垛，整整齐齐，在阳光下好不鲜亮。

响动惊醒了开贵，他睁开惺忪的眼，看到布鞋，就想到自己的妹妹。他喝掉碗里余下的茶水，将茶渣吐掉，站起来，往摊子那边走过去。那女人看他走来,连忙跑回屋去。

他拿起一只鞋看了看,又拿起一只鞋看了看。整齐的针脚,精美的图案,几近完美的造型,这和开杏做的没有什么两样。他将鞋子举到鼻子前嗅了嗅,似乎感觉到了某种气息。

"这鞋怎么卖呀?"

里面没有声音。

"有没有大码的? 我脚掌大。"开贵又问。

还是没有任何动静。

开贵担来一担水,往里走。那女人发现有人进屋,连忙阻拦:

"哎哎! 你干吗? 一个大男人,怎么随便往人家里屋走?"

开贵说:"妹妹,我两天没有吃东西了,帮买一担水……"

"你在外面等着,我给你……"那女人话还没有说完,开贵已经挤了进去。他一眼就看准那说话的女人。

那女人回身要逃,开贵扔下水桶,一把拽住她:

"开杏,我是你哥! 我是开贵!"

"我不是开杏,开杏早死了!"那女人身子一软,哭了。

是的,虽有肉身,但魂魄已死。开杏无数次将自己的过往遗忘,无数次地把自己看成是古城的另外一个女人,一个与杨树村、与亲人们毫无关联的女人。可偏偏这些日子以来,开贵日复一日地在这条巷子里走进走出。那弯腰负重、满头大汗的样子,那破鞋啪嗒啪嗒落在地上的声音,那空洞的双眼和绝望的表情……这些引起了挑水巷人们的注意,自然也就引起了开杏的注意。她尽量减少在门口露面的时间。当这个人开始给家里送水之后,开杏发觉事情不妙,她正要躲避他时,已经来不及了。

兄妹俩谈了整整一天,开贵弄清了事情的来龙去脉。但无论开贵怎么劝说,开杏都不想再回杨树村了。哪怕就是一次,她也不愿意。

开贵说:"你就忍心看着哥哥打光棍?"

开杏摇头:"金枝如果喜欢你,她就会嫁给你。如果她不喜欢,你别强求她啊！女人不是鞋子,谁想穿谁都可以穿,谁想扔谁都可以扔……"

开杏说:"其实你应该上前线的,你要是有些血性,说不定金枝就是你的了。"

如果上前线,他现在生死未卜,还说啥金枝银枝。没有找到开杏,找到她就是他的梦想;找到了开杏,开杏却不能帮他圆梦。他在屋子里转来转去。在失望地离开前,他看到后院马厩里拴着的幺哥。那马正不安地踢腿、喷鼻子,正用各种方式表达自己的不满。他走过去将缰绳解下,就要拉走。

"不可以,"开杏阻拦他,"这是乌铁留下的唯一念想。"

开贵说:"有啥不可以的?他抢走了我的妹妹,用什么财富都无法抵消。开杏,你是我的宝,是我的命！要是见到他,我还要撬下他的牙,砍他的手,吃他的肉,剔他的骨……"

开贵说:"何况,这就是一头畜生！"

开贵说:"妹妹,被这杂种弄到这一步,人不人,鬼不鬼的,你还护着他！你想过没有？因为你,爹妈身体坏了,眼下已无力下地干活,如果有这畜生,它能帮助老人活下去。你不回家可以,让它代替你孝敬老人,下地干活。秋天驮洋芋、驮稻谷,春天耕耕地、播播种。特别是爹妈病重,送他们到镇上看看郎中,总是可以的吧?"

开贵软磨硬泡,终于将马拉走。乌铁离开的这些日子,幺哥在开杏身边,少有负重,没有了劳作,没有了奔跑劳累,整日就守在马厩里吃草吃料,体态发胖,毛色闪光。长时间被关在马厩里,幺哥孤独、寂寞够了,见到阳光山峦,呼吸到新鲜的空气,它高兴得嘶嘶直叫、四蹄撒欢。

调　教

这马给养得简直就是一团肉,没有鞍,开贵骑了几十里地,屁股也不见痛。进了杨树村,开贵骑着马,从村头走到村尾,从村南走到村北,很是威风,他有意在金枝家的门口停下来,猛扯马的嚼口,让马嘶嘶地叫了两声,直到金枝打开木窗,看到了他又将木窗关上,他才催马离开。

有人羡慕呢,逗他:"贵哥,这马肥嘟嘟的,比头猪的油水好。肯定好吃,不如杀了。"

开贵白了他一眼:"想得美,你吃马屁还差不多!"

有人说:"开贵,这有什么可炫耀的?乡下人讲的是实用,这马怕拉不动石碾子啊!"

"拉不动?如果真拉不动,我就把它炖了。"

开贵跳下马,把幺哥拖去围着石碾转。石碾是用来磨米面的,拉起来枯燥无味。转上半天,幺哥不干。幺哥可是征战疆场的勇士,它可以蹚江河跨峡谷,可以钻炮火穿硝烟,让它日复一日、永无休止地围着一个沉重的石头转来转去,倒不如杀了它。幺哥不配合,开贵就骑上它,狂奔出村,装作是要出征,然后用一个口袋将它的眼睛罩住,再将它拉回石磨旁边,让它像钟表的指针一样,围着圆圈转。这样,幺哥就以为是奔赴在路途之中,便不再和他闹别扭了。

"开贵,你家的地都硬得像块石板,再不耕,开春种子咋个下……要是你这畜生会耕地就好了。"又有人说。

"不会?我调教一下,不就成了?"

开贵给幺哥套上耕地用的耕索,拖着犁头在地里走。果然,幺哥根本就不会耕地,也不愿意在泥土里反复折腾。开贵就让麻脸石匠攥住马笼头在前边走,他在后面用荆条催打。他还让幺哥驮谷、驮粪、驮草、驮木柴、驮建房用的石头,偶尔还接过上云南、下四川的马帮的活儿。幺哥略有反抗,便不给吃喝,不给休息。被反复地折腾后,幺哥屈服了,幺哥逆来顺受,成了他的主要劳动力。

幺哥个子不大,身体短小,但它背腰粗宽、结实、匀称,四肢劲健有力。当年,它还不到一岁,就让乌铁看中。乌铁把它和其他若干匹马集中在一起,给它们最好的吃,让它们长得壮实威武;乌铁为了练它们的平衡,端着一碗水,坐在它们的背上,让它们在各种地面上行走;乌铁为了练它们的勇气,将它们拉到山梁边,让它们一遍又一遍地攀爬奔跑;乌铁为了练它们的速度,在它们的尾巴上拴一个铜铃,让铜铃摇晃的响声,作为它们奔跑的战鼓声。幺哥在众多的骏马中脱颖而出,成为乌铁的随身坐骑。和乌铁在一起,它能奔跑,能抗争,能表达,能诉求,乌铁懂得它的内心,它懂得乌铁的意思。它累了困了饿了,不用说乌铁都能知道。乌铁要到哪,速度要多快,它也知道。他们相互帮衬,一起干了很多常人干不出的大事。原以为,他们会一同走过天涯海角,一起地老天荒。可是,意想不到的事情发生了……

  有了幺哥,开贵赚到了钱。有了钱,日子能勉强过下去。温饱之后,开贵就又想媳妇了。妹妹开杏找到,可是她已成为别人妻,开贵和金枝的换亲也就无法落实。金枝活泼而机智,健康而饱满,硕大而结实的屁股儿让他想入非非。金枝勤扒苦挣,每年都要喂出两大头肥猪。到了冬天,村人都要杀猪过年,金枝家的猪永远都是最肥的。开贵想,要是自己娶了金枝,一年到头都有肉吃。一想到油汪汪的饭菜,开贵都要咕咚咕咚地往下咽口水。开贵还想,要是娶上了金枝,自己也能像乌铁一样,过上那种美妙的生活。金枝的身体,肯定让他满足。这样想着,开贵就美滋滋的,仿佛坠入山里水里,云里雾里。

  现在,幺哥来到杨树村,没有英雄相伴,没有知音左右,干的是重活,受的是虐待,吃不饱,休息不好。它跌入了"马生"的低谷。白天劳顿无比,它盼望黑夜快来。可黑夜里,它独立于空空的马槽边,缺吃少喝。无边的暗夜,像一口锅,将它紧紧罩住,闷不死,又活不好。

  这不算,让幺哥更难受的事来了。

  幺哥在夷寨是最好的马,是受其他马匹和村人尊敬的伙伴。初来杨树村,它也在马群中独树一帜,让人们一眼就看上了它。村里人不可能都拥有它。但村里人想,他们可以拥有如它一样威武的马。这天,麻脸石匠牵来了一匹小骒马。这小骒马牙口嫩,风姿绰约。幺哥一看就喜欢上了它,幺哥勇猛的后面,蕴藏着太多的柔情。而那小骒马,见到如此威武而帅气的异性,双眼含春,四蹄缠绵,在它的身边磨来擦去。幺哥的全部激情给调动起来了,它喷着响鼻,刨着蹄子,晃动着长长的脖颈,摇动着飘逸的鬃毛和尾巴。幺哥试探它,亲近它,摩擦它,亲吻它。两匹马由不了解,到相互了解,由不接受到相互接受,由不喜欢到相互喜欢。很快,幺哥在众目睽睽之下,和那小骒马好上了。也就从那时开始,每隔一两天,幺哥就要迎来一匹骒马,都要和骒马共沐爱河。这醉生梦死的生活,渐渐消磨了它的意志,败坏了它的身体。每次完事,它都会得到更好的豆料。杨树村甚至附近村寨里,以后将有一大批品质非常好的、如同幺哥一样优秀的马驹出现。开贵因此得到了不少的银钱、粮食,走在路上,远远地就有人给他打招呼,给他递草烟。

开贵骑着幺哥在村里蹿去蹿来,威风呢!

现在,开贵又来到金枝家院子里。开贵的到来,并没有让金枝表现出高兴的神色。她往灶里塞了一把柴火,猪食锅里噗噗作响。

开贵说:"金枝,放下手里的活吧!贵客来了,你也不泡碗茶来?"

金枝头也不抬:"你不是一有空就来的吗?有什么贵不贵的!"

"这么不懂得礼节,很快你嫁我了,我都不知道咋个调教。"开贵说。

金枝笑:"是不是又做梦了?我又不嫁给你,你管这么多干啥?"

"我是怕你嫁不掉,才来找你的。你要是嫁了我,有吃的,有穿的,还有鞋穿……开杏让我捎话给你,你要是嫁了我,她一次送你五双鞋作为嫁妆,花色不同。以后呢,一年一双,到死都穿不完。"

"呸!"金枝说,"你这张乌鸦嘴,尽说这些倒霉话!再说了,做鞋缝衣,我又不是不会。"

开贵说:"你嫁我吧。你看,我都养马了。你家里的地,由我来耕;你家的田,由我来种。老人生病,我用马驮去找郎中;你想去赶集,想进城玩耍,想到庙里烧香,就骑我的马。你想想,恁大的一个集市,个个都肩挑背扛,就你,高高地坐在马背上。从街这头,一眼就可以看到街那头……"

金枝不吭气，开贵估计有戏了。他将自己里层的新衣服拉出来展示了一下："烂乌铁可不仅仅是干重活，它还能挣钱呢！你看，我里层的这衣服，都由土布换成绸了。走。我们进城，我给你买两捆布……"

"我不喜欢没有食指的人……"金枝想起了哥哥。哥哥虽为英雄，可现在生死未卜。眼前这个男人，贪生怕死，却活得这般滋润。

金枝说这话，已经是第三遍了。开贵看了看已经不在的手指，转身就走。不过他还是丢了一句："金枝，话别说得那么死，我等你啊，啥时回心转意了，告诉我一声……不过，太晚了可不行，我总不可能娶两个老婆吧！"

畜生就是畜生，幺哥不知道，在开贵手下的每一天，它的生活都是无边的黑暗。那些苦活，已远远超出了一匹骏马所能承受的。幺哥在驮一块石头时摔倒，开贵将它拖起来时，弄了一身泥。开贵往它屁股上踢了一脚，吐了一口痰："呸！不中用的杂种！"

幺哥很快体衰力竭，它靠在厩旁，风一吹过，身体都会左右摇摆。客人常常因幺哥不能接活，捂着褡裢里的银子，遗憾地离开。开贵回过头来愤怒地骂："烂杂种！养马千日，用在一时！你这畜生，想不到你会是这尿样！"

开贵越骂越生气，越骂越激动，他还觉得不够出气，往幺哥身后绕过，捡起一根木柴，就向它打去。幺哥能见到的范围很窄，白天的视力很差。幺哥感觉到后面一团黑影蹿来，其凶狠程度极其少见，以为非狼即虎。它快速弹出后腿，狠狠地、闪电般踢了过去。

"妈呀！"开贵一声惨叫，抱着下身，缩在地上，呜呜大哭。

幺哥知道它干了蠢事，知道那一踢所产生的严重后果，它有些后悔，一双大眼满含歉意，双蹄不停地刨动，表示自己对不起。它不会说话，表达不那么充分、明确。但即使它表达了，也不会得到开贵的任何饶恕。它的头，它的背，它的腿，它长长的脸和脖颈……凡是可以放下拳脚的位置，凡是可以承担棍棒的地方，凡是属于幺哥身体的部位，无一不受到前所未有的打击。它的肉身和精神世界,从那一天开始,彻彻底底地崩溃了。

奔 丧

乌铁要去奔丧,靠自己根本无法走动,就让盼姐找匹马来,还特意交代要体质好一些的。可是,盼姐找遍全城,不仅像样的马没有,就连老弱的、幼小的,都没有。盼姐就去找背夫。可找来的却是麻脸石匠。乌铁一看,摇头。几十里地,看他样子,怕不行。

盼姐说:"你捋起衣袖来。"

麻脸石匠就将衣袖、裤脚都捋了起来,那手腕、腿部,粗壮得像杵地榔头。

盼姐说:"转过背来。"

麻脸石匠的背,宽厚结实,黑得发亮,让乌铁想起了幺哥。

石厂里生意不好,土地广种薄收。麻脸石匠闲下来,手上多余的皮磨不掉,糙翻翻的,难看,又会发痒。为了止痒,他就跑进城找活做。舂炭、挑水、糊墙,有啥活他就做啥活。没有活时,就去看他做过的活。县衙门前的石狮、戏台边的雕花围栏、学堂外的状元桥,他都参与做过。因为脸上麻窝,除了干活时有人要,其他时候,他就没人喜欢。头两天,开贵爹一口气上不来,死了,他帮着把需要准备的活做了,就偷偷进城。跟开贵做事,难整,能躲一时算一时。

其他人不喜欢麻脸石匠,盼姐喜欢。盼姐看他第一眼时,就觉得这人实靠。果然,他背上乌铁时,走路比盼姐还快。走上两三里路,他也会歇一下。盼姐便到路边的小店里,要来热水,给乌铁和他喝,或者将事先准备好的毛巾,给麻脸石匠揩汗。那个时候,乌铁就睡着了,他睡得好沉,头耷拉着,偶尔还扯出几声呼噜。

头上挂满汗,脚上糊满泥,几十里路,走了半天,他们总算到了。杨树村的景象,没有太大的变化,乌铁多多少少熟悉,回忆往事,他惴惴不安。

现在他还记得,当年他经过此地的路线,他犯错的地方和所有的细节。乌铁虽然得到了开杏的身体,但在她的内心连个位置也没有,看看自己空荡荡的裤管,惭愧涌上了心头。他对开杏说:"开杏,你看我这样子,还是离开算了。去嫁一个你满意的人,嫁一个爱你的人——当然,我也是爱你的。想好了,我就给你备嫁妆,给你办喜宴。家里的东西,你要什么就拿走什么,喜欢什么就拿走什么。"

开杏并没有搭理他,开杏心如凉水,她要做的事,除了每天绱鞋,还是绱鞋。

乌铁约请的奔丧队伍,果然渡过金沙江,准时到达。四个吹唢呐的号手,四个打四筒鼓的队员,还有一个祭司。祭司神秘的法笠下,挂着长长的被称为天菩萨的长发。他披着黑色的披毡,手执法网,法网中盛了法铃、签筒和经书。此外还有用鹰爪、虎牙制成的护法神器。他的后面跟着几个人,分别拖着骨骼健壮的大牛,攥着肥羊、胖猪。乌铁从麻脸石匠背上下来后,手里提着一个沉重的褡裢。

办理丧事,汉人有汉人的风俗。那些程序,从先祖那里传下来,杨树村人执行得严格而精准。他们不大理睬夷人的那些礼节。乌铁这支队伍所做的种种,除了一群好奇的孩子,睁大眼睛,围着转来转去而外,大人们根本就不感兴趣。大人们要办大事,搭建灵堂、昼夜守丧、焚烧纸钱、挖修墓地,还要接待前来哭丧的亲人。入乡随俗,乌铁披麻戴孝,燃香点烛,三叩九拜。这些在夷人风俗里所没有的礼节,他都一一做过。现在,他献上牛,献上羊,献上猪和公鸡。而当祭司打开经书,预备念指路经、要给新亡人念经消灾时,一个人跳了出来。

这人是开贵。开贵又是吼又是闹:

"这是汉人的地方!这是杨树村!不是你家夷区!

"装神弄鬼的!骗人!

"去,滚到一边去,我们不要你们那一套!"

"……"

人声鼎沸,仿佛破锅煮食。乌铁有些茫然,人死了,是要升天的。有祭司念经,帮助灵魂平平安安回故里,平平安安到天堂,这是必须的呀!杨树村人如此态度,令他费解。整个村子的人,脸色就像是六月的天,说变就变。他们看到这些值钱的牺牲,就会一脸阳光,看到钱财,就会不顾一切。面对异族,他们眼中的外人,稍有不满,就出言不逊,搂手抹脚。乌铁知道他们并没有把他当成女婿,或者前来送丧的亲友。他是一个难以融入这个群体的另类,他得低调、诚恳,得控制,小心行事才是。

特殊时期,舅子的要求,是天底下最大的要求,杨树村的规矩才是最好的规矩。他没有脚,不能随着亡灵的后人,手拄哭丧棒,脚穿麻布鞋,在汉人道士长长短短的吟唱中绕棺。他只能缩在角落里,尽量不影响别人做事。他不安地看着人进人出,不安地感受杨树村人对他的指指点点。

没有谁理会他,他只能自己照顾自己。口渴了,自己找水喝;吃饭时,让随来的人帮助舀一瓢过来;瞌睡来了,就盖上羊毛披毡,缩在墙角迷糊上一阵子。在老丈人入土之前,他是不能离开的。

夜色渐深,乌铁憋不住,想找茅房。借着暗淡的月光,他摸索到院后。院后有畜厩,远远地,在浓腥的气味里,他就嗅到了一种特别的味道,那是牲口留下的味道,准确说是马的尿臊味。从小就在这种味道中长大,他对这样的味道,有着特别的敏感,觉得十分亲切。他甚至能根据随风而来的马尿和马汗液的味道,辨别出是骡马还是公马,马吃的是啥,马是感冒了,还是胀肚子了。当然,他更能嗅到自己的马与众不同的味道。

他抽了抽鼻子,意识到了什么。

乌铁的腰不由自主地挺了起来,他的目光警觉起来。借着微弱的灯光,乌铁看到,昏暗的马厩里,像是有一匹马的身影,在不安地走来走去,它努力地挣扎,将铁嚼口挣得吱嘎作响。

乌铁凑了过去,眼前的确是有一匹马。那马孤独地站在那里,身材瘦弱,毛出奇地长、乱,颜色因暗淡而失去光泽。乌铁轻轻吁了一声口哨。尽管小声,那马还是听到了。它打了一声响鼻,前蹄在地上刨了刨,长长地嘶叫了一声。

靠近了那匹马,乌铁努力地直起身子,抱住马的脖子,搋了搋,他泪如雨下。

"兄弟!幺哥!"乌铁哽咽。

那年,幺哥在开贵的牵扯下,来到杨树村。它白天干活,夜里就栖身于檐后的厩里。几天前的一个后半夜,檐前突然传来几声哭喊,火炮轰天。又有人来檐后,烧了一堆落气钱。开贵嘟嘟哝哝过来,拖它出厩,一步跳上,还拽上那个一脸麻子的石匠。他俩骑着它,就往乌蒙城里奔。幺哥识途,知道是进城,力气瞬间变大。不需要开贵吆喝,它就能准确找到在挑水巷的家。在那巷口,它感觉兴奋,以为又可以回到从前的生活,以为又可以和此前的主人乌铁一起奔南跑北,驰骋江河。可事情并不是它所想象的那样,它被拴在巷口一根冰凉的石桩上。不久,它又在开贵的吆喝下,身负重物,回到了杨树村。从那以后的几天里,没有人再拉它去干重活。少有人管它,就是令人讨厌的开贵,也没有再来对它棒打脚踢。偶尔有麻脸石匠过来,给它扔上一捆谷草,提来半桶清水。但是它没有想到,就在它昏昏欲睡的时候,就在它似梦非梦的时候,它感觉到了一个人,带着久违的气息,朝它慢慢靠近。

幺哥张大鼻孔,努力吸了两口,证实了自己的感觉。睁开眼,它看得很清楚,一个男人,缩着身子,朝它靠近。那人散乱的头发,那人宽亮的额头,那人的呼吸,它都十分熟悉。虽然那人贴着地,矮着身子,但这不影响幺哥对他的判断。它踢了两下腿,甩了甩尾巴,打了几个响鼻,呼哧呼哧地叫了起来。

乌铁感觉到幺哥身体的瘦削,感觉到了它蹄子的虚软,感觉到它毛皮的粗糙。乌铁的泪水流了下来。他用流泪的脸,不断地摩擦幺哥瘦长嶙峋的脸。幺哥也感觉到了主人的心情,感觉到了主人双脚的不存在。它矮下身子,趴在地上,用嘴去拱乌铁,想让乌铁爬上它的背,然后离开这个地方。它需要高山、长河、蓝天、绿地;它需要长嘶、奔驰、率性和自由。它知道,这梦想不属于它一个,这梦还属于和自己一样落魄的主人。

幺哥俯下身子,乌铁抓住马鬃,费了很大力气,用双手努力撑着,勉强爬上马背,他习惯性地夹紧马背,才发觉两脚空空。他解开疙瘩,一提缰绳,就要离开。这时,屋里的铙钹再一次响起,道士先生唱诗般的诵经声响了起来。乌铁叹了一口气:

"幺哥,再忍忍啊……"

乌铁挪下马背,恋恋不舍地离开幺哥,回到屋里。那一夜好漫长,像是滚油煎心,他为幺哥心疼,也为自己难受。第二天一大早,乌铁借解溲的机会,再次来看他心爱的幺哥。黎明的微光中,他看到幺哥鼻窦蓄脓,眼神迷离,两只脚掌磨损、劈开,甚至撕裂。这样子和当年那颈项高昂、精神抖擞的样子,简直是天壤之别。通过观察,他还知道幺哥生了马口疮、蛔虫病,它肚子胀、心肝痛……马所有的病痛,在幺哥身上都有所反应,而且病入膏肓。

"幺哥,你受委屈了……"

是自己的霉运,让幺哥跟着遭殃。要知道,幺哥在金沙江对岸可是一宝。当年没少有人背着真金白银来找他乌铁协商,要买走它;没少有人暗地里设了多种埋伏,试图抢走它;也没少有人使了多少阴招,想砍了它、炸了它、烧了它、毒了它、溺了它,或者推下悬崖摔它个尸骨全无。他们想剥它的皮、挖它的心、喝它的血、吃它的肉、嚼它的骨……但它都一一逃过。现在,它却因开贵的一根马缰拴住,便无法解脱。

子夜时分,祭祀的锣鼓声再一次响起,火炮轰鸣,纸钱在黄色的火焰里飞扬。道士先生诵经声悠长而又无力。乌铁带来的牛、羊、鸡被开贵宰杀。牲口的骨肉下锅,在漂着血沫的沸水里翻滚。血和内脏喂了狗,而牲口的头尾,则被洗刮干净,端端正正地放在灵前,作为祭品献给正在仙界路途中的亡魂。

仪式突然停下,灵堂变得出奇安静,道士先生的引魂幡也突然不动。开贵连忙作揖长叩:

"先生，何故？"

道士先生闭上眼说：

"亡魂要上九重天，现在还差三层三。"

开贵说："那，要咋办呢？"

道士先生说："尚差一头牲口作为祭品。"

开贵沮丧地说："家里的牲口都杀完了……就是树上的老鸹，野地里的兔，都早飞逃走了。"

道士先生摇摇头："亡灵在天，不上不下……"

在杨树村人的认知里，亡人的灵魂如不能升天，便只能下阿鼻地狱，经过无数磨难之后，下世只能变猪变狗。自己的爹变成猪狗，这可不是闹着玩的，开贵急得直跺脚。

"不杀牲口可以吗？"乌铁说，"用银子，我还有几锭。"

乌铁说着，将随身携带的褡裢打开。银子在昏黄的灯火下，光芒诱人。开贵两眼放光，一把夺去，搂在怀里。

开贵对道士先生说："那就这样吧！"

道士先生摇摇头："须得活牲才行。"

开贵："不用牲口，有啥后果？"

道士先生摇摇头："亡人升不了天，后辈为牲为畜，鳏寡孤独……"

后辈鳏寡孤独，是比老爹变猪变狗更恐怖的。开贵急出了汗，嘴唇起了泡。他腾出一只手，挠了挠脑袋。

"咦，有了！"他回过头，对麻脸石匠说，"你去把烂乌铁……把那匹马牵过来。"

"太瘦了，风一吹就会倒。"麻脸石匠不大愿意。

开贵生气了："让你牵你就牵，嘴硬！"

麻脸石匠把马牵来，马走得趔趔趄趄，几乎是风一吹就会跌倒。开贵提刀过来，用手摸了摸马的背，嶙峋的瘦骨硌了他的手，他皱了皱眉，去摸马的脖子，喉结有着微微的温暖。

开贵横刀过去。乌铁这才明白他们要干什么。乌铁吓了一跳,猛地扑过去,用身子挡住那些寒光四射的刀刃。

"求求你们!求你们刀下留情,别杀它!它是我的亲人,是我的兄弟,是我的幺哥!没有了它,我无法再活下去……"

乌铁的可怜相,并没有感动任何一个人,没有人站出来帮助他说话。相反,乌铁的样子,让他们很开心、很过瘾。

开贵突然笑了出来。"不就是一匹马吗?让你紧张成这个样子!也让你痛苦成这个样子!你忘记了,当时你抢走的是人,一个如花似玉的少女!她的父母、兄长、乡亲是怎样地痛苦!"开贵说,"乡亲们,报仇的时候到了!上!"

周围的人杀气腾腾,满脸阴沉。乌铁一把从开贵手里夺过那把杀牲口用的刀,刀锋一转,对着自己的脖子。他说:

"你们要命,就先取我的吧!

"我一个从死人堆里活过来的人,我够了!

"你们再往前走一步,我就是你们的祭品!"

开贵一时傻眼,不知所措。外面突然传来一阵猪叫,接着就有一个女人的声音:

"让开让开!牲口来了!"

围成铁桶的人们让开一条路。只见金枝用棕绳拖着一头猪,麻脸石匠推着猪屁股。尽管猪不愿意,但无法逃离麻脸石匠的把控。金枝把拴猪的绳头往开贵手里一塞,说:

"你们欺负一个外乡人,欺负一个没有脚的人,太过分!牲口都不如!"

开贵说:"嘿,金枝,胳膊肘哪有向外扭的?"

"你们所商量的,我全都听到了。"金枝转过脸对开贵说,"这头猪算我送的,不收一分一文!你们要祭祀也好,要换钱也罢,但必须有一点,就是放过这个外乡人吧!"

麻脸石匠对开贵说:"金枝说的,我也赞同。开贵,你还是先办大事才好。"

"有你屎相干!"开贵生麻脸石匠的气了。

几天后,开贵的爹入土安葬。大事已完,麻脸石匠听从乌铁的吩咐,把幺哥牵出来晒着太阳,给它擦干眼泪,梳理鬃毛,清洗皮肤,修整马蹄,修钉马掌。弄了半天,幺哥精神了些。

乌铁和开贵准备谈关于幺哥的事。

乌铁说:"哥。"

开贵说:"你别叫我哥,你不配。"

"我不配,那我就不叫你哥了……"乌铁说,"我没有脚了,幺哥是我唯一的依靠,请你把幺哥还给我。"

开贵说:"还你?石狮子的屁股——没门!你这烂乌铁,你害惨了我妹,害死了我爹。更可恨的是,你还害了我。到现在,我连婆娘都讨不上一个!"

乌铁理亏,他说:"哥,呃,这马太瘦弱了,病又多,要不这样,你让它送我回去,我治好它,养壮它,你再……"

"你说我没有养好它?你的意思是我无能?"开贵一只手抓住乌铁的羊毛披毡领口,狠狠地将他提起来,用没有食指的手,指向他的鼻子,"你这个祸害,还打这些歪主意,老子整死你!"

乌铁打小就与刀枪做伴,没少见过刀枪和鲜血。此后在台儿庄,在炮火里,冷不丁就会看到战友鲜血迸流,冷不丁就会看到战友碎片一样飞上天空。死,对于他来说,不算啥,简单得像做梦。开贵这样待他,他早已按捺不住,他将牙齿咬得咯咯作响,眼珠鼓如铜铃,两个拳头开始收缩。

麻脸石匠往中间一站,将他们隔开:"老人尸骨未寒,别丢丑现形,让人笑话。"

随行的祭司见状,连忙向乌铁使了使眼色,凑近他的耳朵,悄悄地对他说：

"这些夜晚，天象不正常，马悲哀地嘶鸣，不太平。我看了卦，可能还有难啊！就忍痛割爱了吧！祖灵在天上看着的！"

乌铁松开了拳头。

这几天里，盼姐所目睹的这些，令她心碎。她帮不上忙，只能干着急，只能暗地里帮助乌铁完成吃喝拉撒之类的事。这些小事，也少不了麻脸石匠从中斡旋。其中有一天，麻脸石匠说有件东西要送盼姐，把她领到家里。

很意外，麻脸石匠送她的，是一个石碓窝。小小的，很精致，四个面上雕有牡丹富贵图，一看就知道花了不少工夫。

"啥意思？"盼姐一脸的好奇。

麻脸石匠脸烧了一下，说："你就住我家吧！在这里，你一辈子都有米吃。这碓窝，一辈子都不会空。一家人富贵吉祥。"

"这样啊？我以为，你会送我一个银手镯、金戒指啥的。"盼姐笑。

"这可比银手镯、金戒指好呢！"麻脸石匠笑，"有了它，一家人不愁吃的。"

"狡猾！"盼姐伸出手指，刮了刮他的鼻子，"你这麻子，咋回事？"

麻脸石匠说："小时候天天打石头，那些碎石不高兴了，和我闹脾气。脸嫩嘛，一打一个坑。"

"狡猾……"

"你咋去的凉山？"麻脸石匠很好奇。

盼姐直言不讳："老爹想要儿子，生到第五个，我，还是姑娘。取了个名字，盼盼，就是盼儿子。遇上荒年，家里没有吃的。我哭，老爹说，再哭，给江那边的夷人听到，抢去做娃子。我吓坏了，不敢哭。饿是天底下最难受的事，我躲在被窝里咂指头。夜半，有人破门进来，摸我的耳朵，然后将我抱起来，捂进黑色的披毡里就走。我就被卖到江那边，成了他们的娃子。"

"摸耳朵是啥意思?"麻脸石匠很好奇。

"夷家的娃儿,三岁前就得穿耳。汉人不是。我耳朵上没有穿痕,当然就是汉人。"

盼姐泪流满面,麻脸石匠用脸去蹭。无数的麻窝,盛不住往下淌的泪水。

"不过我命好,遇上了开杏……"盼姐说。

"你命更好,遇上了个石匠……"麻脸石匠说。

几天后,盼姐回到挑水巷。她和开杏,絮絮叨叨说了一夜的话,收拾了些衣服,回到杨树村,嫁给了麻脸石匠。开杏的妈妈听说,给他们送一床绣有鸳鸯戏水的大红棉被:"原来是给开杏准备的,她没有这命,只有你们才有这福分享受。"

盼姐拉着她的手哭。开杏妈说:"大喜的日子,笑好。明年,我可要等着抱孙子啦,你们得给我啊!"

盼姐抹抹眼泪,努力地笑了一下。她暗地里想开杏,巴不得开杏也一起好。

毒　肉

幺哥没在身边,乌铁有时心里像长着个疙瘩,硬硬的,不舒服;有时又像是心给谁掏走了,空荡荡的,风一吹,就凉。特别是到了晚上,夜深人静,马蹄声、马的嘶鸣、人的喊叫和战场上的枪炮声混杂在一起,不断地往耳朵里灌。硝烟味、尘土味和马尿味扑鼻而来。幺哥踢出火星的四蹄、胡笙由文弱书生到刚强男人的表情……这些在乌铁的脑子里虚一下,实一下,弱一下,强一下。蜷缩在床上,乌铁迷糊了。他不知道这是真的,还是假的,这是过往,还是当下。

又有人拍门了。每每木门在暗夜里发出扑扑的闷响,乌铁就脊背发凉。

还有人在叫他呢：

"乌铁……"

叫他的人声音虚弱，仿佛丢了三魂七魄。乌铁摸索着开门。模糊中，他看到两个乡下人抬着担架，担架上放着一个人。抬担架的人里有麻脸石匠。担架上这个人，眼睛藏在肉缝里，虚弱地、绝望地看着他。

是开贵！

"哥……"乌铁大着胆子叫了他一声哥。乌铁撑着身子，仔细看了看他的脸。那脸已经浮肿、变形，眼睛基本看不见，鼻子歪歪的，又肿又大，满脸流脓，膻臭无比。乌铁被吓了一跳：

"怎么成这样了？"

开贵喘着气，说不出话来。

乌铁问："是中毒了，最近，吃过啥？"

麻脸石匠说他吃了马肉。

"什么马肉？"乌铁眼珠鼓了起来。

"就是……就是一匹马……"麻脸石匠大约知道惹了麻烦，口里像含了麻核桃，说话不利索了。

看来，那个等着他去救回来的幺哥，被眼前的这个舅子吃了！

乌铁满脑子里都是他的幺哥。幺哥嘀嘀地叫，它打响鼻，它甩尾巴，它四蹄生风，它用长长的脸来蹭他……乌铁满脸的泪水。

通过麻脸石匠的讲述，乌铁知道了。原来，丧事办完好几天，开贵才想起幺哥来。他跑到厩里一看，杂乱的枯草上，躺着一匹马。那马死了，四肢僵硬，眼睛圆瞪，皮毛污脏得看不清本色。开贵吓了一大跳。他用一捆谷草，将幺哥圆鼓鼓的眼睛盖住，叫上麻脸石匠，把割谷的刀磨快，一刀一刀地将马皮剥下来，将马肉一块一块砍下，放在大锅里炖。就是马的心肝肠胃，开贵也没有放过，一件件搓洗干净，煮得透透的，下酒吃了。饥荒让开贵从不放弃任何可以果腹的东西。麻脸石匠没有吃，马和他一样，苦命。他看到马肉就心疼，就想哕。肉煮熟了，开贵吃得忘乎所以时，麻脸石匠却悄悄溜掉了。

夜里,开贵头昏眼花,上吐下泻。麻脸石匠按他的吩咐,把他送到镇上,镇上的草药医生弄了些药让他喝下。呕吐少了些,但他还头昏、眼花、腿软。看来,开贵身体里的毒素还没有消退完。再拖下去,恐怕性命难保。麻脸石匠这下想起乌铁来,他知道,金沙江边的夷人,每人都有两服独门子药。找他,也许还有救。

乌铁心凉透了。不想说话,也说不出话,他努力控制自己,生怕胸口里跳出一个东西。乌铁闭上眼,他啥也不想管,只想哭。

开杏一把抓住乌铁的手,一脸的哀怨:

"我哥他还有救吗?"

开杏的这种哀怨,是乌铁所没有看到过的。开杏求他,好像是第一次。乌铁直直身,擦了擦眼,他进到里屋,翻箱倒柜,找了些草药出来。还不够,乌铁又写了张单子,让麻脸石匠到孙世医的药铺里去抓药。

"土茯苓和雷公藤,一定要江边悬崖上的那种。"乌铁说。

乌铁给开贵吃了药,那些金沙江岸边悬崖上生长的夷药,让开贵活了下来。但乌铁不再叫他哥,一样称呼也没有。他的脸硬成一块石板,目光冷得像把锥子:

"肉你吃了,那你就给我马骨,你就给我马皮,还有它散落在泥地上的血。"

几天后,开贵喘了过来,可以下地走路。开贵回到杨树村,将那马的尸骨和皮毛归拢在一起,将渗有马血的泥土铲了起来,用一个大口袋装好,要麻脸石匠送去。

"送得越远越好!这烂乌铁,敢情是恶鬼貔貅现世害人……"开贵愤恨不已。

看到麻脸石匠送来的口袋,乌铁放下鞋底,喉头哽咽:"幺哥,乌铁今生亏欠你了!下一世你来做人,我来为马,你来为主,我来做仆,你来喝酒,我来吃草。我们还是好兄弟,代代轮回,世世相报。"

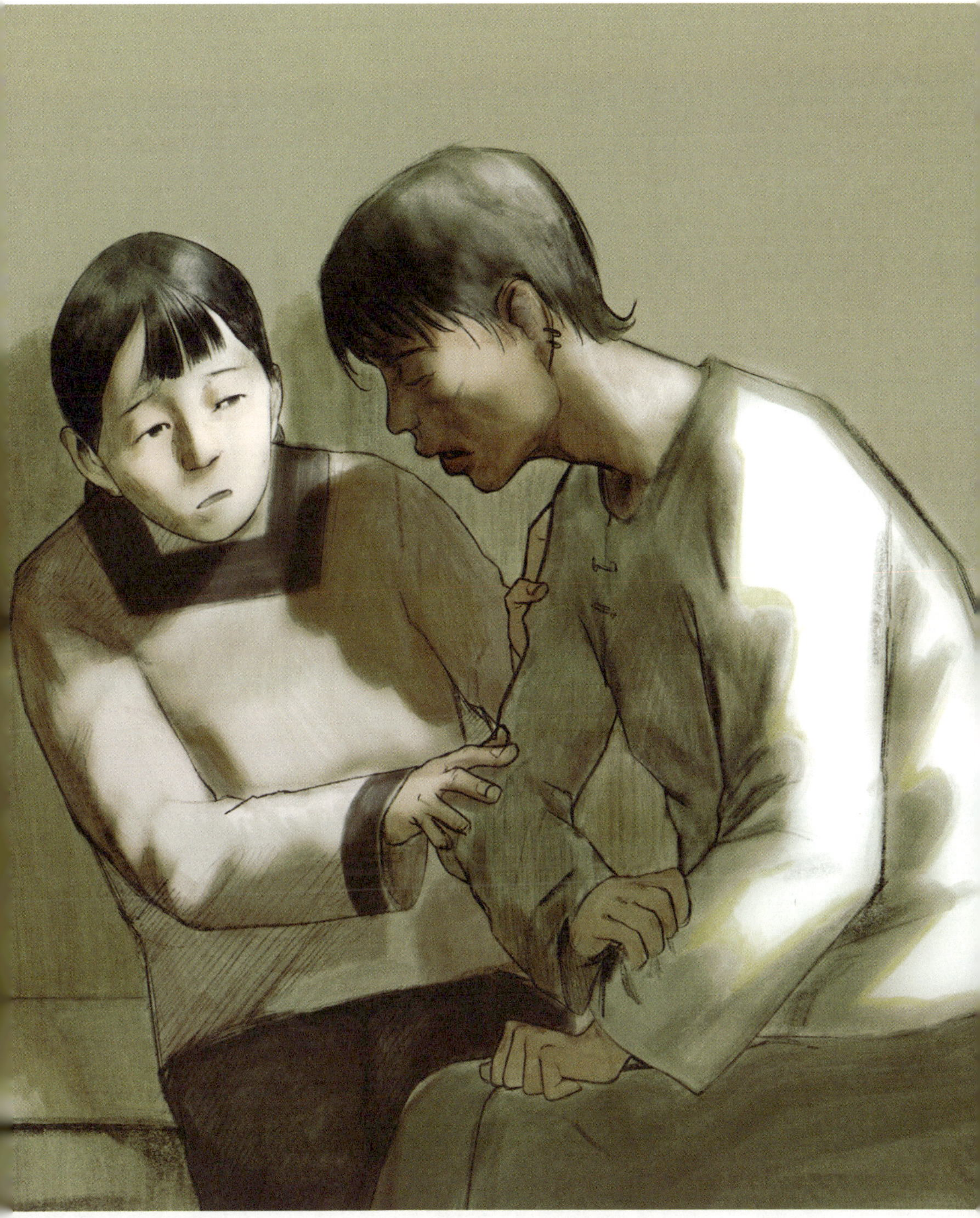

开杏一把抓住乌铁的手,一脸的哀怨:"我哥他还有救吗?"

突然有银铃样的笑声传来。乌铁抬头一看,原来是金枝。金枝满脸汗水,她刚从杨树村赶来。陆婶给她端来洗脸水洗了脸,陆大爷端来一碗茶。金枝脸又红又嫩,她喝了一口,抹了抹嘴,笑了。

金枝说:"一个大男人,这样伤心呀?也不怕被人笑话。"

"有啥可笑的?那马是我的亲人,是我的幺哥。"金枝不懂事,让乌铁难堪。

"知道知道。给我弄点治跌打磅伤、皮肤溃烂的药,我还你一匹骏马!"金枝似乎有点玩世不恭。

"这……"

"听我的,没错。"金枝笑道。在这个女孩子面前,乌铁一个大男人,显然是不好意思再伤心了。但他对于她要还给自己一匹骏马的诺言,似乎是心存疑虑。乌铁看看麻脸石匠,又看看金枝。

"回头再说,没时间和你啰唆。"金枝可管不了这么多,拿了草药就走。

麻脸石匠追过去:"怎么回事,金枝?"

"你不是常来找活做吗?"金枝说,"你天天跟那开贵瞎折腾,让你长个记性,咋啦?"

乌铁坐在挑水巷口,帮开杏照看摊子。一个没有脚的人,即使是胸有江湖,那也只是痴人说梦了。豆大的手艺,强过天大的家底。乌铁知道手艺对于穷家小户的重要性。他专心地琢磨那些鞋子,那些男人的、女人的、老人的、孩子的、活人的、死人的、便宜的、昂贵的鞋子,那些绣有山水、花朵、各种动物或符号的鞋子。他摸索着找来纳鞋底的钢针、顶针、剪刀、镊子、黄蜡和麻线,一针一线地开始做。刚开始的时候,那针老是刺在手上,血珠滚出,让他心惊肉跳。麻绳老是将虎口勒伤,疼痛钻心。他知道是自己分心了,眼前老是有幺哥出现,当然也和他的技术生疏、手法不当有关。他努力忘却一切,努力对技术精益求精。有吃不准的地方,他就让开杏教他。略有一点点进步,他就会喜形于色:

"喜莫,看看,我的手艺!"

有事做,他安心了些。

眼下,乌铁坐在摊位前,一心一意绱鞋。一阵噼噼啪啪的响动,一片黑影将西下的夕阳罩住。乌铁落入了灰暗之中。乌铁想不到阳光会落得这样快,短暂的光芒让他感觉到极为珍贵。他挪了挪身子,打算回屋。不想一阵马蹄声由远而近,在他面前停留了下来。乌铁看到的是四只马蹄。

幺哥!

果然是幺哥。它抬了抬蹄子,叩了几下石板,打了两个响鼻,摆了摆尾巴。乌铁知道,它是在和自己说话。幺哥没有死,它活下来了。乌铁好激动,他抬起头,想让牵马的人,把马牵得更近一些。

眼前牵马的人,是金枝。

乌铁伸手去接马缰绳:"金枝,是还我马了吗?"

不料金枝将手一缩:"乌铁哥,你看,它好好的了。我给它用过药,不就好了吗?再借我用几天吧!放心吧,我养马,可不比你差!"

"上次,是咋回事?"

金枝笑:"开贵想吃马肉,我只好找了匹死马来换掉,不然……"

这个金枝,居然骗了所有人。乌铁正要道谢,不想,马上扑通跳下一个人。他头戴礼帽,身着黑衫。他警觉地看了看左右,回过头,低沉而小声地说:

"乌铁,回屋说话。"

在挑水巷,没有人会这样直呼其名。来做鞋、来送水、来看热闹的人,比他大的叫他兄弟,比他小的叫他叔叔,还有的叫他师傅,很少有人叫他的名字。乌铁定睛一看,叫他的这个人,居然是胡笙!虽然这人脸黑了,胡须浓得将嘴遮得严严实实,顶上的礼帽压得很低,但乌铁一眼看去,就认出他了。乌铁嘴巴大张,合不拢来:"你是人是鬼?"

"你看,我是人还是鬼?"

乌铁好激动:"胡笙,你居然还活着!"

"你都活着,我咋不能活着?"

乌铁动了动身体,试图起来。胡笙蹲下去,握住他的双手:

"别动！我知道的。"

"你知道？你知道啥？"

"是呀,我知道啥……"胡笙忍不住,哭了起来。

两个男人,就这么四目相对,哭得忘乎所以。

胡笙的出现,令开杏深感诧异:

"乌铁,你不是说他死了吗？你不是说他尸骨都没有找到吗？"

"……"

"这不是乌铁的错,他哪会知道？那生死场,都九死一生……"

胡笙说:"你们,还好吧？"

这样的问候,显然是多余的。乌铁点点头,又摇摇头。

胡笙说:"乌铁,谢谢你舍身救我。"

乌铁又摇摇头。战场上的义无反顾、凛然大义,或者是胡笙所说的舍身救人,其实是不需要培养的。一个有良知的人,都会有这样的本能。事实上,两人之间,真说不清是谁救了谁呢!

胡笙看了看门外,回头小声说:"在这之前,我一直在他们的队伍里,我看到了种种不堪,受够了。我离开了他们。其实,我在乌蒙已经好几个月了,但工作并不顺利。他们发现了,容不下,我只能走。我要去……陕北。"

乌铁知道他说的"他们"指谁。胡笙的遭遇,是自己无法想象的。他所经历的,肯定超越了生死,超越了之前有过的爱恨。他隐隐约约听说,这个叫胡笙的教书先生,在上台儿庄前线时,就已经秘密地加入了一个组织。

"能留下来吗？我们一起开店,一起绱鞋……"乌铁说。

"我来向你们证明一下,我还活着。另外,你腿治好了,我们就一起走……"胡笙轻轻卷起他的裤脚,看了看,摸了摸,摇摇头,叹了口气,"看来,只能我一个人走啦!"

"我知道了。"乌铁说着,让开杏找来纸笔,交给胡笙。

"我说你写,就写我还活着,在乌蒙过得不错。写你是我的好兄弟,肝胆相照的那种。过了金沙江,如遇上麻烦,这个会起些作用。"

胡笙低下头,迅速写了大半页纸。乌铁看了看,对于汉字,他不大懂。他接过笔,在那些文字的旁边签下自己的名字。胡笙接过,折好,小心地藏在衣服贴身的里层。

"你收好啦!"乌铁突然回头,对开杏说,"你,你跟他走吧!"

"乌铁,我可不是来找你要人的!"胡笙的脸猛然上了霜,转身要走。乌铁一把将他的衣摆拉住。

"开杏,把你做的鞋给他吧!只有他才配穿!"乌铁说。

翻箱倒柜,开杏慌张着,从里屋将鞋子拿了出来。这双鞋是当年开杏在杨树村谷草堆前做的那双。鞋子经风历雨直到现在,总算要物归原主了。开杏层层打开包裹,将鞋递给胡笙。

胡笙接过这鞋,仔细看了看,用粗糙的手紧紧攥住。他看了看脚上破烂的草鞋,又看了看乌铁和开杏,最后还是摇摇头。他将鞋子还给开杏,脸上露出了难得的笑。他给乌铁和开杏深深地鞠了个躬:"你们,好好过吧……"

胡笙喉头哽咽,眼前一片模糊。他擦了擦眼睛,踉跄出门。就在这时,巷口那边人喊马叫,有一群人迅速扑了过来,同时还伴随着枪栓拉动的恐怖声响。

金枝将马牵来,胡笙翻身上马。他伸手一拉,金枝也上了马背。他双腿一夹,幺哥四蹄腾空,瞬间消失在古巷之外。

"抓住他,别让他跑了!"

沉闷的枪声响起,无数的士兵穿过挑水巷,朝城外扑去。

第三章 门里门外

阴　招

　　幺哥穿林钻雾,金枝和胡笙很快逃脱追兵。三天后,兄妹俩挥泪而别。金枝眼睁睁看着哥哥挂在溜索上过了江,才骑上马,摇摇晃晃回到杨树村。到了村口,已是月影西坠,天地昏暗。幺哥饿了,嗅到谷草的香味,蹄声慢了下来。金枝跳下马,牵它到谷草堆前,给它扔了两把谷草。金枝在谷草堆前坐下,理了理凌乱的头发,舒了口气。几天的奔波,她够累的了。

　　一个黑影堵在面前,嘿嘿地笑了两声:

　　"金枝,长翅膀啦?我可是长出八只脚也追不上你们呀!"

　　"你是?"金枝倒吸了一口凉气。

　　"我是谁?我让你看看我是谁。"那人凑过来,"这是我的脸,这是我的眼睛,这是我的鼻子……"

　　黑暗中,眼前戳戳画画的手,指头并不完整,金枝感觉到了,是开贵。

　　金枝壮了壮胆:"黑更半夜的,你做贼呀?"

　　"嘿嘿,别乱说!我不是做贼,我是来抓共产党的!"说着,开贵逼了过来,开贵的目光,比黑夜还黑。开贵的话,仿佛一瓢冷水,泼得金枝心都凉透。

　　金枝退了两步:"你别乱来啊!"

　　"你是我的媳妇,什么乱来不乱来的,说了让人笑话。"开贵说,"今天晚上,天做被,地做床,我们把大事办了吧!"

　　"我啥时是你媳妇了?就算是我们俩家换亲,你妹妹可没有嫁我哥呀!"

　　"开杏没嫁胡笙,那是胡笙屄嘛!像我这样,不是轻轻松松就解决了吗?"开贵像一匹饥饿的狼,将金枝按倒在谷草堆里,"别怪我,我是跟乌铁那杂种学的!"

"开贵,你疯了！再这样,我叫啦!"金枝拼命挣扎,尖利的指甲抓破了开贵的脸。

"你叫吧,要是真来了人,我就大声告诉他们,胡笙是共产党!"开贵几下撕开她的衣服,"我告诉你,我有证据。那样,你和你哥,你们一家都全完了!"

金枝像被抽了筋,手脚软了,一点反抗的力气都没有。她蜷缩在谷草堆里,低声啜泣,任由开贵摆布。

黑暗里,幺哥在不远处,幽怨地看着这一切。

乌铁夜里老是睡不好,也不知是人在梦里,还是梦里有人。他只要一闭上眼,嗡的一声,一群炮弹乌鸦般扑来,瞬间炸开。乌铁小腿以下,像削萝卜一样,给轻而易举地切走了。乌铁瞬间利锥穿心,痛感贯彻骨髓,被吓醒过来。

这种情形反复出现,遭貔貅了。乌铁在心里嘀咕,努力想吐出一泡口水。吐口水是咒鬼的办法之一。他舌头未动,却一下子迷糊了。无限跌落,无限升腾;无限放大,无限缩小;无限红,又无限黑。身子被撕得粉碎,被反复碾压。破碎的骨头,污脏的血液,巨大的声音……全包围而来,反正,那不是人间,更甚地狱,或者是地狱中的地狱。也不知道过了多久,乌铁醒来,小腿以下,像被狼在啃嚼,还能听到喊喊嚓嚓的啃噬声。肉体的痛就不说了。对于一个男人来说,痛算不了什么,它会过去,而且也过去了。麻烦的是失去双脚,他就不再健全,不能像一个正常的人,想上云南就上云南,想下四川就下四川,想过金沙江就过金沙江。他常常在夜深人静的时候,闭上眼,挽起裤脚,小心翼翼地、一点一点地往下抚摸,试图意外地摸到两只硕大的脚掌。他摸不到。他摸到的只是两根粗短的肉桩,于是便倍感凄凉。

幺哥被金枝牵走后,一直没有回来。原因是开贵与金枝成家后,开贵更需要马了。没有脚,行走更加受限,乌铁要做的事,就只能依靠想象来完成。比如，他披着雨雪霜冻都难以侵入的羊毛披毡，撵着云一样流动的羊群，在高山上无忧无虑地放牧；比如，他骑着幺哥，在金沙江上自由往返，别人靠坐溜索才能渡过，他只要两腿一夹，胯下的骏马就能浮水而过；比如，他扛着一包炸药，跑得比风还快，瞬间就将日本兵炸得尸骨全无；比如，他还能够到城外两里远的沙井里挑水，顺便在石隙里摸两条鱼回来，妻子开杏洗完澡，他的鱼汤也上了桌；再比如，他和开杏一起，到布店扯布，到米店打米，到杨树村开杏的娘家，帮助开贵打理满场的谷粒……他想到这些，像是有金色的谷粒雨点一样洒得他一头一脸，很幸福。

　　乌铁在这夜里，老是觉得不平静。金沙江边的人认为矮山多鬼，居之多死，现在看来是有道理的。只要入夜，他就老是听到风吹雨滴，听到夜鸮尖叫，他感觉到鬼来了。鬼围着他，时左时右，时远时近，时笑时哭，时喜时悲。乌铁知道，他们都是自己的战友，一个个都是尸骨全无、无家可归的人。乌铁觉得，和他们相比，自己活着回来，是占了便宜。乌铁知道，他们在鬼的世界同样不容易，便偶尔给他们烧些冥纸，泼些水饭，说上两句安慰的话。

　　远处，公鸡长一声短一声地打鸣，近处屋顶的瓦片上有露水滴落时，乌铁又醒了，原因是他又看到那些隔世的人一脸模糊地找他来了。他就偷偷地摸索着起床，争取不弄出响动。他起床有事做——搓麻绳。开杏做布鞋卖，纳鞋底就需要很多的麻绳。乌铁手上功夫还行，搓麻绳是小菜一碟。他之前不是太懂，搓出来的麻绳粗一段细一段，根本就过不了锥眼。但经开杏一教，没有多久，从他粗大的掌心里出来的绳子就又细又均匀，让开杏十分省心。

　　烧了一沓冥纸，泼了半碗水饭，乌铁挪到堂屋，摸到墙脚的马铃。那马铃有着幺哥的体温。那马铃声还有着金属的响亮，咣啷咣啷，咣啷咣啷。开杏惊醒了。

　　开杏说："你多睡一下不行吗？吵死人了！"

　　乌铁有些歉意，每次他起床，都尽量减少磕碰，可他总是无法避免，会弄出响声。不过有响声也好呀，恶鬼觊觎怕人间烟火，特别是金属的撞击。

事实上，不是他弄醒了开杏，而是开杏本来就睡不着。此前开杏似梦非梦，老是感觉门外有人。女人总比男人敏感。果然，乌铁开门，往外泼洗脸水，突然啊地叫了一声。

门槛外，一团比青石板更黑的东西搁在那里，很醒目。战场上吃过亏的人，对这样的东西心有余悸。乌铁四下里看去，没有尽头的小巷里，没有一个人影。他一只手举起马灯，另一只手从门后摸出夷刀。刀尖一挑，是一团棉布包袱。

最近，驻守古城的是一个刚来的团长，毛胡子，黑风丧脸。他不来则罢，来了倒不平静，隔三岔五，就会闹出一桩怪事来。要不就是谁被抓了，要不就是谁吊脖子了，要不就是哪个商号又得捐款了。那些都和战事有关，但乌铁不知道眼下这东西是否和战事有关，他小心地凑过去。

天哪，他居然看到一个孩子的脸！不会是鬼吧？

灯光一晃，孩子哇地哭出声来。

那声音太嫩了，没筋没骨，还不像人的。

乌铁的心扑通直跳。他看看四周，黑暗仿佛更加浓稠，压迫得人喘不过气来。他收回夷刀，放稳马灯，伸手往里摸了摸。鬼没有命，是凉的，而这包袱里，分明有着几分暖和。他将孩子抱起又放下，放下又抱起。这条命细若游丝，要是没有人管，恐怕很快要断。咬咬牙，他将孩子抱了起来，回屋。开杏已经起来。听到不太正常的声音，她不知道发生了什么。

这个时候，能抱回的最好是粮食。看到乌铁抱回的是个孩子，开杏头大了。兵荒马乱，连自己都管不好，还管得了别人？这乌铁，疯了。

开杏说："还是不要多事为好。"

乌铁也觉得棘手，但一个嫩伢子，扔到门外，不知道还能不能活。这年月到处闹饥荒，据说野狼都已经进城了。说不准这个时候，吃人的家伙早已潜伏在暗处，眼睛闪烁着要命的绿光，磨着锋利的牙齿，流着充满腥味的涎水等吃的呢！

"这……"乌铁犹豫着。

"给我吧！"开杏的牙齿上下敲打，声音颤抖。乌铁所为，开杏并不买账。她将孩子夺过，出了门，四下里还是黑。巷子里一个人也没有，天上一颗星也没有，空中一缕风也没有。都没有，就和谁都没有关系，那为什么还要和我们家有关系？她用脚尖探索着路面，小心地走出巷口。这里四通八达，只要天亮，往来的人就多了，谁有缘分就跟谁去吧。她将孩子放下，往回就跑。不料孩子哭出声来。孩子的哭声，细若麻绳的末梢。突然冷风刮过，仿佛就都不在了。谁家的门板给刮得哐哐作响，似豹子在低啸，野狼在喘息，鬼怪在寻欢。开杏犹豫了，回头看看，又觉得黑压压的天上，有无数的眼在盯自己，仿佛在责怪、不饶。是呀，见死不救，罪莫大焉。

开杏走回去，将孩子抱起。快到家门口时，她站住了。她轻轻把孩子放在了对面茶铺的石坎上，赶紧回屋。

陆大爷自从儿子去了台儿庄下落不明后，病冒了出来，随时在折磨他。他有去寻找儿子的打算。但老伴比他利索，比他急，背着个褡裢就找儿子去了。陆大爷独自在家，茶铺便开得晚，常常是午饭时才开门，太阳一偏西，他又将门闩插上。一天的光阴，他活的是半天。有这孩子，他应该快乐，有盼头。

那孩子还是哭，只不过声音更微弱，像根拴着风筝的细线，风筝一挣扎，随时都有断掉的可能。上过战场的乌铁知道，只要有声音，人就还活着。但当声音渐弱时，他的气还有多少，个个心知肚明。

要是陆大爷天亮后不开门，或者开了门没有发现孩子，或者发现了孩子他根本就不理会，或者陆大爷将孩子抱回去了，可他七十来岁的老骨头，根本就无法照料孩子，或者那孩子根本就禁不起这一冷一饿，再或者，一群饿狼扑了过来……乌铁往陆大爷的门上扔石头。哐的一响，又哐的一响。直到陆大爷门口堆了好几个石块，门才吱呀一声闪了一条缝。

开杏连忙熄灯，扒着门缝，紧张地往外看。天有点亮的意思了，但巷子里还无人往来。陆大爷趔趄出门,马灯一晃,勉强看清了是个啥。老来之人,见得多了,一下就明白是啥意思。他叹了一口气,抓了抓蓬乱的头发,回屋。过了会儿,陆大爷端出个碗来,放在孩子的身边,连巷口都懒得望一下,蹒跚着关门回屋。

开杏失望了,用无奈的眼光朝乌铁看去,她妥协了。乌铁开门,双手撑着,努力翻过门槛。因为急,一个趔趄,他倒在了门槛外。开杏不忍心了,将他扶起:"我去吧!"

孩子被抱了回来,那个碗也被端了回来。碗里是半碗米粉,白白的。两人将包裹打开,是个男孩。

乌铁说:"谁家的呀?这么好的孩子扔掉了,丧德!"

"这年头,大人都活不了,谁还管他?"

娃儿贴身的地方,放了两件小衣服,其他什么都没有了。开杏忙生火煮米粉。乌铁则抱着孩子,不知所措。孩子老是哭,仿佛乌铁夫妻前世欠了他啥。

米粉煮熟,开杏边吹边喂。孩子不哭了,汤汤水水,咽了半碗。估计肚子饱了,孩子闭上眼睛,一呼一吸,还算均匀。

乌铁说:"留下吧!"

"要田自耕,要儿自生。"开杏板着脸。

开贵那一次得逞,再没有第二次。金枝手里提一把砍刀,只要开贵靠近,她就举起刀来,要不架在自己的脖子上,要不就是朝开贵的肚皮捅过去。

金枝说:"我只要稍一用力,你肠肠肚肚都要流出来!"

"你真这样,我可要告诉大伙了!"开贵显然不怕,又开始要挟。

金枝咬咬牙:"你告呀!你就是告到县衙门,我也不怕你!你满嘴的狗粪。无常爷卖布——鬼扯,只有鬼才信!"

开贵想想,自己除了亲眼所见,其实并没有什么有用证据。硬的不行,他就来软的:"你都是我的人了,到我家住吧,我会对你好。"

"滚!夯远点!"金枝眼睛血红,一刀砍在板凳上,"你再敢嚼牙巴骨,我就让你不得好死!"

金枝受此大辱,几次想死。她后悔死了,当时禁不起开贵恐吓,居然让他得逞。要是自己强硬一点,就没有事的。为此,她不仅不怕开贵,相反一见他就提刀弄斧,吓得开贵魂飞魄散,裤子都湿了。他发誓说:"你饶了我吧,我再说一个字,断子绝孙!"

有了这话,金枝放心了,哐啷一声,将刀扔掉。

但是,没过两个月,意外出现了。她恶心,想哕,头晕,四肢酸软,到古城找孙世医看了,才晓得怀上了娃儿。金枝像遭了当头一棒,回不过神来。那一瞬间,她再次想死,跑到后院的伙房里,抢了把菜刀,朝脖子搋去,皮切进了一层。幸亏孙世医手快,一把将那刀夺掉。

金枝说:"不让用刀,你就给一服药。"

"在我面前死,你哪够格?"孙世医忙着给她的伤口消炎、敷药。

开杏劝她:"比比我,你就晓得该不该死。"

睡了三天,金枝起床,自己做饭,自己敷药,不再往死里想。

日子实在是够熬,到了年底,开贵进城来,说金枝就要生了。为此,开杏跑了半个城,才买到半袋红糖和一块棉布,让开贵带回去。开杏没有生过娃,做母亲的愿望于她越来越强烈了。夜里,她甚至会主动让乌铁上床。可事与愿违,都几年了,开杏的肚子还是瘪瘪的,一点变化也没有。

今天遇上这事,乌铁以为开杏会接受。可想不到,她更反感。

开杏抱回孩子,并不是已接纳了他。天亮,开杏假装借火,想再看看陆大爷的态度。推开茶铺的门,陆大爷看了她一眼,将火镰递给她,一脸的麻木。烛火已燃到尽头,剩下的就是苟延残喘。一个连哭都哭得不完整的孩子,这样的老人肯定是难以照料。开杏抱着孩子就往县衙门跑。乌铁心想,这开杏是不是人哪?是不是女人哪?这种铁石心肠,怕是世间少有。乌铁反应过来时,她已经在巷口消失。乌铁气得想跺脚,可一用力才发现,自己根本就没有脚,自己连发泄一下气愤的条件都没有。他把拳头捏得咯咯响,把牙齿咬得咯咯响。可没过多久,开杏又抱着孩子回来了,原因是眼下战事吃紧,天灾不断,县衙门根本就无暇顾及这个来路不明的孩子。她把孩子往地上一放就要跑,站岗的士兵一枪托子甩来,差一点打在她的屁股上:

"老子打仗都来不及,还管你这馊事?"

迷　雾

折腾半天,乌铁心烦意乱。这个开杏,一个还没有生过娃的女人,内心关得紧紧的,好像也钻进去个小鬼。关键时候,小鬼一旦捣乱,行为就难以理喻。这孩子来得蹊跷,乌铁也心存疑窦。他抱过孩子,对着窗外照来的阳光,看来看去,孩子又小又嫩,眼睛还没有神,腿脚还没有骨,脸皮上还有娘胎里带来的皱褶。除了营养不良外,真还看不出个啥。他找来一个鸡蛋,呵了三口气,在孩子身上滚了三遍,打在碗里,对着阳光看鸡蛋清的形状。鸡蛋清那部分纹理散乱、略显浑浊;另一部分却很整齐,轮廓清楚。乌铁又扯来稻草,掐去头尾,折算长度。这些金沙江对岸的人惯用的算命法,还是没能明确地告诉乌铁这孩子的过去和未来。乌铁皱了皱眉,抚了抚胸口。这样小的孩子就遭遗弃,肯定是恶鬼貔貅作祟。

作为在金沙江边长大的人,乌铁有诅咒恶鬼貔貅的办法,他决定试试。

有这样的意外出现,开杏门口的鞋摊,例外地没有摆。乌铁挪出门来,看到正好有一乘空滑竿过来,连忙叫住。战事连连,又闹饥荒,生意不好,两个抬滑竿的苦力见有人招呼,忙客气地搀扶乌铁坐上去。滑竿是古城里的交通工具,两根长长的木杆,中间穿过简单的座位,一前一后,两人抬着走便是。

"去哪?"苦力问。

"城外。"乌铁说。

刚出巷口,却见开贵骑着马匆匆奔来。开贵一脸菜色,形容萎靡,一看就是饿久了。而幺哥刚进挑水巷时,乌铁似乎就感觉到了。一个养马的人,嗅不到马的气息,听不清马的蹄声,感受不到马的饥饿、困乏、疼痛和欢乐,那肯定不是一个称职的养马人。而幺哥大约也嗅到了乌铁的味道,记起了往事,蹄子不断地叩击石板,发出嘀嘀的嘶叫声。经历太多,乌铁和幺哥的内心都不断受过重创,伤口破裂、流血、结痂,再破裂、流血、结痂。乌铁眼眶突然一热,伸出头去:

"唉!"

开贵正心急火燎地赶路,听见有人叫他,侧头一看,乌铁坐着滑竿,满脸严肃,脸突然寡白:

"妹夫,要去哪里?"

乌铁说去找孙世医。乌铁没说他的真实意图。开贵虽为舅子,却小肚鸡肠,眼珠一转,便是一个主意。他不懂得尊重人,对乌铁,更是打心眼里仇恨。那仇恨是满罐子的毒,随时都有倒出的可能,随时都会毒死人。开贵今天没有直呼其名,突然称呼妹夫,让乌铁吓了一跳,心想他肯定又有事相求。开贵伸出手来,抓了两把乱草一样的头发,便让乌铁折返。

乌铁说:"哥,我得看病去,昨天就约好的。"

开贵说:"别去了别去了。孙世医给人看病去了,刚被接走。"

"刚被接走?"

"是急毛病!马腹村的人,拉个大黑骡子来驮走的。"开贵说,"我眼睁睁看到,主人家心急火燎,说病人是独丁丁,肚子疼得直打滚,再不去怕要死人。"

马腹村很远,是高山深处的一个山寨,需爬九座山,过九条河,歇九口气才能到达,往返至少三天。乌铁只好打转,回挑水巷。

跨进乌铁的家门,开贵看到开杏抱着孩子。他突然一愣,满脸惊讶:

"开杏,生娃了,之前没有……"

"生啥?"开杏脸一红,努了努嘴说,"捡来的。"

"呀!"开贵脸色一转,突然笑了,"是观音显灵了!观音看你们家生不出,给你们家送来了!"

开贵的厉害,乌铁不止一次领教。好说歹说,由他那张嘴。今天这话,让乌铁不舒服,开杏也不舒服。

开杏问:"嫂嫂生了?"

"生啥子哟?"开贵立马瘪嘴,一脸的苦相。

"怎么了?"开杏追问。按时间推算,金枝就是这几天生。

"前两天金枝说肚子痛,我拉马驮她去找郎中。"开贵指了指门外那匹烦躁不安的马,"不想这烂……这瘟马不听话,突然一个遭扑,金枝跌下来了。那么高的马背,那么大的肚子,她就往下掉……"

"啊!"开杏吓得尖叫,"她都要生了,你还让她骑马……"

"谁能预料这些事啊?就这样,娃娃没有啦!"开贵双手一摊,脸瘪得像核桃的硬壳。

乌铁急了:"金枝现在咋样?"

"躺在屋里哪!"开贵白了他一眼。

开杏急了:"大人要紧呀!救命要紧呀!你还有闲心跑来跑去?"

"大人要紧,娃儿也要紧的。我……"开贵捂了捂嘴,又说,"我家这么不幸,金枝十月怀胎,受够苦累,却没有了。你们家一点不费劲儿,却得到了孩子。人比人,气死人,马比骡子驮不成哪!我还担心是这马使坏……"

舅子信口雌黄,胡说八道。舅子还没有说完,乌铁抱在怀里的孩子却好像屙了。他要开杏配合他来擦掉,可他笨手笨脚,开贵一看就生厌。

"你这手脚,笨!要是在杨树村,吃屎都要给狗推几个翻翘。"开贵边说,边去帮助妹妹。孩子太小,没有筋骨,粗手大脚会伤害他。两兄妹都很小心。

开杏说:"你们家孩子没了……哥,这孩子你们领回去,说不定会让嫂子高兴。"

"金枝最想娃了……"开贵说,"咦,你说得对!不过,我还是不带去的好,观音娘娘送给你家的,又没有送我……"

两兄妹推来推去。那是他们的家事,乌铁不便插嘴。乌铁把箩筐里搅乱的麻丝理顺,开始搓绳。乌铁手劲大,搓出的麻绳太结实,用这样的绳绷出的布底就会很硬,硌脚。开杏告诉过他好几次了,用力要均匀,搓出的绳才好用。可乌铁一走神,麻绳还是搓紧了。

开贵也就是看看。喝了开杏端来的半盆稀粥,用水涮涮嘴,咕噜咽下,他一甩手就走了。不料刚到正午,他又骑着马,急匆匆从杨树村赶来,仿佛背后有饿狼追逐。他跳下马,抹了一把汗,说要带走这孩子,帮助金枝解决问题。金枝胸脯生疼,涨奶,不一会儿就将胸襟沁湿,好像她抱着的是两个不停冒水的泉眼。没有孩子吃,奶汁淤积在里面,又涨又痒又疼,会长奶疖。此前有的妇女就是因此得了大病,难以治愈。再有呢,孩子没了,金枝伤心得很,有个孩子在她身边,打打岔,让她淡忘,是再好不过的事。

"暂时帮你们带几天,金枝过了这一关,就还你们……不过,给你们家带孩子,花钱费油的。金枝生的是头胎,奶水特养人。她能给你们奶孩子,多大的福。但她很伤身体的,你们看着办吧。"开贵语无伦次。

开贵不像乡下人,他像个账房先生,抠,一说话,就像是拨算盘珠子,哗啦直响。

开杏原本就不想领养这孩子的,开贵一说,她巴不得。过去的一夜,孩子又哭又闹。醒的时候,怕他饿了,睡着时,又怕他没有呼吸。她只好整夜守着,睡不好,吃不好,客人等着鞋穿,鞋子却没法做。养儿她没有经验,要是出了啥意外,还真不好交代。

"不能带走。"乌铁却说。

这下吃惊的是开贵,他的眼珠牛眼一样突出。他试图看清乌铁平静的脸后面躲着什么,这个没有脚的人,并不好对付。

"帮你家带孩子,居然不领情,什么意思啊?"

"粥稀与稠,筷子晓得;人来人去,天才晓得。"乌铁说,"这孩子一定是有来历的。扔孩子的人家,不是家破人亡,就是大灾大害,要不然谁会干这样的傻事啊!身上的肉丁丁呀!再就是,这么大的古城,这么多的人家,为啥不放在别的地方,偏要放在我们家的门槛边?"

开杏也觉得乌铁说得对。开杏犹豫了:"是呢,要是有家人突然来要孩子,我们抱不出,麻烦就大了。"

"哪有这样的事,别想多了。"开贵有些不耐烦,"就三天。三天啊,要是有人来,你就说我带走了。"

开杏说:"那我跟你去吧,照顾他,也顺便看看金枝。"

"不用了!有啥好看的!"开贵没有好脸色。他转身朝马走过去。

开贵跳上马背,接过开杏递过来的孩子,往背上拴稳,一抖缰绳,就要离开。那么哥却不往外走,而是扭过头,朝乌铁走来,低下头。乌铁不能站立,他伸出手,努力摸了摸马脸。马脸糙手,眼下方有些潮湿。

马看着乌铁,乌铁也看着马。乌铁对马说:"幺哥,看你好好的,我就踏实了。"

开贵脸一垮,收紧了马嚼口:"它哪里不好了?没有见到,你就不踏实啦?你这嘴,吃了乌鸦屎还是咋的!"

看着人马消失于巷口,乌铁老觉得开贵背后有股阴气,鬼带来的阴气。朝着巷口,他吐了一泡口水:

"恶鬼貔貅,你早点走,我给你衣裳穿,给你煮肉吃……"

骨　肉

开贵骑着马,踢踢踏踏到了杨树村。因为天旱,沿途黄尘一片。四下里有树的树枯,有草的草亡,萧条得怕人,人影儿都难有一个。开贵张了张干涸的空嘴,笑了一下,感觉自己并不是太笨。听到马蹄响,金枝从屋里蹿出,差点让门槛绊跌。开贵还没有下马,孩子就被金枝接过去。孩子是金枝身上的肉啊,十月怀胎,把金枝折磨得不像个人。孩子离开也就这点时间,金枝连肉都垮掉。心尖子上像被一根铁丝牵住,想一下,就被扯一下,疼到了心口,疼进了骨髓。金枝受不了,就看天,天上风干云薄;看地,地上尘起土落。现在孩子回来了,她紧紧抱在怀里,生怕被人抢走。孩子大约是嗅到了奶的味道,直往金枝怀里钻。孩子吃奶的那种急,仿佛他是饿了几十年。

"饿痨沟来的娃……"金枝的泪水黄豆样滚落下来。

孩子还怀在肚里时,杨树村就不像是人待的地方了。天要收人,不是直接将人拖走,而是让人受大难,生大病,最直接的办法就是让人冷、让人渴、让人饿,到了极致,自己去见阎王。这年辰不好,先是大雪大冻,一月不化;接着是洪涝,整个村子、田野全泡在泥汤里;再后来是干旱,泥巴都冒起了煳味。每一次灾害对庄稼都是致命的。庄稼死,人肯定不得活。村里有人死了,有人投亲靠友去了,有人逃荒要饭去了。没有米,没有肉,村里的人多数时间是挖地瓜、剥树皮,一顿分作三顿吃,一口分作三口咽。嚼咽的时候,尽量让食物在口舌间多停留。开贵熬不住,几次要带着金枝出门找吃的。金枝不干,她怀着孩子,无法想象前途,说死也要死在杨树村。这样开贵就只好候着她。好在有开杏偶尔的接济,他们一家没有饿死。

生孩子难,养孩子更难,这个开贵清楚。孩子临近出生,开贵就将消息捂得死死的,就是开杏也不知道。孩子生下来后,外面谁也不知道。开贵有开贵的小主意。这年月,连自己都养不活,要让这比拳头大不了多少的小生命活下来,还得动动脑筋。但当他把自己的想法和金枝说了时,金枝根本就不同意,金枝觉得这肉是她身体的一部分:

"丧德呀,开贵!孩子是你的,你前世是猪,还是狼?"

骂归骂。当金枝饿得眼冒金花、脚酥手软,孩子饿得连哭的声音都像耗子叫时,金枝只好妥协:"只要孩子能活下去,随便你。"

留在身边是死,送出去,或许还会有条生路。开贵清楚,村子里不行的,耗子都饿跑了,鸟雀都饿飞了,人呢,饿得连走路都要扶墙。开贵来到老鸹崖的寺庙。此前,不断有香客到观音塑像面前求官、求子,去黑财神爷面前求财,去南极老人面前求寿。他们常常会带些钱,带些吃的贡献给菩萨和服侍香火的弟子。开贵没少吃到那里的免费食物。可开贵背着孩子到了那里,四下里冷冷清清,蛛网纵横,供桌上覆满尘土,众菩萨在尘埃中面若冰霜。一个人也没有,哪里还有吃的?他到了城门边。那里是交通要道,走南闯北的人很多,偶尔也会有达官贵人由此经过。这孩子要是能被那样的人家带走,也算是一件幸事。但事实并非如此,城门洞口有枪弹打穿的洞,有烟火烧过留下的痕,地上还落有星星点点的弹壳和未干的血迹。偶尔有人走来,都是破衣蒙面,行色匆匆。谁像个养孩子的人哪?

不远处,三五只饿狼目光泛绿,它们埋伏着,静静等待,喉咙里藏着饥饿,牙口咬磨着,伺机寻找下口的机会。开贵毛骨悚然,连忙逃离。

突然,一个念头一闪而过。

夜深人静,开贵将孩子送到了乌铁的家门口。开杏是他的妹妹,两兄妹从小相依为命,情深意厚,难以割舍。开贵甚至暗地里想,要是天理能容,他就应该和开杏生活一辈子。开杏随了乌铁,他内心一百个不情愿,每每想起,就痛苦不堪。开贵一直看不起乌铁,仇恨乌铁,甚至恨不得掐他的脖子、剔他的骨、吃他的肉。乌铁上前线,他在默默地祈祷,让乌铁吃枪子、被刀杀、被炮炸,去了就不要回来,连尸骨都不要有一点回来。但上天不这样安排,乌铁不仅回来了,还人不人鬼不鬼地回来了,这更让人厌恶。即使乌铁不断地为过往忏悔,但忏悔不能当饭吃,不能当衣穿,改变不了既成事实。他甚至认为,乌铁,这杂种,一定会在他的面前消失,迟早。

开贵现在这一招,可是一举两得哪!这肚皮官司打得。他得意扬扬地回家时,金枝揉眼抹泪,死死拽住他的衣服:

"还我的孩子来!还我的骨肉来!你这畜生,小人,黑心烂肝,天理难容……"金枝此前为人处世有口皆碑,自从跟了他后,就变成了一个泼妇,什么脏话都说得出来。为了不影响大事,任金枝怎么骂,他都咬紧牙不吭气。

金枝问:"你亲眼看到他们把孩子抱回屋了吗?"

当时他将孩子放在门槛外就走了,比做贼还紧张哪,哪里敢回头去看?

金枝撕打他,又哭又闹。女人撒起泼来,十头牛都拉不开。

金枝手软了,松开了,其实她也闹不了几下。她饿,稍一闹腾,就手软脚汃,有气无力。

金枝喘着气说:"是死是活,我可得看他一眼呀!"

看他一眼?要是到了开杏家,金枝这种人,还不一下子就露馅?但不满足金枝的要求,又怕她弄出什么不妥来。挠挠头皮,开贵便把送出去的孩子领了回来。

抱着孩子,金枝便不再松手。捧在手心,金枝生怕有风吹来。抱在怀里,金枝生怕自己沉重,伤害了他嫩芽一样的手脚。她给他奶吃,给他擦洗身子。弄了半天,疲惫至极,她睡着了,却又突然惊醒,冷汗淋漓。幻觉似梦非梦,并没有让人开心的情节。

到了第二天,她的奶水却突然少了,最后连一滴也挤不出来。奶水少了的原因,是她没有吃的。她饿,软。山林和苔藓干枯,哪会有泉水呢?

开贵将马拉出来,往草料袋里塞进些枯草。人日子不好过,马也遭难,以前它吃嫩草、吃豆料,现在就只能吃枯草了。好在马嚼口好,再粗糙的草叶,它都吃得津津有味。金枝从水缸深处刮出半瓢水来,马长嘴伸来,吱儿一声,全都吸了进去。

"水是留给我喝的!人都干死了,你还给牲口?"开贵边说,边给幺哥备鞍,上嚼口。幺哥缩了一下身体,它有些发抖。

开贵爬上马背:"递来。"

金枝不吭气,装聋。

开贵瞅了瞅破烂得顶不住风雨的草屋,说:"就算是活下了,你要让娃儿像我们,过这牲口不如的日子吗?"

"啥意思?"金枝觉得开贵的说法有些怪异。

"你我饿死是小事,这娃儿饿死了,我可绝后了!"开贵这样一说,金枝又哭,手软了。饥饿是最厉害的咒术,再强硬的人,轻易就可被制伏。

开贵骑着马,踢踢踏踏上路了。

幺哥走路沉稳,慢条斯理。早年的它可不是这样。它随着乌铁,从来就没有安闲过。那时候年轻,骨头硬;那时候没有挫折,心气高。虽吃过若干的苦,但那正好给它的骨子里补钙,正好给它成长的经验。是马,肯定不能过猪的生活;是树,肯定不能只长枝叶。但现在幺哥不行了。不是它身体不行,而是心态。未来的路,谁也说不清楚。它不知道在哪里会遇上沟沟坎坎,在哪里会被暴打,在哪里适合自己倒下。既然未知,就没有必要竭力狂奔。开贵再打它踢它,它也快不了多少。

逃　荒

一大早,阳光从巷口探头探脑地钻出,开杏的鞋摊摆了出来。开杏正坐在摊位前绱鞋,早晨的阳光,携着些潮湿的气息,落在开杏的头上,她便像是黄金做成的塑像。开贵骑着马,啪嗒啪嗒地走进巷来。开贵想,如花似玉的妹妹,勤劳贤惠的妹妹,纯洁无瑕的妹妹,嫁给乌铁这个杂种,好似一朵鲜花插在牛粪上,不知是前世作孽,还是老天无眼。

听到马蹄声,乌铁从里屋挪出。乌铁的脸给阳光一照,带着点点金色:

"幺哥,你来了!"

幺哥被拴在外面的石桩上,听到乌铁叫它,叩了两下蹄子,挣了挣缰绳。缰绳太结实,幺哥的努力显然没有作用。

"我是送娃儿来还你家的。"开贵说着,将娃儿递了过来。

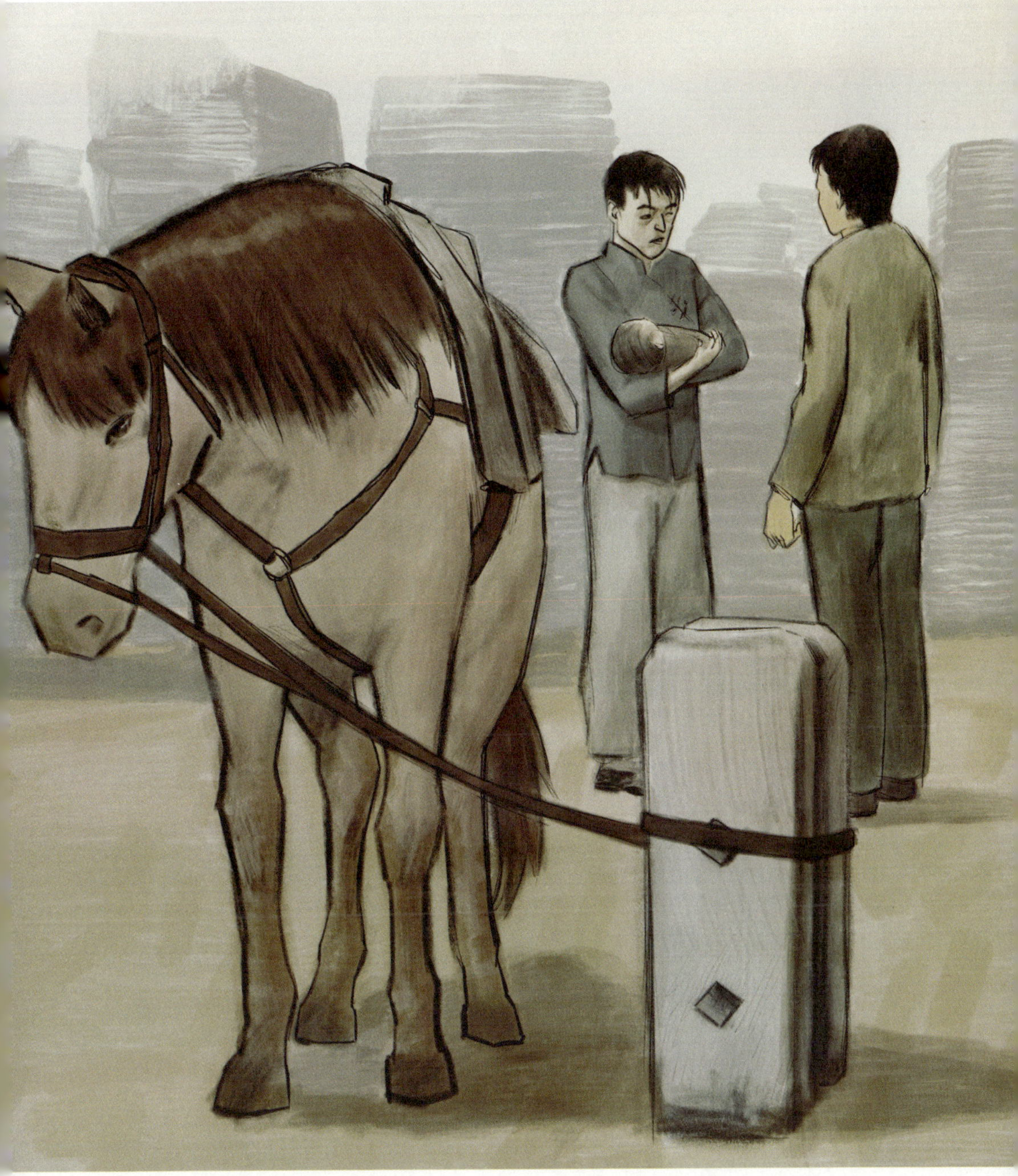

"我是送娃儿来还你家的。"开贵说着,将娃儿递了过来。

"不是说过三天的吗?"开杏觉得,哥哥不容置辩地把这孩子当作她家的,她并不认同。

"这娃不是省油的灯,金枝的奶都让他咂瘪了。让他再吸就坏掉啦,我们家还要生娃的呀!"开贵说。

开杏并没有要伸手的意思。

乌铁说:"接着吧,好好养,说不定以后会是个将军呢!说不定是个状元呢!"

开杏接过孩子看看,吃过奶的孩子,脸色是好看些。她不知道这孩子会给自己带来什么。

"你家捡到便宜了,"开贵说,"开杏你免除了十月怀胎之苦,应该高兴才是。笑一笑嘛,又没有哪个借你白米,还你粗糠!我们家金枝,可怜!受十月怀胎之苦不说,最后还弄了个鸡飞蛋打。"

开杏勉强笑笑,但她觉得这笑,估计也不会好看。活到这一步,开杏心疼。

"活不下去了,老天在收人。村里的刘货郎,昨天饿断气了,落气时,前胸贴着后背,比个巴掌厚不了多少。"开贵说。

开贵这次说得一点也不夸张。村里的树皮被剥完了,草根被挖完了。有人就吃观音土。近半个月来,被观音土塞死噎死的,不下十人了。那观音土,其实就是田头的黏泥,细细的,有些滑,兑成清汁,口感还不错。可那是泥土呀,一进肠胃就不消化,屙不出,当然就得死。

乌铁说:"穷跑厂,饿当兵,当兵饿不死。"

在部队里,被打死得多,饿死得少。乌铁试图给舅子指一条生路。可开贵根本就不干。开贵怎么会干呢?他要是干,手指头就不会被不小心割掉了。

"当兵?这年头可是将脑袋拴在裤带上耍的,那子弹不长眼,饿不死也要被打死……我这样子,打不成仗的。"开贵白了乌铁一眼,有些惊慌,他举起没有食指的右手,悲伤地看了看,"你没有死在枪炮下,没有见上阎王爷,不甘心,存心让我替你去死一回咯?"

乌铁不畏惧死,死让他激动。乌铁说:"反正都是死,战死比饿死体面得多啊!"

"宁可饿死,我也不当兵!"开贵狠狠地往地上吐了一口痰,说完就走。

乌铁说:"你把幺哥留下吧!"

"留下?我养了这么久,它吃我的,用我的,这马都跟我有感情啦!"开贵睁大眼睛。

"我这身体,经常要去找孙世医。现在又多出个孩子,万一有个三病两痛,我跑得快些啊!"乌铁极力争取。

说到可迅速给孩子看病,开贵犹豫了。他怀疑地看着乌铁说:"你这厌样子,能管理好一匹马吗?"

"不把幺哥给我,你就把孩子带回去。"乌铁只好用最后一招。

开杏也说:"你不是要去讨口吗?一个骑着马的人,像吗?"

"如果我找不到足够的粮食,金枝就会离开我!"开贵气哼哼地扔下马缰,"讨口有什么不可以的?难道硬是要在村子里等死?"

开贵啪啪嗒嗒地走到巷口,突然想起了什么,回头看了看。乌铁的房子位于巷子的中间,从位置上来看,是巷子里最好的。这房子土木搭建,灰瓦盖顶,冬暖夏凉。开贵在心里羡慕了一回,叹了口气。

开贵对乌铁说:"你那东西不行,真可怜!前世做了丧德事吧?身体不好,得想想办法,不然我这妹妹,简直就是守活寡……不过,看病的事,不要急,我想想办法。那个姓孙的,说是世医,却多是哄鬼。这么久,也没见把你医好。"

"我走啦!逃荒去。"开贵靠在门枋上,却不动。

"哥,那金枝怎么办?"开杏问。

"金枝就让她在家里,她是我的老婆,我不会让她风吹雨淋、受苦受累的!我还要让她给我生一堆娃儿,儿孙满堂是我的梦想……"开贵说得干脆,不害羞,不脸红,仿佛讨口要饭是件理所当然的事。

"要是实在熬不住,就回来啊!"开杏哭了。

饥荒像漫山遍野的野火,不可阻挡地弥漫过来。乌铁此前挣下的一点银子,还有脚残时得到的一点点补助,差不多用光了。更何况,现在拿着钱也买不到东西。一大堆纸币,买不回一篮子洋芋。好在开杏是个有心人,此前来买鞋的顾客大多是穷人,常用小米、苦荞什么的来抵,开杏也不嫌弃,不计较,都收下了,有多少算多少。收下就存起来,所以米瓮里多少还有些粮食。

开杏跑到里屋,掭了一碗苦荞麦面,要给开贵。此前,开贵从这里拿走的粮食不少。现在听到开杏抖了几次空箩,他突然对乌铁说:

"看来你家的日子也好过不了多少,我们一起去讨口吧,你把裤脚挽起,做做样子就行了,别的事由我来办。得到的东西,五五分成……"

乌铁生气了,脸发青,变长。乌铁说:"我没有脚,可我还有膝盖,还有腰!"

开贵说:"你一个残疾人,就是有膝盖有腰,也没有用呀!"

"骨碎皮别破,人穷要顾脸。"乌铁大声说,"我的膝盖不会下跪,我的腰不会折断!腰直得起来,才算个人!"

开贵想说的话到了口边,只好咽了下去。站在巷口,他再次看了看乌铁这高大的房子。乌铁精得很,早年在金沙江那边做生意挣下的钱,用来在城里买房。自己在杨树村的那个房和这比,连猪窝都不算。土的墙,耗子打了洞,生了若干儿,不久就是一个大家族,仿佛它们才是那房的主人,想蹿出就蹿出,想躲进就躲进。草的顶,常常遮不住雨,常常顶不住风。风雨突然光临,房子随时都有被掀翻的可能。开贵的草屋,比村里其他人家的还要老,还要旧,还要破,还要矮。金枝几次提出要另修两间房,开贵不干。在他看来,修房是件十分麻烦的事,不累断腰也会折断腿的。这屋的差距大,原因是人的差距大。就算是开贵在这里挑水卖,或者下乡种粮食卖,一辈子也买不起这样的大房子。

有了这房,就会有钱用。就是再困难,碗里也少不了盛的。开贵忍不住咕咚咽了口口水。

开贵走后,开杏说:

"从没见你发这么大的火。"

"你没看哥那样子,要是再把幺哥给他,真要被他杀吃了……"乌铁心有余悸,往门外连连吐了几泡唾沫。

开贵汗流浃背地赶来。他走进屋,将肩上的麻袋一倒,枝枝叶叶一大堆,原来是中草药。开贵抹了抹汗水,往火塘边一坐,说:

"为了给你找这些药,我没有去逃荒了。我走了九十九里路,翻了九十九座山,蹚了九十九条河……"

"啥药?"乌铁一时还想不起来。

"给你治下边那东西的呀!为了让你早生娃!"开贵有点不高兴了。

开贵还真的把这些药送来,乌铁有些感动。关键时候,这开贵还真是个人。乌铁为此前的多虑而后悔,忙挪动身子,费力地给开贵倒了一碗水。

开贵喝了水,起身去看孩子。孩子还算好,没被饿到,现在睡得扯呼,小鼻子小眼,耐看。

"看来,这孩子交给你们是对的。"开贵放心了,他小心地将孩子抱起来,"快快长大,长大了,日子就好过了。"

开杏连忙找出药罐,要给乌铁煮药。开贵摆摆手:

"妹夫,慢性病,不是一天两天能治好的。这药贵重,其他地方是找不到的。千万不能给别人啊,吃完了,我再送些来。"

开贵屋里屋外看了一回,走到陆大爷的茶铺讨茶喝。乌铁让开杏先别煮药,他得看看,不清楚的东西不能入口,这是规矩。作为夷人,要活下来,不懂点草药是不行的。他翻那些枝、叶、根、茎。看来看去,他糊涂了。草药从乌铁的手里掉下,他看着门外长起苔痕的石板缝,发呆。

茶有的喝,话却没有的说,这陆大爷不高兴时,就是个哑巴。肚子咕咕叫了,开贵又慢腾腾地回来。

开杏说:"哥,饿了吗?我给你舀粥。"

饿是正常的,不饿才怪。这些日子以来,开贵很少吃饱,实在饿了,就喝点稀粥填填肚子。那粥全是清水,怎么滗也滗不出点稠的来。碗还没有放下,尿就胀了。还没有尿完,肚子又空了。开贵端起碗来,几口喝干,肠胃得到满足,安静了些。

开杏性急,巴不得肚子立马就鼓起来,巴不得抱上自己亲生的孩子。她没有注意乌铁的情绪,急着生火添柴,加水煮药。半天过去,草药煮得很透,汤色红里沁黑,说不清的味道弥漫了整个屋子。

开杏端了一碗过来。自脚上的疤痕痊愈后,乌铁就很少用药。接在手里,满满的,烫手。乌铁皱了皱眉。

"一口喝下吧,趁热。"开杏说,"你身体调养好了,下年我们自己生一个。"

开杏的脸白里透红。有梦想嘛,想到以后的日子,她的心情好了起来。

乌铁心里是温暖的。开杏照管孩子,开贵朝外张望。趁他们都不注意,乌铁偷偷将药倒回锅里,去看幺哥。

幺哥留了下来,它开心了。它用脸在乌铁身上蹭,它的眼泪将乌铁的衣服打湿。它呼哧呼哧地打着响鼻,两只耳朵不断地抖动,尾巴不停地摆动,四蹄踏着碎步。过去的日子,坠入的是黑暗的陷阱,不想现在云开雾散,居然还有相守的时候。乌铁也哭了,泪水止不住地往下落。一个大男人,有痛不会哭,有苦不会哭,有了爱,就不一定了。不是因为人,而是因为一匹马哭,这就令人揪心。

幺哥跪下身来,乌铁没有费太大的劲,就跨上了马背。它直起身来,轻抬四蹄,便出了门。巷子两边是高低错落的楼房,木墙发黑,瓦顶枯草索索。出了巷子,便是古城中央,是县里的衙门。这一切对于乌铁来说都非常熟悉。都是该死的脚,让他隔绝于这些很久了。乌铁暗自庆幸,当年自己没有了脚,眼睛却没有瞎,要是眼睛瞎了,有脚也没有用。而他最庆幸的是,自己的心还活着,心里仿佛有一苗春芽,静静地卧在泥土的深处,春风一动,地气上升,便潜滋暗长。乌铁让么哥特意在衙门前停了一下。这衙门闭得紧紧的,据说打败日本人以后,内部的纷争又起来了,自己人打自己人。这样想来,乌铁觉得自己算是幸运。如果没有残疾,他又得上前线,把枪口对着朋友、兄弟,或者邻居,那种感受他无法想象。

古城里人很少,偶尔三两个人,都低着头,缩着肩,快速走过。店铺都关得紧紧的。走到东门,孙世医的药铺半掩着门,乌铁眼睛一亮,两腿夹了一下马背。么哥快步走过去。

这个孙世医,他有独门子药,好得很,说是祖上传的。他爷爷的爷爷的爷爷沿五尺道从北方过来后,就一直在这个小城里行医。当年乌铁从台儿庄丢掉两只脚回来,伤口灌脓,皮肉腐败,看到的人都闭眼、摇头,捂着口鼻往后退,以为溃烂必将他的老命废掉。孙世医用草药汤给他清洗了一遍,将早配制好的草药粉,撮了几撮撒在伤口上。据说,当时眼不花耳不聋的人,居然看见脓血被迅速撵出的样子,居然听到肌肉生长的吱吱声。五天之后,新肉长出,乌铁的伤口慢慢愈合。事实上,那种传说,是真是假,只有乌铁清楚。

孙世医最拿手的还有治不孕不育,几服药喝下去,十有八九能当爹当妈。

乌铁看到开杏的真心,决定来找孙世医看看。虽然战场上那弹片魔鬼一样凶残,切走了他的两只脚,使他身上也多处受伤,但是他那个东西还在,该动的时候依然会动,不该动的时候也会动的。他暗地里一直觉得,自己的那个地方没有问题,求医纯属多此一举。但开杏的肚子一直没有鼓胀,这就不得不让人怀疑,而且很多人都怀疑他那个东西,是不是漏了气血,是不是断了线管。甚至有一次,开贵也不无同情地问乌铁:

"你那东西是不是给日本人咬掉了?还是从娘胎里出来就坏了的?我妹妹嫁你,和嫁根枯树桩有什么两样!前世做了丧德事,羊落虎口,命苦啊!"

这些都让人难以面对。每每想起,乌铁只好摇头。

乌铁上前线之前,常常来这里,与孙世医探讨中草药的药性、药理,学了不少东西。夷人的药方,他也没少给孙世医。

听到马蹄声,药铺门吱嘎被推开。孙世医的半个脑袋伸了出来。他推了一下瓜皮帽,再推了一下眼镜,见是乌铁,忙出来拴马,扶他下来。

"你这打过鬼子的硬汉,一直都蜗居在家,怎么就来了?"孙世医说。

"我是来道谢的,要不是您,我这命早没了。"乌铁说,"还以为您不在……最近,常常出门吧?"

孙世医扶他坐下:"到处闹饥荒,肚子瘪的病,比其他病厉害多了。这段时间都不敢出门,保命要紧。"

听到这话,乌铁若有所悟。

"饿鬼横行。看来,外边比我想象的麻烦……"乌铁叹了口气,看了看满屋子的草药,"你做的善事多了。"

"互相拉扯嘛!你给我的药方,管用,治好了不少人。"孙世医说。

孙世医挽起他的裤管,看了看伤口,愈合得还不错,皮肤富有弹性,甚至还长有毛孔了。又看了看他的眼珠和舌苔,搭手号脉后,孙世医点点头,小声说:"生娃的事啊,你的身体没有问题的,可加强一下,我给你药。主要原因应该是开杏。让她来,我把一下脉,对症下药。"

乌铁说:"我就怀疑。我自己也曾弄了些药给她,她根本就不吃。她一直认为是我的问题。"

孙世医说:"把这药呀,悄悄加在这苦荞粉里,不就行了吗?"

乌铁点点头,这孙世医办法就是多。苦荞粉颜色黑乎乎的,味道略苦,往里面加草药的细末,开杏哪会知道?

弃　婴

晚上,乌铁抱着孩子哄睡,开杏给孩子洗尿布。

"咚！咚！咚！"门突然被敲响。开杏刚把门开了一条缝，一个人就挤了进来。

"你是……"开杏话还没有说完，却发现这人是金枝，"金枝，怎么是你？"

金枝顾不得说话，饥饿似的四下里睃去睃来。乌铁怀里的孩子，仿佛是她看准了的食物，她不由分说，一把抢去。动作的急躁让孩子不安，孩子嗯地哼了出来。她将孩子紧紧抱在怀里，将衣服拽开，把乳头塞进孩子的嘴里。

孩子好些天没有吃奶，不习惯了，将乳头吐出，小小的脑袋晃开。金枝又将乳头塞过去。孩子大约是有了某种回忆，埋头大口大口地吮吸起来。

开杏对金枝的感情十分复杂。眼前这个漂亮的女人，最终没有逃脱命运的羁绊，嫁给了开贵。她一方面觉得哥哥幸运，另一方面却又觉得金枝可怜。

孩子努力吮吸了几口，不吸了，手挣脚踢，干脆哭了起来，原因是金枝的奶干了。金枝的奶水原本有一些，后来没有孩子吃，只好挤出扔掉。奶汁和爱一样，没人理会，时间一长，它就会消失。金枝抱起孩子，走过来，走过去，轻轻拍背哄着。开杏煮了一碗米粥，两人互相配合，一口一口地喂孩子。油灯下，金枝的脸色憔悴而又幸福。

乌铁说："你们真像娘儿俩。"

金枝脸色突然紧张。

"你别乱说啊！"她捋了捋挡住眼睛的头发，"都苦命嘛，就是娘儿俩了……唉，要是我能养活他，我真想把孩子带走。"

开杏说："可哥哥不让你带，要送回来呀！"

"他现在，走了……"

"他去……逃荒了。"

金枝说："一个大男人，身强体壮，却去讨口，多丢人哪！他要我去，我不去。我情愿饿死、累死、苦死，也不愿羞死！"

树活一张皮，人活一张脸。哥哥到了讨口要饭的一步，丢死人。开杏真为哥哥难过。

乌铁点点头。一个人的骨气，和性别没有关系。

金枝要走，开杏挽留她："就在这里吧，看来你和这孩子有缘分，多领他一段时间，对他有好处。"

"就是啊，金枝。"乌铁也在挽留。

"住几天也行，不过我还是得很快回去。这几天老鸹崖观音寺里，好多人都去求雨了，钟鼓铙钹响个不停，我得去参加。如果下点雨，今年还可以补种苞谷洋芋……"金枝有点语无伦次。

乌铁又想起了什么。他说："这开贵哥，家也不管，是不是给恶鬼貎貐缠身了？"

金枝说："是被饿死鬼抠心了。"

乌蒙的传说认为，恶鬼貎貐饿死后，变成饿死鬼，会抠人的心。被抠了心的人，白天饿，晚上饿，春天饿，秋天饿。不仅贪吃、贪色、贪钱，还贪权……饿死鬼见到什么啃什么，见到什么拿什么，实在没有，石墩子都要啃掉一块。饿到极致的人，什么事都做得出来。乌铁也饿过，但他不知道被饿死鬼抠了心，会是怎样的难熬。

"不贪财，祸不来。"乌铁说，"找个你们当地的祭司，给他捉鬼啊！如果实在找不到，我用金沙江边的方法……"

金枝说："开贵的病好治，没有那么复杂。"

乌铁还是不相信："真的？"

"真的。只要抓把铜钱，在他眼前晃一下。哪怕他是睡着的，眼睛也睁了！手都会一下子伸过来！"金枝说。

毕竟是自己的哥，开杏听不下去。她说："人上一百，形形色色。人各有命，我哥他会好的，会渡过难关的。我知道他的脾气，他有办法了，就会来接你回去。"

"他接我回去？接我回去喝西北风啊？接我回去吃干泥巴啊？"金枝对开贵，不是失望，而是绝望了，"靠这样的人过日子，是扯着老虎尾巴喊救命——找死。"

"没有吃的，我活不了。没有脸，我更活不了。"金枝说出这样的话时，心里突然疼痛。那个脑子和行动总是很怪异的人，为什么会是自己的男人？为啥自己的命就这样差？

又有人落气了。有人用门板抬上，穿过古巷，急匆匆往城外的坟地走，纷乱的脚步比冥纸飘得更快。金枝内心慌乱，那个逃荒的人，已经很久不见踪影，丢人现眼不说，要是把命都丢在哪个沟坎，或者比人还饥饿的狼嘴里，这个家就真的完了。

开杏家里已经非常艰难了，最清的粥里也掺大量切碎的树叶、树皮。喝下去不仅嘴涩、胃酸，更多的是心苦。要是到了连这些东西都没有掺的那一天……她不敢想下去。

金枝决定要走，不过她不是回杨树村等雨种地。她决定去找开贵，有男人的家才是真正的家。找回开贵的那一天，她要让他在祖宗的坟前，磕三个响头，打自己的嘴巴，向先人认错，然后好好做活，好好生活。

金枝抱着孩子暗自落泪，虽然她是个拿得起、放得下的人，但对于孩子和自己的未来，她无法乐观。开杏眼眶发红，于她而言，是有脚无路，在这个老城，在这个死气沉沉的家，她受够了，但她无法动身，金枝可以去找自己的男人，她开杏连这样的由头也没有。乌铁看出来了，小声对开杏说："如果想走，你也走吧！我要是有脚，我早走啦！"开杏一言不发，拾起没有纳好的鞋底，咬咬牙，一针一线地做起来。做鞋的人，给了别人好多路，自己却连穿鞋的机会都没有。

乌铁摸了摸幺哥的脸，把缰绳递给金枝："骑上它，你想去哪，就让它送你去哪。"

幺哥将头伸过来，用长长的嘴拱她。

乌铁说："上马吧，它都同意了。"

金枝朝乌铁弯腰，双手合十，作了个揖："乌铁老表，想不到你还懂得女人的心。"

乌铁笑说："幺哥也不错。"

果然，幺哥扑闪了两下耳朵，矮下身来。金枝跨上马背，朝开杏伸手："递来。"

"都拴在马鞍子后面了。"开杏说。

金枝摸了摸，一袋不小的荞麦面，捆得十分结实，如果节省点，至少能吃上三天。

金枝说："我要的是孩子。"

"你这种样子，是想要带走他？行吗？"开杏觉得意外，将孩子往怀里收了收。

金枝说："就抱抱，求你，真的就抱抱。"

乌铁说："给她吧！"

金枝将孩子抱在怀里，解开衣服，让孩子咂奶。孩子咂了两口，便不再张口，只是将小脸往金枝热乎乎的胸上凑。

金枝叹了一口气："不吃啊？也许是最后一次了！"

"金枝，保命重要啊，不管走到哪，不能冷，也不能饿。"乌铁难受，用手抔住脖子。

开杏擦了擦眼角，说："如果找不到，你就回来，要死我们一起死……"

金枝哪听得这句话，哭得呜呜咽咽，上气不接下气。

幺哥低下头，将长长的脸在乌铁身上蹭。乌铁努力让自己高一些，以便和幺哥的距离近一点。

"让它和我走，你放心吗？"金枝问。

乌铁说："要是你找到了能活下来的地方，就让它自己回来。"

"如果找到了，我们就一起回来。如果找不到，我就让幺哥先回来。"金枝将孩子递还开杏，整理了一下衣服，收紧马缰，哭泣着离开。

肝　肠

　　开贵消失后,妈一个人独守杨树村。妈早年磨儿磨女,又苦又累。到了晚年,男人先她而去。后来看子女又屡遭不幸,心里就长疙瘩。疙瘩由小变大,顶得心口疼,嗓子堵气家里没人照顾,开杏妈吃的喝的都成问题。盼姐叫上麻脸石匠,天天守在开杏妈的床边。冬天来了,山山岭岭白茫茫的一片。屋里冷得像藏冰的窖子,四肢冷,心更冷。盼姐在开杏妈的床头烧了一盆火,作用还是不大。开杏妈呼的气多,吸的气少,两人吓坏了。

　　开杏妈一直不咽气,喉咙里发出咕噜咕噜的声音。

　　盼姐凑在她的耳边问:"是不是还有债没收?"

　　开杏妈不吭气。

　　"是不是没见到开贵哥?"

　　开杏妈不吭气。

　　"是不是想开杏了?"

　　开杏妈喉咙咕噜了两声,眼皮动了动,两滴眼泪滑了出来。

　　麻脸石匠气喘吁吁地奔进城,给开杏报了信。此前,爹过世,开杏没有给爹送葬,没有在爹的灵柩前烧过纸,磕过头,她一直内疚得不得了。现在,她啥也不管,来不及收拾东西,便赶往杨树村。

　　开杏跪在妈的床前,哭得花鼻子花脸,一边叫妈,一边哭诉自己的不孝。妈眼泪滚出几大颗,喉咙咕噜了一会儿,被开杏握着的手,慢慢发凉。

　　妈的坟和爹的合墓,棺木合上,泥土垒起,引魂幡一插,人就算完了。开杏哭得闭气。开杏回到杨树村,村子里的人便不再说她不孝顺的闲话。婚姻的事,也没有人吭气。这样乱的世道,谁家没有个长三短四?

　　金枝去哪,情况怎么样了,谁也不知道,可现在开贵突然回来了。开贵知道妈死了,安葬了,一句话也没有说。而当他知道金枝走了时,一脸的暴怒:

"你们傻呀！金枝要是落进男人窝里就麻烦了。"

开贵对金枝能否活下来，一点也不担忧。他担忧的是金枝和其他男人有交往，那将是他开贵的耻辱。出门的经验告诉他，一个女人在外，比一个男人生存下来的方式要多得多。凭金枝那好看的脸和身材，那会说话的嘴，不知会让多少男人为她付出。当初他叫金枝和他一起讨口，是对她不放心。金枝脑子不开窍，他拿她没办法。

发火归发火，怒气未消，开贵就抱着孩子在屋里走来走去，和孩子逗乐。孩子已经有了眼神，会笑了，会和人产生互动了。这时候的孩子，最让人喜爱。

每隔一段时间，开贵都要给乌铁送来草药。那些草药，都是药铺里没有的，都是乌铁此前所没有见过的。当乌铁从中拾出一两根来，询问他药名、药效时，开贵便显得有些不耐烦：

"我又不是郎中，有必要向你解释得清清楚楚吗？吃就是了，别让帮助你的人心烦啊！"

乌铁连忙认错。

而这段时间，开贵拿来的药，都是用石碓舂成的粉末。乌铁看不清药草的本质。

"这样方便吃，用酒或者开水，一口就吞下了。"开贵举了举手说，"为舂细它，碓窝舂烂了一个，掌心都硌起水泡了。"

乌铁不好意思了，他连忙说：

"估计今年可以怀上。"

开贵不再说话，坐在火塘边，等着开杏给他盛粥。虽然一把米加一大锅水，又放这样那样的东西，但这些东西把胃撑一撑，就会好过些。开贵接过来，嘴不离开，一口喝光。

放下碗，用舌头卷了卷牙缝里的残渣，开贵抹抹嘴说："村子里的人，好多都逃荒了……"

乌铁说："哥，抬头望天，不如低头种地。你可以像以前一样，挑水卖。

挣多少算多少，先让自己活下去。"

"哥哥，你去找到嫂嫂。"开杏说，"把她接来，我们吃啥，你们就吃啥。我们活，你们活；我们死，你们再死……"

"我找她，我发誓，找到天边也要把她找回来。好不容易讨到……好不容易生娃……"开贵伸手捂了一下口，"那些都是过去的事情了。没有金枝，我还真的无法活。"

开贵朝马厩里看了看，那里空空的。

"马呢？"开贵问。

"跑了。"乌铁突然觉得脸热，他可从未说过谎话。

"跑了？怎么跑的？"开贵有些疑惑，也有些失望。他暗地想，如果马在，哪天饿得要死，还可以杀马熬汤呢！上次吃马肉出问题，那是金枝搞的鬼。现杀的马肉，加上作料，熬煮时间够，不会出问题的。开贵站起来，看了看乌铁这屋子，乌铁和开杏住在这里，不用种地，不用挑水，饿不死，还真是好。

开贵说要去讨口，原以为只是说说，可还真去了。他爬过高山，走过深谷，蹚过小河，乌蒙山的村村寨寨他都走了个遍。这段时间以来，他被狗咬过，被狼追过，从崖上跌下过，在水里逃生过。可收效甚微，除了偷到一把砍刀，他得到的更多是难以启齿的羞辱。

一次他敲开了一个老太婆的门，那老太婆给了他一碗水，却对他说：

"年轻人，我这把年纪，都还在做活，你就讨口了。懒不是办法，一勤天下无难事呀！"

开贵听了一半，不舒服，差点没将喝进口里的水吐出。

另一次，他推开院门，一个和他差不多岁数的男人正在砍柴。那男人扬了扬手里的柴刀，一脸凶相：

"兄弟，我也才讨口回来呢！你是坟头上揭墓？"

人敬有钱人，狗敬拉屎汉。开贵心里暗暗嘀咕，连忙逃离。开贵奔到山顶，面对荒凉的山河说："我找我的婆娘啊！没准哪天你们也会失去老婆、娃儿的……"

受到的屈辱多了,开贵便无所谓。只要能找到吃的喝的,只要天黑能有个草堆可钻,醒来能爬起来,就够了。在性命受到威胁时,脸皮根本就算不了什么,良心也是。但当他连这些都放下,偷了几户,抢了几回后,命运并没有什么改变。

他只好回来。

眼前这孩子,脸上的菜色褪去,阳光一照,泛起红晕。开贵抱着孩子在屋里转来转去。他一会儿看看窗,一会儿抚抚门,木质的材料比竹篱笆就强多了。他笑,孩子就看着他笑。他装作生气的样子,瘪着嘴,孩子就哭起来。孩子的喜怒哀乐,孩子的命运,都和自己密不可分。他的责任感强烈了起来。突然,他看到墙角藏了一大堆草药。凑近一琢磨,都是他送给乌铁的那些。

乌铁并没有吃。开贵心里一惊。

让开贵更为吃惊的是,开杏哕得难受,突然蹲下,剧烈呕吐。动作的夸张,仿佛要将整个心肝肚肺全都吐出来。

开贵问:"是吃错东西了吗?"

这等于白问,眼下的日子,吃的也就锅里的那一点点,哪还有错的东西来吃?

开杏抹抹泪花,刚站起来,却又想吐,赶紧蹲了下去,又是一阵干呕。翻江倒海,满嘴苦腥,却一样也吐不出。

"你是怀……"开贵捂口,连忙噤声。他将开杏叫到里屋,小声问她:"妹妹,是不是杂种又欺负你了?"不等开杏说话,他又说,"乌铁这杂种太坏了,他不会给你好日子的,他那屌样,也给不了。你是我的妹,是我的痛,我们俩一起长大,我愿意看到你生活过得顺畅些。"

开杏突然奇怪,向来不会往深处想的哥哥,向来也不太喜欢表达的哥哥,怎么会发出这样的感慨?开杏说:

"哥哥,我现在就生活得很顺畅呀,我不奢求荣华富贵,不奢求盆满钵溢,只求我和他有个娃儿,家庭就美满了……"

开贵知道妹妹和自己想不到一起了。他勉强笑笑,将孩子往开杏怀里一塞:"我有事,出去一下。"

幺哥回来了,幺哥居然回来了。它的背上空空荡荡,踢踢踏踏地跨进门槛时,开杏愣住了。她无力地抓住马缰,不知道如何是好。乌铁将它拉进厩里,给它倒了半碗豆面。人都很久没有吃上的东西,让幺哥精神振奋。它大口吃着,却全身哆嗦。幺哥这些天到底经历了些什么,只有它自己知道,谁也不清楚。乌铁来回抚摸它的脸,它的耳朵,和它繁乱的鬃毛。

开贵回来,看到幺哥,朝它肚皮上踢了一脚:

"狗杂种,去哪偷吃的了?有本事莫回来!"

偷偷看了看开杏肚子,看不出隆起的样子,开贵笑笑,朝开杏伸过拳头:

"长这么大,哥哥还从没有给过你像样的东西,这个,你戴着。"

开贵紧攥的拳头松开,是个香囊。开杏接过嗅了嗅,那香味好怪,让人迷醉,但她突然想呕。

开杏捂住胸口,让肠胃平静下来。擦擦泪花,她将香囊还给开贵:

"你还是给嫂子吧,你对她好,家才旺。"

开贵不由分说,给开杏挂在脖子上:

"送你的,自家兄妹啊,就不要找话说……我们的家事,不要让乌铁知道啊!"

有谷草的味道直冲鼻子。开贵转到后院,高高大大的幺哥,站在厩里,不慌不忙地嚼着谷草。墙角,还有些咒鬼用的柏枝、火纸什么的。看来,乌铁背着他,干了不少事,而且还瞒得死死的。

咒 鬼

"咚!咚!咚!"

144 | 肝胆记

木门被人敲响。声音低沉，却如骤雨落地。开杏手抖，背凉。她看着乌铁，不敢开门："是不是鬼哟？"

乌铁说："开吧，不管他是人是鬼，是祸躲不过。"

乌铁的冷静给开杏壮了胆。开杏放下孩子，拉开门闩。

不是鬼，是人，是孙世医。孙世医亲自上门，是很久没有的事了。

孙世医轻轻将门合上，插牢木闩。他往木凳上一坐，取下瓜皮帽，擦了擦汗，再取下眼镜，哈口气，擦了擦灰尘：

"今天晌午过后，县衙门来人接我，说是要给毛胡子团长开两服中药。他腰上有枪伤，天一阴，老疼。毛胡子团长位高权大，不去不行的。我刚给他把脉，士兵押着一个乡下人进来。原来，那个逃荒躲难的，见到士兵就跑。士兵判断，肯定有问题，便猛追不舍。他跑不动了，就让士兵捉了回来。可这家伙神秘兮兮，不断哀求说别让他去扛枪，他是残疾人。他想立功赎罪，有重要情况举报。见我在，他说话吞吞吐吐。我只好借故回避。这个人我有些面熟，一时却想不起来在哪里见过。意外的是，我在屏风后面，听到那人告密的对象，是你！"

"我？"乌铁一头雾水。

"那毛胡子团长并不相信他。他说：'你怕是疯掉了，这个乌铁，是上过台儿庄前线的人，打过日本鬼子的汉子，人家把脚丢掉，把命都差点搭上了。你告他什么呀？'"

"毛胡子团长要撵他走，不想他在跨门槛的时候，说出了一句吓人的话。"

"他说什么了？"

"那人说你私通共产党。说年前你用马，送一个共产党过了金沙江。说得有鼻子有眼睛。马是什么颜色，你说过啥话，你有什么动作，天气怎么样，都讲得有鼻子有眼。"

乌铁吓了一跳。

孙世医说："那人看到毛胡子团长不相信，指天画地，赌咒发誓，说如果说谎,他就是牛日马下的。说如果说错,就砍他的手,不,把脚砍掉,像乌铁那样难看。"

开杏倒吸了一口凉气:"这个人,怎么这样歹毒!"

孙世医说:"那毛胡子团长不愧是当官的。他理智,看得清,问那人是想干啥,那人说他饿昏了,就想天天有饭吃。毛胡子团长让人给他端来一盆猪油焖饭,要他吃完了再说。我趁机说要回家配药,赶紧从侧门跑出来……"

这个毛胡子团长姓安,当时是和乌铁一起上前线的。只不过乌铁丢了脚回来,而姓安的是戴着官帽回来的。人哪,就是不一样,从相同的地方出发,结局常常千差万别。乌铁想起了胡笙,想现在居然有人告密。当年那些事,并没有几个人知道。现在有人翻陈年老账,乌铁觉得脊背发凉,老感觉到暗地里有无数人在盯着自己,有刀在伺机捅来。这种事要是真弄出来,不仅自己掉脑袋,恐怕还要株连其他人。

"哈,还说得有鼻子有眼的!"死过一回的人,显得很镇定。乌铁摆摆手,"不要相信他,无中生有的事,我会和毛胡子团长说清楚的。"

开杏生火煨水:"他是想干啥呀?"

孙世医说:"估计是看上你家的房子了。"

"房子?这有什么好看的?"乌铁举头看了一眼自家的房,满眼疑惑。

"那人对你的情况了如指掌。他说,要安团长把你处理后,把房子给他,把马给他,还有一把镀金的夷刀……"孙世医接过开杏端来的水,刚要喝,突然嗅到了什么,抽了抽鼻子。

医生的嗅觉是敏感的。孙世医知道是开杏身上散发出来的香味,他伸出手来:"把香囊给我。"

"什么……什么香囊?"开杏有些犹豫。

"你身上的,有香味的东西。"孙世医非常肯定。

开杏摸摸索索地从衣领深处拽出香囊,递给孙世医。孙世医拿在手里看了看:"妹子,这个,你不能戴。"

"为啥?"开杏不解。

孙世医说:"这里面有很大成分的麝香。"

开杏睁大眼睛:"麝香!麝香不是很名贵的东西吗?"

开杏刚戴上这个时,乌铁就嗅到了。这味很复杂。他问开杏时,开杏却支支吾吾,东拉西扯,并不作答,他也就不好再追究。麝香食之不畏毒蛇,但麝香可致草枯木死。携有麝香的人,穿过果园,果子落地;带在身上,女性不能怀孕,怀上也会流产的。

孙世医说:"妹子,恕我多言,这东西绝嗣。"

开杏急了。她干呕了两下:"这……"

"这香囊是我药房里的。"孙世医翻看着香囊,肯定地说,"不久前,一个乡下人,来我药铺里,就问这个。这药非同寻常。任何用药,我都得望闻问切,才能配方。那人和我套近乎,先是向我买。我问他买去干什么,我好给他配方和用量。他支支吾吾,不说。问急了,他干脆说:'你开药房,我买你卖,又不少你钱。'那人怒目丧脸,我一看就不是善良之辈,干脆不理。可这家伙居然趁我到后院拿药,偷走了麝香和香囊。你看,这香囊上,还印有我家药铺的名号。不过还好,他不懂用药,在里面又加了一些乱七八糟的东西,试图混淆,让人看不清认不明。这样,倒将麝香的药效降低了。"

开杏摁住胸口,那里憋了一口气。

"这个人,就是今天到安团长那里,告你密的人!盘点一下左邻右舍,谁和你们有仇?苦大仇深、誓不两立的那种?"

乌铁说:"世医,你越说,我就越糊涂了!"

孙世医放下空碗,擦了擦嘴说:"举报你的这个人,举手揩汗时,我看到了,右手没有食指。"

"啊!"开杏吓了一跳,"是我……"

乌铁摆摆手,不让开杏往下说。他让孙世医跟他进了里屋,摸摸索索翻开一大堆草药。孙世医一手端着油灯,一手抓起那些草药。他看了看,嗅了嗅，又用手捻了捻，找出了其中一些说：

"这是七叶一枝花，这是苦参，这是猪胆，这是蚯蚓，这是满天星、五倍子……"

孙世医说的这些药，长久以来治愈了不少人的疾病，都是民间的宝贝。但配方一旦调整，便是杀精的猛药。

若是英雄，即使落在仇人手上，死也瞑目；若是老虎，即使中了猎人圈套，死也瞑目；若是羊，即使被狼吃了，死也瞑目。命中注定，无可逃避，那就坦然接受。这些都是金沙江两岸人的生存原则。可孙世医说的这人，不是仇人，不是猎人，也不是恶狼，可他的内心，比以杀生为业的人和以噬人为生的动物，有过之无不及。

乌铁毫毛倒立，冷汗直冒。他连连往门外吐了几口唾沫："是撞鬼了，撞上恶鬼貎貐了……"

"此非久留之地。"孙世医要乌铁快走，"越早越好，越远越好，越隐蔽越好。"

孙世医从怀窝里掏出一个鼓鼓的布袋，递给他："我没有啥给你，这袋炒面，是真正的肠子药，肚子填饱了，肠子才不会生病。肠子不生病，才啥都能对付。"

"你们家的粮柜也早空了。"乌铁推辞。

孙世医生气了，低声道："收下！这又不是毒药！也非麝香！你听我的话，这是上好的药！"乌铁只好接过，带有体温、散发香味的布袋，重若千斤，灼得他心口疼痛。孙世医将门轻轻推开，压了压瓜皮帽顶，推了推眼镜，往外探了探头，确信外面没人，才蹑手蹑脚出门。跨出门槛，孙世医又回过头来："我再去给安团长把把脉，配些药。明天一早，他就要打仗去了。你尽快走啊！我只能给你拖这点时间……"

"这香囊再戴要出大事，我拿走了！"孙世医对开杏说完，像只猫，缩了缩身，往门外一跃，悄无声息地隐没在黑暗之中。

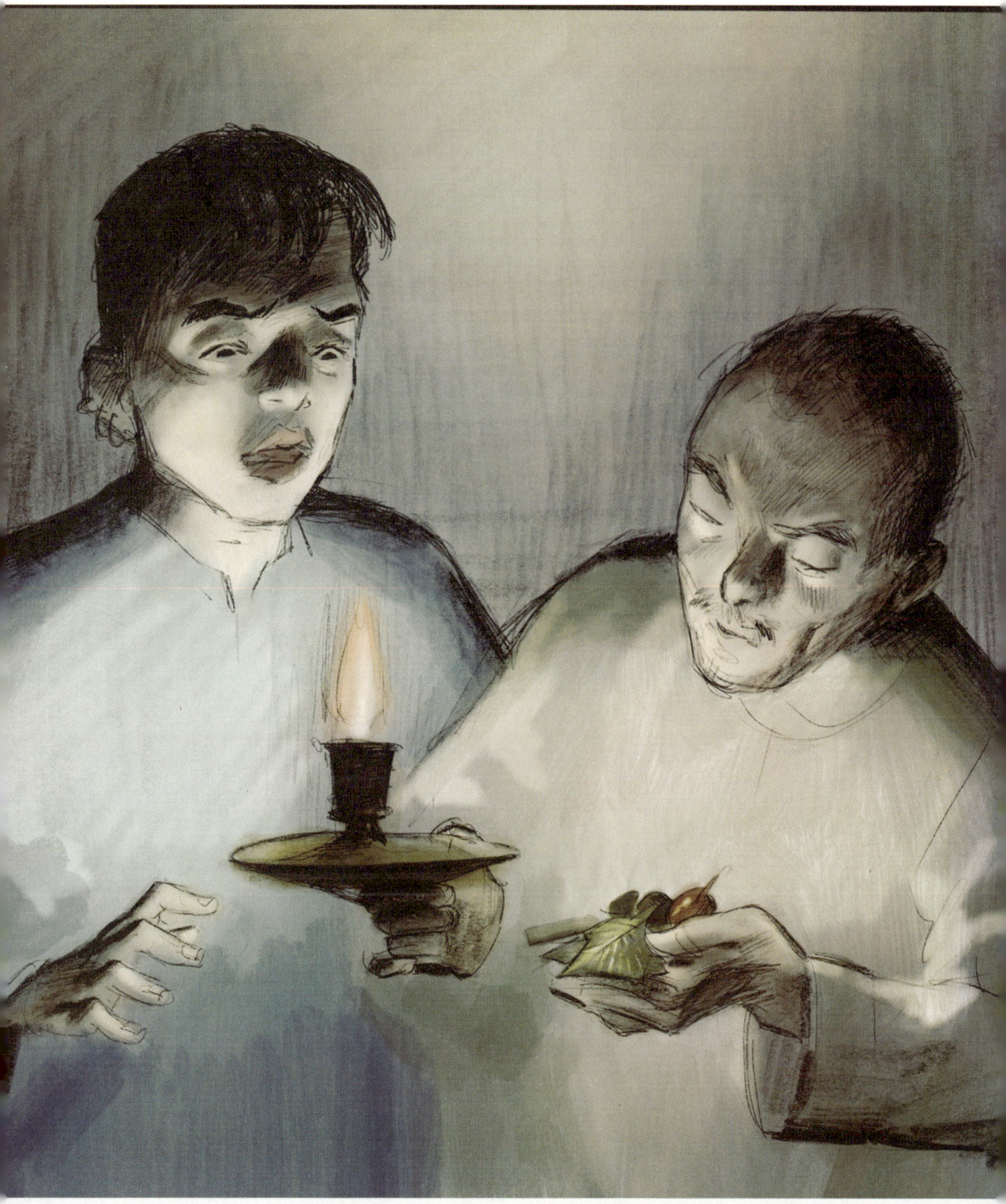

孙世医一手端着油灯，一手抓起那些草药。

"听孙世医的,你快出去躲躲吧!"开杏很焦急。

"不用,如果安团长真要抓我,我就是长了翅膀,也飞不出去。"乌铁很平静。

自从这孩子来到开杏家,开杏就自制了一个摇篮,做针线活时,放在身边,睡觉时,放在床边。眼下,孩子大一些,会自己爬了。开杏白日里累够了,晚上太疲倦,靠在火塘边睡着了。孩子却不睡,在摇篮里翻来翻去,掉了出来。孩子掉出来,爬到火塘边。手一推,将盛有开水的烧水壶弄翻。开杏从梦中惊醒,吓了一大跳,抱起他,就在屁股上拍了两巴掌。孩子哭了起来。

开杏揉揉通红的眼睛,说:"再哭!再哭把你丢出去,让狼来背去。"

有几回,孩子一哭,窗外就会伏着个人影,眼睛睁得大大的,鼻子挤得扁扁的。开杏追出去,那人就跑了。那背影,有一次像是金枝,有几次却像是开贵。

孩子不听,还是哭。开杏推开门,将他放在门外。开杏朝巷口看去,那边似乎有影子移动,慢腾腾地,看到开杏张望,便往远处走开。开杏猜想,不是开贵便是金枝。回到屋里,她坐回火塘边。瞌睡再次袭来,她睡着了。

开杏在梦里看到孩子朝她爬来。他哭着,抓她的脚,抓她的手,抓她的脸。开杏醒来,却没有孩子的影子,才突然想起,孩子在门外。她迅速打开门。门外空空,她吓得尖叫起来。

真被狼叼走了?

自己爬进阴沟里了?

被棒客抱走了?

陆大爷和其他乡邻纷纷起床,他们打着火把,把整个挑水巷,甚至古城能走到的地方,都找了个遍,一点影子也没有。在门槛边,乌铁意外捡到一只鞋垫。鞋垫上绣着一个婴儿,眼睛黑黑的,大大的,脸色红红的,身子胖乎乎的。开杏一看,知道是有人来过,这样的鞋垫,只有金枝才能做出来。

天色微明，开贵回来了。听开杏讲了事情的经过，开贵恨恨地说："说不定你们用孩子去换了大米，或者换做鞋用的布料！"开杏自然委屈，但哪里解释得清楚。开贵张大鼻孔，四下里嗅娃儿的气息。他在屋里翻了个遍，除了娃儿穿过的小衣服、鞋袜之类，还有两个小玩具，便再没有什么了。看陆大爷提着茶壶在门边晃了一下，开贵追过去，也是屋里屋外找了个遍，还是一点影子也没有。

开贵一屁股坐在门槛上，一把眼泪一把鼻涕，又哭又闹。他说这是上天的安排，这娃儿和他开贵关系密不可分，要是他乌铁养不起，就早告诉他啊！他开贵就是砸锅卖铁，就是逃荒讨口，也要把娃儿养大。他说他请算命先生看过，那娃儿天庭饱满，气度不凡，长大必成大器。乌铁和开杏太无能。

"你赔我啊！"开贵哇哇大叫。

陆大爷放下茶壶，走过来："开贵，你要赔，这娃是你亲生的吗？"

"是我……"开贵伸手，挠挠头发，"是和我有关系呀，我每次来，抱抱他，他都会朝我笑。"

"抱抱他，他朝你笑，就要赔你？"陆大爷说，"你是此地无银三百两吧！"

"牛厩头伸出马嘴来了？与你有屁相干！"开贵站起来就走。

乌铁开始喂马。他把孙世医送的炒面，加水搅拌均匀，捏成坨装好。他一边收拾东西，一边琢磨从哪里出城，从哪个渡口泅过金沙江，从哪条路可抵达老家。开杏却哭得像个泪人。乌铁的话，开杏算是听进去了，从未有过的悲伤和复杂心情，像两把锥子，在她的心里戳来戳去。

"我现在不得不走。找到安身之地，我再来接你。"乌铁抽出夷刀，试试锋芒，递给开杏，"如果没有吃的，你拿去换。上次我请孙世医询过价，眼下还可以换两升荞麦。如果有人犯你，用这个自卫。"

开杏咬咬牙说："哪个敢来，我就来一个杀一个，来两个杀一双！"

开杏的成熟和勇敢,已经很像自己的喜莫了,这让乌铁满意。乌铁点点头。

乌铁又说:"如果真到了那一步,还是不要硬拼,能走就走。对面陆大爷家的后院,有个暗洞,可以直通城外……"

呕了两口,开杏突然说:"我……我好像有了。"

"有了?有什么了?"乌铁不明就里,满眼疑惑。

"有孩子了。"开杏一脸羞涩,"孙世医都看出来了,你傻呀!"

"我们有孩子了!"一股暖流涌上心头,乌铁满眶含泪,将开杏小心搂住。这个外柔内刚的开杏,这个此前一直把他当作外人的开杏,终于在与他从未消停的磨砺中,误会渐消。开杏终于与他乌铁,有了骨与肉的粘连,有了心与心的相依,有了将日子继续过下去的理由。

"你管好自己的身体,不能饿,不能冷,更不能生气了。"乌铁突然改变主意,他说,"你等着我,过几天我就回来。"

开杏十分意外:"你回来?你不是接我们走的吗?"

"我肯定开贵哥是真病了,是恶鬼貔貅缠身了。这鬼藏得最紧,只有动用大祭司功力非凡的法咒,才能将鬼驱走。我们是一家人,不能看着不管呀!我过金沙江去,请位法术最高的祭司来,给他消灾,给他咒鬼。咒得越紧越好,咒得越凶越好。再不,就配上汉人的油锅,盛满满的一锅油,烧得火辣辣的,炸他个骨肉分离,魂飞魄散……"

金沙江两岸的诅咒有很多种,很厉害。往坏里的咒,可以让对方遭枪子、落崖、溺水、大病不起,或者孤寡一生。开杏全身哆嗦,她不知道,是哪一个结没有打开,致使事情发展到这样一步。她也不知道,乌铁精心准备的这一咒,会厉害到哪一步。

乌铁说:"花开在枝上,毒却藏在根里……山鬼喜欢牛羊,汉鬼喜欢金银,饿鬼需要米饭。找准病因,就好办了。请祭司念过咒,很快他就会清醒的。那时候,鬼不再附体了,大家都有好日子过了。"

乌铁又说:"我先给他弄一袋粮食,如果他来,你给他,先别让他饿很了。丧失理智的饿鬼,是最恶的鬼……"

"这根本就不是恶咒的方式。"开杏不知是喜还是忧,"你不用恶咒了?"

"恶咒只会害人害己,善良才是最强的法力。我这次去请的祭司,又不是对付日本人,也不是对付恶鬼貑貐。我们不念恶咒,不整亲人,祈福才是根本。这样,我们的娃儿才会更好……"

"你不快躲起来?安团长会轻易放过你吗?"开杏更担忧的还是这个。

"我们先躲过今晚。安团长很快就外出打仗了,大事当前,他一时顾不了我这个小人物的。只要哥哥身体里的恶鬼貑貐离开了,我会和安团长解释清楚——这是个误会,他之前是鬼摸脑壳,胡编乱说。"

开杏说:"知道了……"

乌铁轻轻抚摸着开杏的肚皮,想感觉里面的踹动,却又突然有些不安。他回头往门外吐了几口唾沫,大声念道:

"恶鬼貑貐啊!别站着不走,免得胯子抖;别回头张望,不然脖子僵;别见利忘义,免得遭天收……"

第四章 黑夜里的白

心　愿

战事来临,人心惶惶。乌蒙城里的人差不多都跑光了:卖绸缎的跑了;做衣服的跑了;卖金银首饰的跑了;卖米的跑了;贩卖马匹、马鞍、钉马掌的人,跑光了;就是挑水卖的人,也都跑了。只有一些老弱病残,实在走不动的,觉得不走是死、走也是死的人,才会留了下来。开杏收拾了两袋干粮,几件衣服,还有绱鞋子的鞋样、针线、黄蜡、镊子、锥子、钢针,弄了个包袱背上,对乌铁说:

"我们也避一避吧!"

乌铁摸了摸两条没有脚掌的腿,摇摇头。到哪都是死,那又何必跑呢?看开杏急得,他又说:"你回杨树村去躲一躲,乡下嘛,偏僻得很,一时打不到那里的。"杨树村就是几丛白杨树和空荡荡的天空。平地里呢,多是些破旧的村庄和缺水的稻田,要粮无粮,要钱无钱。兵家必争之地,不是那个样。

时局的变动,总会扯出些疼痛。乌蒙城没有了长久的死寂,远远近近的,有沉闷的枪炮声传来,铺天盖地。木门木窗都吓得发抖,咯咯作响。巷子里有冷枪打来,有三五个人,噼噼扑扑地跑来,又失魂落魄地跑去。没有枪炮声的时候,巷子里更是静得怕人,仿佛突然遭了低温,所有的都给冻结了,都成了固体,包括空气。

虽然静,但不能说战事就结束了,不能说太平无事了。人传口漏的消息,什么都有。这样的消息,信也不好,不信也不好。陆婶几次锁上门,硬要到有枪声的地方去。她不是去参加战斗,她是想找人。她说,离家多年的骨肉,说不准就会在这个部队里。如果真在,一旦看见老娘,肯定就会扔下枪支,跑过来,给老娘磕上三个头。

"早年,我身子差,生了五个,只有他活了下来。"陆婶为儿子哭,眼睛肿得厉害。

此前,有人老是说,陆树在台儿庄给打死了,但到眼下,他们没有见到任何一点证明儿子死去的东西:照片、骨灰、带着枪眼血痕的衣服,或者从前线返来的报纸、公函和死亡证明。心情一不好,陆婶肝就疼,胆就痛。轻微一些,陆大爷就给她揉胸捶背,给她煮古树茶喝。要是重得话都说不出,陆大爷就会送她到孙世医的药铺。老两口经常扯渣筋。有时是因为煮粥多放一把米,有时是因为藏在屋角的荞麦被耗子偷食,有时仅仅是做了一个梦,两人对梦的看法不一致。到了最后,让步的总是陆大爷。那些算是小事。陆婶哭,就是大事。陆婶眼泪一淌,陆大爷就受不了,老觉得自己的心会碎,房顶的瓦片会掉下来。

这不,陆婶哭完,将拐杖一拄,又去县衙门听消息去。也就一壶茶工夫,陆婶回来,慌里慌张收拾了个包袱,拉着陆大爷就走。

对这些消息敏感的人,还有一个,就是开贵。

见开杏没打算离开,乌铁也没有一点慌张,开贵倒是慌张了。

开贵说:"妹夫啊,你和现在来的这帮人,不对路。不躲开,怕吃不了兜着走。"

现在进城的是解放军,据说第一批是好几百人。毛胡子团长带着他的部队,一夜之间就撤退得无影无踪。听说除了枪支和几十袋粮食,其他的都来不及带走。

开杏听出了弦外之音,也着急了:"好死不如赖活着,你还是躲一下好。"

乌铁还是没吭气。前两天他躲了一次,刚回来。在路上,他没少听人讲解放军的事,心里便吃了定心丸,不怕不慌了。他也给开杏说过,但她根本就不相信。见乌铁无动于衷,开杏决定先走。一个女人,她给乌铁准备了些吃的,还不忘交代:"如果有扛枪的人来,你就往马厩里躲。再不行,柱子背后,有个砖砌的空洞,从那里可以钻到邻家的后檐下。"说完,开杏就火烧火燎地跑了。可不到半天工夫,开杏汗流浃背回来了。

乌铁很意外:"不跑了?"

"陆大爷和陆婶都回来了。"开杏说,"好多人都说,这些兵不打人,不抢人,不骂人,他们多是农家娃儿。他们扛枪,是为穷苦人过上好日子。只要不干坏事,他们就不动手……"

"耳听为虚,眼不见的,不要相信。"

"我是亲眼见了,你说得对。我刚从孙世医的药铺门前过。他的门,也还开着呢!"开杏说,"路上,解放军从正面来,我哥回头就跑,他倒是跑脱了。可我,还有陆大爷和陆婶,跑不快,只好躲在谷草堆里。解放军将我找出来。我以为……可人家没有。只是轻言细语地叫我回家,有啥事解决不了,他们会帮我。他们牵来两匹马,将我们送回来。我们哪里敢骑,自个回了。"

乌铁说:"真是这样啊?"

"是,"开杏说着,从包里掏出一个米饭团子,"这个,都是解放军给的。"

乌铁往门外看,对面的陆婶也正进屋,陆大爷正在接她背上的包袱,拍她身上的尘土。

事实正是如此。这几天打下来,除了几十个负隅顽抗甚至偷袭解放军的散兵被击毙外,就没有伤过一个人。解放军入驻后,迅速占领了县衙门,几道城门也派了部队巡逻。他们召开大会,宣讲政策,分发传单,领大家唱歌。除了几家盘踞多年的恶霸被控制以外,就没有一家商铺被抢,没有一家的房子起火,也没有任何一家的媳妇、女儿受到侮辱。

乌铁定了定神,为自己的抉择感到满意。他将木门半开,借着外边不是很亮的光,开始纳鞋。能安心做鞋,恐怕是人间最幸福的事了。现在,他对这行手艺,可算是得心应手,丢掉了两只脚,却把鞋做得绝好,正应了有人说的,老天爷从不亏待任何一个人。看开了,谁头上都会有一片蓝天,谁脚下都会有一条路可走。只要人不死,不会没活干。干这活是不能三心二意的:看着针,只能是针;想着线,就只能是线。不认真,针脚会歪

第四章 黑夜里的白 | 159

歪斜斜；不专心，锥子会刺进手掌；不小心，就是麻绳，也会将虎口拉破。乌铁绱鞋心无旁骛。他把鞋底看成是当年打猎的山谷、骑马的疆场、种地的田野。他爱上它了，他尊重每一块布底，每一根麻绳。他知道哪里应该用面糨，哪里应该穿针线，哪里应该贴上一朵小小的绣品。

眼下，连开杏都会惊叹："你这手艺，怕要超过师傅了！"

可是，他的内心却无法平静，无端的烦躁接踵而来。不是因为城外随时有枪响，不是因为陆婵又在夜里哭泣，更不是因为今天没有卖出一双鞋。他虽然低着头，但凭第六感感觉到，不止一次，有人来过。那人从巷子的那头走过来，到了自己摆的摊位前，就慢了下来，然后又匆匆从摊位边走过，从巷口的那头走出去。

"我看看鞋子，哪个码子会适合我些？哪种面料更好看些？"乌铁估计这人会问。如果这样，乌铁就会抬起头来，耐心地给他介绍，甚至找一些成品给他试。鞋子合不合脚，只有穿鞋子的人自己才清楚。脚舒服了，心才会舒服。不合脚，就再调换。可那人并没有问，甚至没有停下来，似乎只是往这里看了看，甚至是用很小心的那种眼神，看过了，又立马将目光转开。那人错过摊位，步子明显加大，速度加快，很快就消失在另一头。过不了多久，那人又来了，和先前一样，走到摊位前，速度慢下来，很小心地瞄了瞄乌铁，还是不停步，刚一错开摊位，又大步离开。乌铁从他的脚步声里，听到了犹豫和重量。干农活的人的脚步不可能这样，打铁器的人的脚步不可能这样，街头练武的艺人，脚步也不会这样。只有军人才会这样。铁的，硬的，有纪律的，有约束、有煞气的那种。

对。乌铁十分肯定，他相信自己的判断。

乌铁想：这是谁呢？这样一个人，显然不是来买鞋的，显然不是逛街看小巷风光的。这个人没有这份闲心。这个人有心事。

那人来了又去，去了又来。乌铁依旧，也不抬头看他，一次又一次地，掂量着那人的脚步声。一次又一次地，他证实了自己判断。这个人，早不来晚不来，现在来了。这个人，先前走了，现在又来了。这个人一定是和自己有关,和这里的某件东西有关,或者和这个家有关。夜里,乌铁无法入睡。他睁大眼睛,看着漆黑如墨的屋顶,想年轻时的事,想台儿庄的事,想巷子里的事,想纳鞋过程中针进针出的事。想来想去,也没有个落头,人倒越发清醒了。他起了床,摸索着,将值钱的东西全都收藏起来。比如有两坨银子,比如用黑刺木雕成的马鞍,再比如那刀柄上嵌着鹰爪的夷刀。他将它们收拾了,捆包好,塞在马厩的粪草底层。那地方,就是恶鬼貔貅,也不见得能够发现。

收拾完,还是觉得心乱,乌铁在火塘边闷坐,拨了拨暗红的火灰,暖气上来,手脚热乎了些。

屋檐下的鸟儿开始叫了,叽叽喳喳全是饿坏了的诉求。乌铁胡乱洗了脸,叫开杏将马牵出,将自己扶上,自个儿骑上,就往东门孙世医的药铺方向走去。

一路上,解放军三步一岗,五步一哨。乌铁骑着马,踢踏踢踏地往前走,他们看了看,并不阻拦。

爬上几个坎,穿过几条巷,再下了一个坡,乌铁来到孙世医的药铺门口。药铺的门,的确是大开着的。看来孙世医没有因为解放军住进了乌蒙城,而关了店铺。开门的样子,完全没有防备。自己的判断和开杏得到的消息是一致的。

"来了!"孙世医出门,扶他下马。

乌铁指了指并不存在的双脚:"最近天气不好,结痂的地方,老是红肿,发痒。请您配点药。"

都老病了,不用看,孙世医就知道用啥药,如何用药。上了药,伤口舒服多了。

乌铁说:"我这样子,能活多久呀?"

"别想太多,肝胆好,人就好。"

孙世医是医圈中的妙手,听他说,乌铁放心。

孙世医提来一篮子土豆,要烤熟给他吃。那篮子里的土豆,冒出了白

嫩嫩的芽。乌铁挽起裤腿看了看自己的伤口,又看了看土豆。他问:

"土豆能长,我这脚,怎么不能长?"

孙世医摇摇头:"物种不一样。"

"怎么人还不如一块土豆?"

孙世医说:"上天给你此,不可能再给你彼。"

孙世医说得很肯定,但乌铁并没有听懂。如果这样,他乌铁得到了啥?财富?爱情?年少时征战江河的梦想?看他满脸的蒙,孙世医也笑了。这样的事,他还真无法解释。孙世医虽世代为医,家传久远,但要把战乱时期给人带来的苦痛诠释清楚,似乎不大可能。

乌铁闭上眼,默默念了三遍祈福经。其实,这些年,他不止一次念过。那些经文,仿佛火把,一次又一次,将他黑暗的内心照亮,却一次又一次暗淡下去。

"传统的医术,还解决不了。不过在外国,已经可以安装假肢了。"孙世医说,"几天前,我到城西的惠安医院看过。那里的医生们向我请教中医,也向我介绍了不少西方医学的知识。"

"啥假肢?"那惠安医院是二十多年前,西方传教士来乌蒙组建的。他们治病的方法和中医、夷医都不一样,常有奇招,很多疑难杂症,用小小的药片,就能手到病除。这个乌铁知道。

"就是用金属、塑料那样的材料做成的肢干,安装在身上,可以自由活动。"

"他们医院里有吗?"乌铁来了精神,"我去看看。"

"没有。听说要从国外运来。"孙世医说,"而且价格非常昂贵。"

乌铁失望了,摸摸空荡荡的裤管,他咬了一口土豆,慢慢嚼着。

在孙世医的帮助下,乌铁骑上马。乌铁并没有往回走。他绕来绕去,走出乌蒙城,穿过杨树村。胯下的幺哥一直往西走,爬了几个坡,下了几道沟,转了数个弯,他来到了金沙江边。汛期未尽,金沙江水浊浪翻滚,其间凶险,令人恐怖。河对面山脉此起彼伏,层出不穷,像是乌蒙古城读书人家堂屋里的水墨画。画的深处,有乌铁的老家。乌铁就在那里出生、长大,他在那里感受到了爱与痛。这些年过去,他不知道舅舅好不好,是不是还活在人间。亲情像是一块蘸有蜂蜜的苦荞粑,很粗糙,很苦涩,又有淡淡的甜香,嚼两下,口舌生津。

幺哥矮下身来,乌铁挪下马背,拣个地埂坐下,他抓了一把泥土放在鼻子下嗅了嗅,朝着对面的山脉撒去。

那个来偷窥的人,到底是谁?他乌铁将会面对什么?

偷 窥

这几天,每有空就往挑水巷走的人,是解放军进驻乌蒙城的营长——胡笙。数年离乡,再度回来,他心情异常复杂。那些复杂的往事和复杂的情感,像旋涡一样绞扭在一起,令他无所适从。但不管如何,他得面对一切。而且,他得主动面对。

胡笙再次走进挑水巷时,乌铁的家里,只有开杏一人。开杏坐在门槛边,面前是一个鞋摊,摆满了大小不一的鞋子。脚边放个篾筐,筐里放着布底、鞋帮、麻绳、镊子、钳子、黄蜡等,开杏低着头,正一针一线地纳着鞋。西斜的阳光正好照过,从陆大爷家瓦檐的缝隙里落下来,开杏就一脸的橘红。胡笙看呆了。时间仿佛倒淌至十多年前,这是他生命中最完美的记忆,那美丽的头发,那美丽的脸庞,那美丽的手,那让人迷醉的鞋子……

胡笙蹑手蹑脚地、小心翼翼地跨进去。不料,胡笙的翻帮马靴踢在了门槛上,响动惊动了开杏,她抬起头,惊呆了。

"开杏……"

胡笙张开干裂的嘴唇,说出这样的两个字时,突然不适应。这两个字,埋藏在心里多年了,现在瞬间从心口里弹出,令他一怔。这两个字,应该是前世叫过,便不再叫出的。当年开杏失踪之后,他内心是何等煎熬。他在心底里一次又一次地想她,一遍又一遍地叫她。他打自己的耳光,抓自己的头发，不断地折磨自己。仿佛那样的结果，完全是他胡笙的错所导致的。开杏的一举一动、一笑一颦，全在他的脑海里晃荡，全在他的梦里往来。他叫着她，伸出双臂搂着她，不顾一切地亲她，吻她。她顺应着，配合着，撕他，扯他，缠他。这样的情境，不仅出现在他教书时，还出现在台儿庄的战壕里，出现在后来多年的戎马生涯中。他以为这些都是前世，都是梦幻，今生不再出现。岁月蹉跎，他对生已不太看重。和对手较量时，他往往不要命，往往不怕死。那些大大小小的战斗，他很少失利过。无数次枪炮从身边呼啸而过，刺刀抵在他的后腰上，绳索勒在他的脖颈上，他都能够在瞬间反应，化险为夷。战友们都称赞他足智多谋，称赞他文武双全。他原本是一个教书先生，此前从未摸过枪，对于打仗的经验，更多停留在书本里。他也暗自惊讶于自己为什么会变得反应这样快呢，为什么就能所向披靡呢。后来他明白了，他心中有爱。只要有爱，就可无畏。只要无畏，就可无敌。战事有了逆转，一切进展比想象的还要好。台儿庄战役后，他立了功，受了奖。可那些用命换来的东西，并没有在他的心里有太多的位置。相反，他感觉到了那些人的穷途末路，便悄悄离开，加入了另外的组织。回到乌蒙，他的工作却异常被动，几个月的地下工作，不仅难有成效，相反还差点丢了命。他被追兵四下堵截，所幸有乌铁、金枝的帮助，有幺哥的帮助，渡过金沙江，进入凉山。可金沙江对岸，更是麻烦。据说好多人进去便再也出不来。有的丧了命，有的做了娃子。他不能丧命，他也不能做娃子，他还有梦想。他不断地逃亡，可他还是给捉住了。他不断地向那些端枪提刀的人解释，求得理解。他是教过书的人，有三寸不烂之舌。他和乌铁同患难过，一定程度上懂得他们的习俗和表达。可尽管他口若悬河，但那些人还是一脸麻木，根本就听不懂他说的话。那些人烦他了，不想要他了。就在有人端起枪，近距离瞄准他的胸口，即将扣动扳机时，他将贴身的衣服撕开，将乌铁让他带来的信高高举起。那些人一愣，放下了手里的枪。

胡笙被五花大绑，推推搡搡带到了头人府里。两边站着数十个扛枪的家丁。正堂里高大的木椅上,坐着一个身材魁梧、满脸威严的人。他头顶高高的锥髻,身着羊毛披毡,气宇轩昂,不怒自威。看来,那就是头人老爷了。头人接过那封信,打开,看了半天,那些弯弯拐拐的汉字,他根本就看不懂。

"从哪里来?"

"河对岸。"

"到哪里去?"

"陕北。"

头人略懂得几句汉语,在继续的问答中,听到几个关键词:抗战、乌蒙、陕北……便向旁边的人招手,有人过去,头人与之耳语。不一会儿,来了一个年龄稍长、面容慈祥的人。那人说起了汉话,相互交流没有障碍了。原来,他是头人的对外管家,早年经常渡过金沙江,跋涉于乌蒙,用马匹、银子或者其他土特产,将针线、盐巴、丝绸、枪支等换回凉山。他接过信笺,迅速看了一遍,脸色突变,却又突然控制住自己的情绪。

那微妙的变化,只有站在正对面的胡笙能够看到。

管家把信里所说,以及胡笙的意思,给头人做了翻译和解释。管家说的夷话,胡笙同样不懂。不过还好,头人的脸色,慢慢由阴转晴。他挥挥手,让管家给胡笙松绑,安排食宿。

头人让管家将胡笙送出寨子。管家自己介绍说,他名叫索格。索格背一个包,肩上扛着步枪,不离开胡笙半步。

胡笙说:"别劳驾。您给我指好方向,就回去吧!"索格管家并不理会,也不说话。道路越走越险,森林越来越厚。在这样的环境里,胡笙感到难言的恐怖。不说话,是一种最要命的虐待。胡笙提心吊胆,走在管家的前边,他时时有背心被一枪穿透的恐惧。走在管家的后面,他又害怕管家会一溜烟消失,将自己扔在无边的森林里,为狼虎所噬。可是,这些担心都没有发生。

磕磕绊绊,走了三天,出了凉山,前边就是甘肃地界。索格管家终于说话：

"胡笙。"

索格管家粗糙的声音像一根闷棒，令他不知所措。

索格管家将背上的东西递给胡笙，还把手里的步枪给了胡笙，胡笙愕然。

"乌铁在信里说，你们是生死弟兄？你们上过战场，打过日本人？"索格管家问。

胡笙点头称是。

"乌铁这血性，倒像是我们家的人。"索格管家又问，"他生活得怎么样？"

"很好的……"胡笙说得含糊其词。

"他和那个女人……"索格管家刚冒出半句话，却又突然拍了拍脑袋，他握住胡笙的手，"总有一天，我会去看他的。要是你见到乌铁，帮帮他吧！"

"你走吧！愿天遂人愿，天神恩体古兹保佑你。"索格管家说。

"你们，都是我的恩人……"

胡笙别过索格管家，大步往前。他刚走几步，又回过头来："请问你们头人尊姓？"

"果基。"

胡笙吓了一大跳。果基头人当年曾与刘伯承同志彝海结盟，互为兄弟，护送红军安全通过夷区。他明白了，自己能死里逃生，原来就是遇上了这样的人。他放下手里东西，转身，朝着凉山方向，以头触地，磕了三个响头。

不等胡笙再说什么，索格管家挥挥手："恩体古兹保佑你！"身子一闪，消失在密不透风的丛林里。

后来呢，后来他到了陕北。在那里很苦很累，流汗甚至流血，但心情愉快，他得到了前所未有的锻炼。那些生活，使他从一个文弱书生，从一个并不完美的青年,成长为一个境界更为高深的人。他丢掉了书生气,丢掉了狭隘和自私,身经百战。原本,他是不想回老家乌蒙的。甚至他想,就是化成骨灰的那一天,也不要回去。但上级认为他是这里的人,对这里的情况非常熟悉,有利于开展工作,还是安排了他。服从命令,是军人的天职。面对这块复杂的土地,面对曾经有过的是是非非,面对这么多剪不断理还乱的恩怨纠葛,他得好好想想。他尽量不走给过他伤痛的地方,尽量不想那些痛心的事。但每到夜深人静的时候,那些往事,还是不断地钻进他的脑海,不断地折磨他。根据工作计划,胡笙派人到对面沟通,讲形势,讲大局,讲事实,讲未来。那边的夷胞也早有此意。这不,最近两天,那边安排索格管家率队过来,和他们做进一步的沟通。胡笙带领营里的干部,一项一项地研究,做了精心的准备。胡笙需要解决的是粮食问题。他首先率领进入乌蒙的,是一千多人。过不了多久,上万人的大部队就将进入,供给是个大问题。乌蒙年年饥荒,家家空仓,户户无粮。兵马未动,粮草先行,这是兵家之道。而对岸凉山,天堑之内,粮食富足。如能协调,将可解决这一致命问题。

大事来临之前,老是心乱,弄得他寝食难安。这和往常不一样,他坐不住,一个人悄悄地来到挑水巷。

巷子的天空没有变,高高矮矮的房屋没有变,逼逼仄仄的石板路没有变。乌铁的房子也没有变,无非是门面多了层熏烟,无非房屋的瓦顶多了几根衰草。当他忐忑不安地从巷子的那头走过来时,远远地,他看见那个叫作乌铁的人,在那里一心一意地纳鞋。他低着头,很专心的样子。他虽指节粗大,却手法熟练。对于乌铁,于公于私,他是要善待的,他有自己的思考,他会和乌铁好好谈谈,会对乌铁有所安排。但眼下一看到乌铁,一将他和开杏放在一起,胡笙却又十分犹豫,情感上的纠结,让他不知如何是好。他的心提得老高,仿佛是在临战前,面对不知底数的对方。他将帽檐往下拉了拉,再往下拉,将脸上的表情收紧,大步走了过去。

临近了,乌铁没有抬头;错开了,乌铁没有抬头。走到小巷的那一头,胡笙不知道,乌铁会不会抬起头,看一眼他的背影。他是军人,征战多年,完全脱去了当年文弱书生的习气和形象。凭乌铁的眼力,看远远的背影,不见得就能认出是他来的。

胡笙走过去了,又走回来。第二次、第三次,乌铁还是没有抬起头来看他一眼。胡笙就知道了,这个乌铁,不一定知道他是谁,但已经注意到他的了。乌铁不抬起头来看他,是藐视,是畏惧,还是冷漠?他想,那自己还要不要再去呢?去,乌铁真的抬起头来,自己怎么办?不去,他自己的内心里,还是无法忍受。他的内心,像是有一只动作缓慢,但意志坚定的猫,在一遍又一遍地将自己的心肝抓来抓去,疼,酸,胀,麻。

抵挡不住,什么都抵挡不住。回到这块土地,他必须见那个人,那个给他爱、给他恨、给他无数的遗憾的人。他还是决定再去看看。至于能不能再见到,见到会发生什么,就由上天安排吧!

意　外

胡笙再次来到挑水巷。远远看去,乌铁的摊位没有摆出来,门边也没有乌铁的影子。胡笙深吸了一口气,压了压帽檐,正了正风纪扣,怦怦跳动的心稍微稳定。他走过去,推开虚掩的门,一步跨进。

临窗,一个女人正低头纳鞋。光与影中,女人的容颜和神情,是多么动人。胡笙想起了多年前的那个黄昏,金黄的草堆前,他突然谨慎起来,他不知道眼前这个女人,是不是自己想见的那个。

"开杏……"他叫道。

开杏听到了有人进来。对于开杏来说,生活中的动静太多了,她也就管不了了。如果是买鞋的人,他自己会先说话的。她依旧纳自己的鞋。左边的针要是不穿过去,右边的线就不可能拉出来。一双鞋,光有鞋底不行,光有鞋面也不行,底和面不绱在一起,也是不能穿的。一针一线都得靠自己,任何人也帮不了。鞋子是她的爱,是她生活的全部。

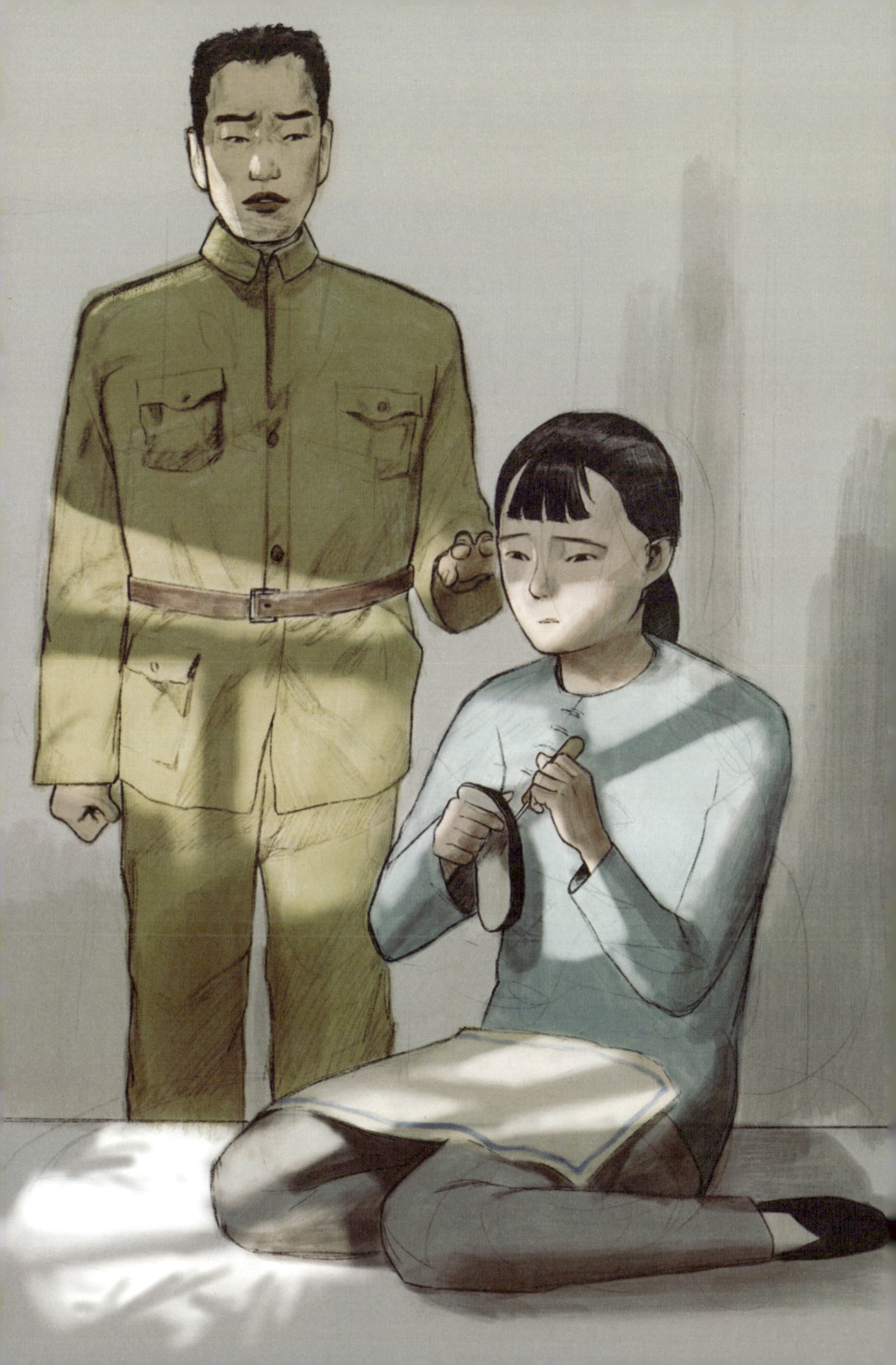

临窗,一个女人正低头纳鞋。光与影中,女人的容颜和神情,是多么动人。胡笙想起了多年前的那个黄昏,金黄的草堆前,他突然谨慎起来,他不知道眼前这个女人,是不是自己想见的那个。

开杏的耳朵突然捕捉到一种声音,那声音不是针线穿过鞋底的摩擦,也不是鸟儿在檐下扇动翅膀。她听到有人在叫自己。对,是叫自己的名字。这声音多么遥远而又亲近,多么陌生而又熟悉,多么动人又让人迷醉。开杏以为,自己是坐在杨树村的谷草堆前。左右一看,并没有谷草,也没有白杨树,她只看到黄皮的反帮马靴,邦硬地矗在眼前,有些冷,有些硬,有些重。顺着脚往上看,是绑紧裤脚的绿色军裤。再往上,是扎着皮带的腰,侧边挂一个皮壳,里面估计就是人们说的手枪了。

再往上,开杏不敢看了。

刚才那声音呢?但愿是个梦吧!开杏的梦里,这样的场景不少呢!好了,她得好好想想。人生的事,真麻烦。她将手里的针线装进篾筐。因为仓促,手给锥子刺了进去,一颗血珠冒了出来,血珠不大,却痛感连心。开杏举起手,就要用嘴去吮。

不料,那穿着军裤的腿弯了下来:"我来吧!"

开杏还没有反应过来,那人就不容置疑地将她的手抓过去,往嘴里塞。开杏吓坏了,全身瑟瑟发抖。她活了这几十年,除了少年时候和胡笙拉过手,后来和乌铁在一起,此外便没有和任何一个人,有过这样的亲近。她没有把手再给过任何人,也没有谁敢拉她的手,更别说做出如此过分的动作。

眼下这种情况,她不知道如何是好。

那人唇间呼出的热气,让开杏感觉到温暖——岂止是温暖,更是震颤。那种感觉恰到好处,不冷,不热,不轻,不重,不大,不小,不急,不缓。那种震颤冲击心底,传递到四肢,传递到大脑。开杏大汗淋漓,满脸通红。开杏觉醒了,她努力要缩回手,可手上居然没有了力气。那人得寸进尺,将她的手紧紧握住。力气用得大些,让她感觉到疼了。

开杏抬起头来,看到的是一个解放军。开杏大惊失色,一个军人,在自己的面前突然出现,估计不会是什么好事吧!解放军进了乌蒙古城,她不止一次站在人群堆里看过热闹。但那都是远观,并没有任何更近的接触。现在居然这么近。他这么过分,到底要干啥?开杏努力挣脱,就要逃走。

"开杏。你认不出我了?我是胡笙!"那人的说话明显带着颤音。

"胡笙?"就要逃走的开杏站住了。眼前这个人,是那样陌生。穿着军装的他,显得规规矩矩,看不出眉眼,看不出个性,一点也看不出当年满脸文静、衣袂飘飘的样子。这样一个人,和天天在街上奔来跑去的那些军人,没有什么两样啊!这个人怎么就是胡笙了呢?这个人,估计没有事做了,糊弄人,寻开心吧?

开杏摇摇头,还是要走:"再不放手,我就要叫人啦!"

那人急了,抓住她的手再次用了用力,另一只手将帽子摘掉:"看看,我是不是胡笙?看看,胡笙是不是我?"

让看就看吧!开杏将头发往上理了理,擦了擦眼睛。借着巷口斜过来的阳光,她看到了,这个人的脸上有了些皱纹,皮肤更加黝黑,曾经清澈的眼睛变得深邃,曾经文弱的身体变得结实。那眉那眼,还真是胡笙。胡笙原本也应该是这个样子。不过,这应该不是现实,而是在前世,或者梦里。只有前世、梦里,胡笙才会出现。

看开杏一脸的疑惑,惊讶之后又归于平静,胡笙知道,开杏还是不相信自己。胡笙想让开杏醒一醒,想让开杏知道生活的真实,知道他胡笙是真实生活中的胡笙。可他又不愿意让开杏疼,他不能再在她的手上用力了,尽管她那双手同样粗糙。他拉近开杏,让开杏掐他的手,摸他的脸。开杏没有。倒是他自己把自己抓疼了,掐出血了。

开杏终于知道,生活是真实的,眼前这个人是真实的。她开杏已经无法回避真实了。开杏的泪水夺眶而出。那些泪水呀,像是倾盆的暴雨,像是汪洋的河流。开杏在抽搐,在颤抖,哭得天昏地黑。

"以为你死了呢!"

胡笙紧紧搂住开杏,泪眼蒙眬。要知道,胡笙也是个男人,他在负气出走、参加抗日时,没有哭;在台儿庄前线,战友在敌人的枪炮中被炸得尸骨全无,他没有哭;在大凉山里险象迭出、生死未卜,他没有哭;甚至在后来的日子里,他受到无数的挫折,经历过无数的生死,他没有哭。他不是没有哭,而是将血和泪,狠狠地咽进了肚子,再如何悲伤,也没有泪水。现在,面对这个女人,这个多年前自己爱过,却又不曾拥有的女人,他控制不住了,哭得稀里哗啦。这是他的初恋情人,这是他唯一深深爱恋的女人。胡笙吻她的额头,吻她的脸庞,吻她的鼻子、嘴唇,还有脖颈。他就一直吻下去。他吻得很轻柔,吻得很仔细,吻得很小心。他越吻越痴迷,越吻越大胆。他放开了,他坦然了,他不顾一切了。

开杏有些警觉。她推辞说:"胡笙,你别这样,你有你的女人。我,也是乌铁的了。我们不要……"

胡笙摇摇头,说:"开杏,我没有女人,你看着我。"待开杏睁开眼睛,羞怯地看着他时,他看到了开杏的眼睛,是何等明澈。自己的形象,居然就在她眼睛的湖泊里。

"我告诉你,"胡笙说,"我有过女人,可那女人就是你。我想象的就是你,叫的名字就是你。其实你早就是我的,你一直就是我的,你从没有离开过我……"

胡笙把开杏抱起,大步走到床边。他一边吻她,一边哆哆嗦嗦地给她解衣服。他犹豫着,颤抖着。从外而内,从上而下,由表及里,一件,又一件,一个扣,又一个扣……这是一个于他十分陌生的活计;像年少时在老家杨树村,秋天剥藕,每剥一层,白嫩的东西就露出一截;像当年教书时,给孩子们讲字的结构,拆字,一笔,一画,从容得很。

一件艺术品呈现在了他的眼前,胡笙停住了。这艺术品,这样高贵,这样洁白,这样让人着迷。胡笙吻她,吻了她的全身,吻了她隐藏的每一个角落。胡笙搂住她,紧紧的,生怕像鸟儿飞了,生怕像雨露化了,生怕像沙粒漏了……

开杏迷醉了。她感觉到自己那一片隐藏的土地,好像就要给人侵占了。有人扛着锄头来了,有人撵着牛羊来了,有人携着武器进攻来了。蠢蠢欲动的家伙,毛躁鲁莽地攻到了门口。她推了推,这个男人却力大无比,一点都没有撤退的意思,依然是果断的、固执的、生硬的。要是这个男人在十多年前,就这样武断,就这样粗鲁,她开杏就一定不会走到现在这一步。开杏想,人生就是这个样子了,老天给自己啥,就接受啥吧。她闭上眼睛,拒绝的手松开了。

天哪,该来的就来吧!

胡笙的心扑通直响。胡笙知道,他的心脏将血液挤压得太猛。他不敢相信眼前这一切,他闭上眼,努力让自己平静下来。他得想一想这事的来龙去脉。多年战场上的经验告诉过他,好事不可能凭空而来。很多美好的东西背后,往往会有更多的不美好。平静下来的他,听到了另一个心脏跳动的声音。那声音似乎更大、更剧烈、更主动。他叹了一口气,抬起头,睁开眼。一束光从瓦隙里落了进来,照在屋角挂着的一副马鞍上。无数次的磨砺,让马鞍呈暗红色,显得生机勃勃。它是被汗水打湿了,还是被鲜血浸润过?胡笙突然想起,那马鞍他坐过。他的心跳再次激烈起来。他想起那马鞍的主人,想起炮弹飞来之前,那一只巨大的鹰将他瞬间覆盖……

"我……"胡笙站起来,狠狠抽了自己一记耳光。

门外,有声音传来:踢踏、踢踏、踢踏……好像是钟表走动的声音,也像是心脏跳动的声音,由远而近,由小到大。不对,是马蹄声!是马有力的脚掌,叩在石板上的声音,沉重而又空旷。胡笙停止下来,竖起耳朵,判断着这声音的来处。保持对任何事物的警觉,是一个军人良好的品质。

开杏脸色大变,狠狠将胡笙推向后屋:

"快走!乌铁回来了!"

两人慌乱,比火烧房子还更着急。胡笙不知所措,脸都吓白了。开杏将胡笙推到马厩后面,那里有一个暗门。胡笙一闪身,瞬间就不见了。

疑　窦

摇摇晃晃到了家门口,乌铁挪下马来,挣扎着去拴马。马拴好了,他抬起头来,看到坐在茶铺门槛上的陆大爷。陆大爷目不转睛地看着他,眼神有些奇怪。当他的眼睛和陆大爷对视时,陆大爷朝他努了努嘴,晃了晃头,转身进屋。

这陆大爷,咋啦?

乌铁疑窦丛生。他担心家里发生了什么,便转身进屋。不料屋门紧闭,举手推门,门纹丝不动。他紧张了,一边拍门,一边叫道:

"开杏!"

安静的午后,屋里一点动静也没有。乌铁眼里冒火了,他握紧拳头,就往门上砸去。砸了几下,门才吱呀一声打开。乌铁的两只手,努力撑着地,快速进屋,以至于在门槛边跌了一跤。乌铁挣扎着坐起来,他第一眼看到的,是开杏哭红的眼睛、蓬乱的头发和还没整理好的衣服。

果然有事!乌铁着急了:"开杏,怎么了?"

开杏没有回答。

"怎么回事?"乌铁又问。

开杏犹豫了一下,说:"没啥。"

这屋里分明有人的气息,分明有开杏满脸的惊慌,怎么就说没有事呢?乌铁不相信,乌铁的目光在屋里转了一圈,再一圈。屋里是没啥变化。他摸索到卧室里时,吓蒙了。

床上一片凌乱。

开杏说:"不……"

"啥?"乌铁听不懂。

"不是……"开杏想解释。

"不是啥?"乌铁问。

第四章　黑夜里的白

"没有……哦,不是……"开杏说。

"那人是谁?"乌铁又问。

"谁……没有……"开杏的回答语无伦次。

乌铁擩到后面的马厩,暗门的插销是打开的。这个他精心设计、以防意外、让自己能及时脱身的暗道,现在成了不明身份的人逃跑的通道。乌铁气得发抖:

"你说谎,你一直在说谎。那人是谁?从哪里来?怎么来的?来干啥?都干了啥……"

乌铁的一连串问话,开杏根本就回答不了。她无法回答。乌铁越想越生气,开杏从来没有这样对待过他,此前一点迹象都没有!看来,这个人隐藏得太深了。看来,他们早已蓄谋。他将竹篮里的鞋底、鞋帮、鞋样,还有麻绳、钳子、锥子、剪子、刀子、针线,全都一股脑儿扔在地上。他愤怒得想用脚去踹那些令人讨厌的东西。可一伸腿,才发现,自己原本有脚的地方,根本就没有能使出力来的东西。

开杏不说话,缩在火塘边嘤嘤哭泣。仿佛做错事的,不是她开杏,而是他乌铁;仿佛受委屈的,不是他乌铁,而是她开杏。门槛外的幺哥正喊喊喳喳地吃着草,见乌铁失魂落魄的样子,将头杵了过来。在幺哥的眼里,乌铁从没有这样愤怒过。即使饿了,即使累了,即使生病了,腿残了,他都从没有服输过,没有这样失态过。幺哥用脸贴他,亲他。幺哥往他脸上呼热气,用长长的脸在他身上搓来搓去。

这世间,最亲的,怕就是这幺哥了。

"没事,我好些了。"发了一会儿呆,乌铁说。乌铁撑着起来。幺哥懂得他的意思,矮下身,乌铁抓住还没有卸下的马鞍,用了些力,蹭上了马背。

乌铁刚到古城中心,就被扛枪的战士拦住。乌铁指了指空空的裤脚:"长官,我腿有伤,痛,又红肿,我去请郎中看看。"

战士的枪管并没有垂下,相反朝他扬了扬:"别啰唆,站住!"

旁边又有人将枪口对了过来,说:"就是这个人吗?"

战士说:"就是他。"

乌铁在几个战士的控制下,进了县衙门。这里原本是国民党的县党部。解放军进驻后,这里成了解放军的暂时办公点。

"我怎么了?"乌铁慢慢挪下马背,一脸的惊讶。

一个军官模样的人背着手走过来,目光炯炯地看着他:"有人举报你,以前参加过国民党的军队。你自己说,是不是?"

"我没有……我只是上过台儿庄,打过日本鬼子。"乌铁说。

旁边有人在笑。乌铁定睛一看,开贵坐在廊檐下的石墩上。开贵跷着二郎腿,一副悠闲自得的样子。

乌铁说:"哥,是你举报我了吗?"

"告诉你多少次了,耳朵长在角背后了?别叫我哥!"开贵说,"我这不是举报。解放军来了,我得如实向他们汇报工作,以便他们好开展工作。你干过些啥,你自己最清楚了。"

乌铁十分意外:"开贵哥,国民党兵在时,你举报我私通共产党。现在,解放军来了,你又说我参加过国民党。呃,这风向也变得太快了。"

开贵笑,说:"你不要和我说,你和解放军同志说。说清楚了,你就回家,继续纳你的鞋。说不清楚,就等……"

"你有权力这样?你居然能这样?我们是亲戚,是一家人……"乌铁从来没有这样生气过。

"我要加入农民协会了。"开贵搓了搓没有食指的右手说,"你真的干了坏事,我就得大义灭亲。"

乌铁离家后,到了黄昏,鸦雀叽叽喳喳回到屋檐下,乌铁还没有回来。到了深夜,星光躲藏,巷子里黑得像是个黑筒子,乌铁还是没有回来。这在之前可从没有过。开杏着急了,自己没有管好自己,把麻烦惹大了。这

第四章　黑夜里的白　| 177

一天发生的,真是意外。恶鬼貔貅又出现了。她想。她往门外吐了两口口水,试图用这种方式将鬼驱走。她惭愧,她害羞,她无地自容。原本清清白白的她,弄到现在,茶壶煮饺子——有嘴倒不出。乌铁在时,她讨厌他。乌铁失踪了,她又担心他。开杏提着一根木棍,走过大街,穿过小巷,还跑了四个城门。到处戒备森严,解放军三步一岗,五步一哨,乌铁要在这样的地方出事,根本就不可能。甚至那些树丛背后、阴沟里,开杏都用木棍去探过、戳过,但都没有乌铁的影子。

现在,解放军已经进驻乌蒙城好几天了,听说有棒客进城的消息。布店里的布被抢走了,粮食行的大米被偷走几袋了,还有谁家漂亮的媳妇也突然不见了,这种情况没有了。乌铁的消失,应该和棒客关系不会太大。这个血性太足的男人,自尊心似乎比谁都大。她担心他自己找事,担心他自己让自己出事。她第一瞬间想到的是孙世医。他俩无话不说,甚至和开杏不说的话,他也会对孙世医说。但愿,乌铁就在那里。开杏提着马灯,趔趔趄趄赶往孙世医的药铺。

夜已深沉,孙世医药铺的门已经关闭。开杏往门缝里看去,试图看到正在与孙世医促膝谈心的乌铁。可里面黑乎乎的,一点动静也没有。她侧耳听去,试图听到他们低沉的交流。可是,都没有。开杏沉不住气了,开杏举起手,把门拍得山响。孙世医一边开门一边叫:"来了来了!"他打开门一看,是开杏。开杏头发凌乱、脸色苍白、满眼惊恐,孙世医吓了一跳:

"你怎么了?你得急毛病了吗?你哪里不舒服?"

开杏来不及说话,她闯进屋,举着马灯,这里看看,那里瞧瞧,甚至孙世医的里屋,她都把门推了又推。孙世医上前拦住她:

"哎,哎……我老婆在里面,刚睡着的……开杏,到底发生什么了?你到底是哪里不舒服?"

开杏因为急,全身哆嗦,话都说不出来。

"你说话,我会给你看的,我会竭尽全力,什么办法好,我就用什么办法,什么药疗效好,我就用什么药……"

"不是我,是乌铁。"开杏终于说话了。

"乌铁!乌铁他咋了?"孙世医急了,他看了看开杏的背后,没有乌铁。他推开门,往外面的黑暗看了看,还是没有乌铁。

"乌铁在哪里?"孙世医想要抓住开杏质问,刚伸出手,又缩了回来。

开杏突然大哭:"乌铁,他不见了,找不到了……"

白天,乌铁骑着马来这里坐了一会儿,还让自己给他看了看伤口,给他开了药呢!怎么就会找不到了呢? 孙世医让开杏别急,坐下来,慢慢想,有线索才好办。

"会不会到戏院看戏了?"据说,此前乌蒙城里的戏院,弄得不错,歌舞升平。但自从解放军进城后,好像全都关门,停业整顿。

"乌铁从不上戏院。"开杏说。

"会不会到酒馆喝酒醉了?"孙世医问。

乌铁有心事的时候,不和开杏交流,也无法和开杏交流,他便一个人踅到小酒馆里喝闷酒。酒一醉就直叫:"凉山,我回来了!"可刚才开杏就从那酒馆门前经过,那酒馆也早关门了。

"会不会过金沙江,回凉山去了?"

那里是他的故乡,那里还有他的亲人。孙世医问得有道理。但是,从今天黄昏开始,四个城门全都戒严,只进不出,盘查非常严格。开杏刚才就去看过。乌铁要出去,可能性并不大。再就是,乌铁去凉山,开杏也觉得不可能。因为一般情况下,乌铁一出远门,就必须携带夷刀和幺哥要吃的草料。这些东西他并没有动过。

"不会走远的。"通过分析,孙世医说,"你回去看看,说不准他已坐在火塘边喝茶了呢!"

理不出头绪,开杏就只好回屋。乌铁还是不在,开杏独自坐在空旷而黑暗的屋子里,她才真正感觉到孤独。以前的遭遇令她痛苦,现在的境况令她孤独。她体会到了,痛苦和孤独是两回事,痛苦可以找到部位,孤独

第四章　黑夜里的白

却找不到；痛苦可以发泄，而孤独却无处诉说。现在，她觉得自己离不开乌铁了，她同情乌铁，可怜乌铁。当她进一步触摸到乌铁的内心时，觉得他才是一个真正可怜的人、更为孤独的人。这样一想，乌铁就真是她的男人了，是她的家人了，甚至是她身体的一部分。眼下发生的这一切，令她不安，让她后悔、痛苦。都是自己惹出来的是非，都是自己干了坏事。当时要是自己态度坚决一些、果断一些、冷酷一些，连门都不让胡笙进，那一切都不会发生的。她劝说自己，胡笙不就是一个当年要娶她而没有如愿的人吗？即使他们已经进一步明确关系，但并不能说，她开杏就是他的人了。这么多年过去，她与他并无往来，更没有实质性的男欢女爱。他有什么权力这样对待自己？有什么权力可以胡作非为？

真是蚊虫落在酱缸里——糊涂死了。开杏越想越难受，越想越觉得无脸见人，越想越觉得自己罪孽深重。她抓起锥子，锥子虽然锋利，非常尖细，但不足以让人毙命。她找到柴刀，但柴刀太钝，试了两下，连手上的皮都割不开，更不要说是喉咙了。她找到半包耗子药，但耗子药已经过期，不可能让她立即停止呼吸。最后，她找到了一团纳鞋的麻线，很细。她把几十根麻线绞合在一起，就很结实了，要将一个人稳稳地挂住，没问题。

什么都准备好了，就等着死吧！开杏洗了脸，擦了雪花膏，将压在箱底里最好的衣服找了出来换上。自离开杨树村后，她就再没有为自己精心打扮过。活着脸上无光，她不能在另一个世界还这样邋遢。其实任何一个人，从生的那一刻开始，就在往死的一端奔跑。只不过有人跑得慢一点，有的跑得快一点，有的跑得被动，有的跑得主动。跑与不跑，其实，最终都得落到这样一个终点。这样一想，开杏就觉得释然了。

麻绳被抛起来，轻盈地划了一个弧线，在木梁上挂住。开杏搬来木凳，站了上去。眼下，只要将脖子套进去，伸出一只脚，将木凳踢开，咕噜一声吐口气，一切都将结束。对得住和对不住的人，都将与自己再没关系。

窗外开始明朗,大约是天亮的时候了。其实天亮与不亮,和开杏都没有关系。巷子里突然有人奔跑。人跑与不跑,和开杏也没有什么关系。关键是,这脚步声很沉重,雨点样密集。开杏凝神听着,这声音不是乌铁的,乌铁不可能有脚步声。这声音也不是幺哥的,牲口与人在本质上还是有区别的。这声音应该和乌铁有关,或者说和自己有关。因为这脚步声已经在门外停了下来。开杏赶紧跳下木凳,收拾满地的繁乱,等待又一个意外来临。

"哐啷!"没有敲门,门直接就被推开了。一个人头上冒着腾腾的热气,口里哈着腾腾的热气,大步蹿了进来。

是开贵。

"妹妹,你好漂亮呀!今天是什么日子?是你的生日吗?还是你要去观音寺求签?"开贵借着门外的曙光,看清了屋内的妹妹。

开杏不知道如何是好。开杏只是说:"你这么早?是发生什么事情了吗?"

开贵说他听说了乌铁的事,就到处打听,有下落了。

开杏一听,当即感动得又要落泪。开贵带来这个消息,将自己从地狱里救了出来。可事情比开杏想象的还要严重和复杂得多。开贵是来告诉她,乌铁进了大牢。乌铁当年参加了国民党的军队,还上了前线,估计怕有很多命案在身。开贵是要让妹妹有个心理准备,要做最坏的打算。

"你想想,一个在金沙江两岸,说出名字就会吓哭娃儿的人,谁晓得他杀了多少人呀!"

开杏浑身发抖,她很清楚哥哥所说的最坏的打算,会坏到什么程度。她抹了抹眼泪,央求开贵:

"这些天,你都在往部队跑。你一定和他们熟。哥哥,请你帮助解释一下,乌铁没有罪,乌铁虽然表面冰冷了些,虽然当年干过坏事,但他心地最善良;虽然他参加的是国军,但打的是日本人,是保卫国家的……"

开贵不想听妹妹唠叨,尽管她痛哭流涕,但这不是一个男人应该关心的。开贵在屋子里转了一圈,他上看,下看,左看,右看,看房子的陈设,看房子的质地,看房子的大小,看房子里面的设施,还透过窗户看对面陆大爷的茶铺。

"这房子呀,如果是我来住,我还要再往楼上补出半层。夏天坐着喝喝茶,秋天挂金黄苞谷辫子,冬天搬个躺椅上去,闭着眼睛晒太阳……"开贵说。

开贵虽是个庄稼汉子,但他的想法,总是出人意料。见开贵一脸无所谓,开杏急了。她扑下去,紧紧抱住开贵的大腿:

"哥哥,你救救乌铁吧,他要是有个三长两短,我咋办呀!"

开贵一脸惊讶。开杏还在少女时代,就遭乌铁抢逼成婚,给乌铁害惨了。现在,乌铁吃了点苦头,她就这样,真没血性。

"不争气,开杏!你这样子,好像不是我们家的人呢!伤疤好了,你就忘记疼痛……"开贵恨铁不成钢,"可是,你伤疤还没有好呀,你的伤口那么深,还在发炎,还在流血,甚至传染给了我们一家……"

开杏哭:"事情都到这步了,那你,你要我咋办哪?"

妹妹这样说,开贵就满意了。开贵要妹妹去解放军的驻地,找一个人,向他讲哥哥开贵的情况,说哥哥是积极分子,熟悉当地情况,可以为解放军做很多事。比如批斗恶霸地主,比如分浮财什么的。同时,应该给他配枪。

开杏说:"配枪,配枪你怎么用?你不是没有食指了吗?"

开贵把右手收到身后,眯上右眼,举起左手,做了一个打枪的姿势说:"没事,通过训练,我可以这样的!"

开杏还是不愿意。这些年,开杏见到陌生人就躲。要让她去见营地里的军官,还不如杀了她。更何况,哥哥要她帮他达到那种目的,她哪能?哪能成?她哪有说这样话的权力?

"要去你自己去。"开杏说。

"你不是要救乌铁吗?除了这个办法,没有第二个了。"开贵说,"你见到那个人,一举两得,乌铁也许就有救了……更重要的是,你能帮我。"

"那人是谁?"

"胡笙啊,他现在是营长,眼下这里最大的官。"

"胡笙?"开杏打了个寒战。她立即想起昨天所发生的事。不是冤家不聚头啊!是不是这些事情,哥哥都知道了?哥哥这一招真损。

"你为啥要让我去?你去找不就行了?"开杏还是推辞。

"当年你和他有过特殊关系呀!这样的关系不用,浪费了,可惜了。"开贵看着还算漂亮的妹妹,说,"重温一下旧情嘛,不给你这种机会,你哪能见到他?"

看来哥哥并不知道昨天发生的事,开杏摁了摁心口,放下心来。眼下,和自己息息相关的两个人,他们都一脚踏进了水火里,都需要有人帮助。若再不帮助,乌铁就只有死路一条。乌铁虽然早年令人讨厌,但从战场上回来后,却像是变了一个人。那些刀枪炮火,将他身上附着的貔貅吓跑,让他脱胎换骨了。他真的死了,那自己就成了寡妇。开杏吓得毛骨悚然。开贵呢,开贵是自己亲哥,一样的娘老子生的。开贵早年心好,会疼妹妹,会帮家里争利。但他失去了上战场的机会,貔貅钻进了他的内心,穷鬼噬咬得他坐卧不安,困苦让他变得恶俗。这样的两个男人,再这样下去,说不定真会进阿鼻地狱。

"让我想想……"开杏让步了。

救　夫

没有其他路可走,咬咬牙,开杏决定去。

开杏整理了一下衣服,对着镜子,洗去满面的泪痕,又上了些淡妆。开杏左弄右弄,总算看不出自己悲伤的样子,然后出门。走到巷口,开杏又折回家,翻箱倒柜,找了一双面料最好、做工最精细的鞋,用布巾小心包好,出门。

到了营地,大门边三步一岗、五步一哨。卫兵枪一横:

"你找谁?干什么?"

"我、我找胡……胡笙。"因为紧张,开杏突然记不得胡笙的官衔。

"啥事?我们营长事多,你告诉我,我会转告他。"这样一个女人,居然敢直呼胡营长的名字,卫兵有些不高兴了。

"家里的……私事。"

眼前这女人这样说,卫兵倒又不敢马虎:"哦,请问,你是他什么人?"

"我是他,他姐……多少年没有见了。听说他回来,就想看看。"

这话在开杏心里酝酿了好多遍,现在说出来,居然还打着战。

"你叫什么名字?"看来,卫兵并不是只听她的一面之词。

"你就说是他姐就行了。"开杏摆出当姐的架子,显得有点不耐烦。卫兵看了看她,还是拿不准,便立即进去汇报。不一会儿,卫兵出来:

"我们营长说了,他没有姐。你快走吧!"

胡笙当了大官,和他相比,自己太过于渺小。面都见不上,要他办事,已经是不可能的事了。开杏觉得无望,转身就走。走了几步,想了想,她又折回,将手里的鞋子递给卫兵:

"麻烦你给他。他当大官了,连姐姐都不想见了……"

有冷风吹来,开杏浑身发抖,眼泪大颗大颗地往下落。她一边走,一边哭;一边哭,一边走。刚走到挑水巷口,背后有人追来,叫她站住。她被吓住了,在这古城里,女人遭遇坏人的事情,不是没有发生过。

开杏回过头来。刚才那个卫兵,在她面前一站,双脚一并,行了个礼:

"小姐,请留步,我们营长请您回去!"

他果然还是没有忘记。开杏受此大礼,便有些惶恐不安。她顾不了多少,跟着卫兵就往回走。

开杏第一次走进这样森严的院子,每一道门边,都有卫兵站岗,甚至围墙边,也三步一岗、五步一哨。开杏不敢看得更多,低着头,跟随着卫兵走。卫兵左拐,她就左拐;卫兵右转,她就右转。迷宫一样的地方,让她感到害怕。她有些后悔,想逃离,左右看去,四下里都是高墙,插翅难飞。

他们走过石桥,穿过弯弯曲曲的回廊,走了很多路,终于在一幢小楼的门前停了下来。卫兵让她站住,自个走了进去。大概又是去汇报吧。很快,卫兵走出来,让她进去,然后咔嚓一声,将门拉上。

开杏走进里屋,怯生生的,像是个孩子。古色古香的屋子,很宽,很安静。法式建筑的窗户很大,挂了窗帘,显得十分神秘。靠墙的地方有沙发,有茶几。正中,摆着一张很大的办公桌。

胡笙就坐在那大大的办公桌后。他背后的墙上,挂有画上箭头的作战的地图,还有长长短短的几支枪。办公桌上,堆着几摞书,笔筒里插着毛笔。开杏想,桌上的这些东西才是最适合胡笙的。此前,胡笙就一直喜欢书,连在村子里放牛都在看。据说里面有黄金屋,还有颜如玉。有一次,胡笙还给开杏写过诗,一句一句地念给她听。写些啥,他读些啥,开杏一点也记不得了。开杏只记得,当时胡笙的声音是颤抖的。伸出来拉她的手,刚触到她,像是被火烫了,又忙缩了回去。胡笙现在并没有看书,也没有写字,他的手里,握着一双布鞋,翻来覆去地看。那是开杏刚才送给他的那双鞋。

胡笙放下手里的鞋,从办公桌后站了起来。开杏绞着手,不安地说:

"昨天吓到你了……"

胡笙摇摇头,轻轻地叹了一口气:

"上天又安排我们见面了。"

开杏走过去,扑在他的怀里,开始哭泣。胡笙不知道如何是好。眼前这女人,是他不止一次失去过的女人。此前失去过,昨天又失去过。意料中的事情,突然又发生意外,实在是令他难堪。他不知道自己离开后,乌铁有没有发觉。他想回去看,又觉得不妥;想让个士兵去观察一下,也觉得不恰当。他自责,打了自己两个耳光,管不住自己,差点犯了大错。这对于开杏、乌铁和自己,都糟糕透顶。他就是在这样的犹豫、不安中度过难熬的一夜。刚才,他听到卫兵报告,说自己的姐姐来见自己,便有些意外。在他随口说自己没有姐姐的同时,他却瞬间感觉到这个人就是开杏。而当开杏将鞋子送到他手里时,他在那一瞬间心潮起伏,不能这样对待开杏,一个在内心曾经只认他的女人,在内心等他多少年的女人,在内心一直还埋藏着对他的深深的爱的女人。那鞋子上的千针万线,是她重重叠叠的心事,一针就是一次深深的思念,洞穿若干岁月,将疼痛牢牢固定;一线就是一次牵肠挂肚,将两人紧紧拴在了一起。想到这里,胡笙觉得,自己不能拒绝她,不能忘记她,更不能背叛她。现在开杏来了,精心打扮过的开杏更加美丽,身材苗条,举止优雅,脸上有着淡淡的忧愁,如梨花带雨,让人心生同情。

当年在杨树村,两人之间,谁都被动,谁都又不太被动,谁都主动,谁都不敢太主动。他们总想把最美好的生活安排在最恰当的时候。后来就不一样了,后来的生活不是按照既定的方向往前走。昨天,胡笙终于主动了。但主动的胡笙并没有达到预期的目的。现在是开杏主动了。开杏像一只猫,温柔地偎在他的怀里。屋角,木壳立式座钟内,钟摆一左一右,嘀嗒有声,声声敲打在心的深处。时光好短,时光又是好长。安静了一会儿,开杏不想安静了。开杏伸出的手臂,面条一样挂在胡笙的脖子上。这样,开杏就可以清晰地看到他的脸了。这张脸被太阳晒成古铜色,甚至上面还有纵横的沟壑。那是经风历雨、饱经沧桑的体现,那颜色,更像是杨树村泥土的颜色。胡笙的鼻子又高又长,是民间说的葱管鼻。胡笙的嘴阔,而嘴唇肥厚。这样的男人,是吃四方的嘴,是女人喜欢的那种嘴。少女时,开杏和一帮女伴会躲在谷草堆里谈男人,说自己心仪的男人,有时会说得面红耳赤,心旌摇动。说来说去,女伴们公认重要的就是男人的身材、手臂、腿脚,还有就是眼睛——这样看来,异性身上,每一样都十分重要。开杏现在看的是胡笙的眼睛。这眼睛变了,和以前不一样,幽静、深邃、执着,仿佛还带着锋芒。对,锋芒,直扎人心,仿佛他什么都知道,仿佛他什么都不怕。胡笙的眼睛如迷宫一般让人捉摸不透。这和当年的教书先生完全不一样了。

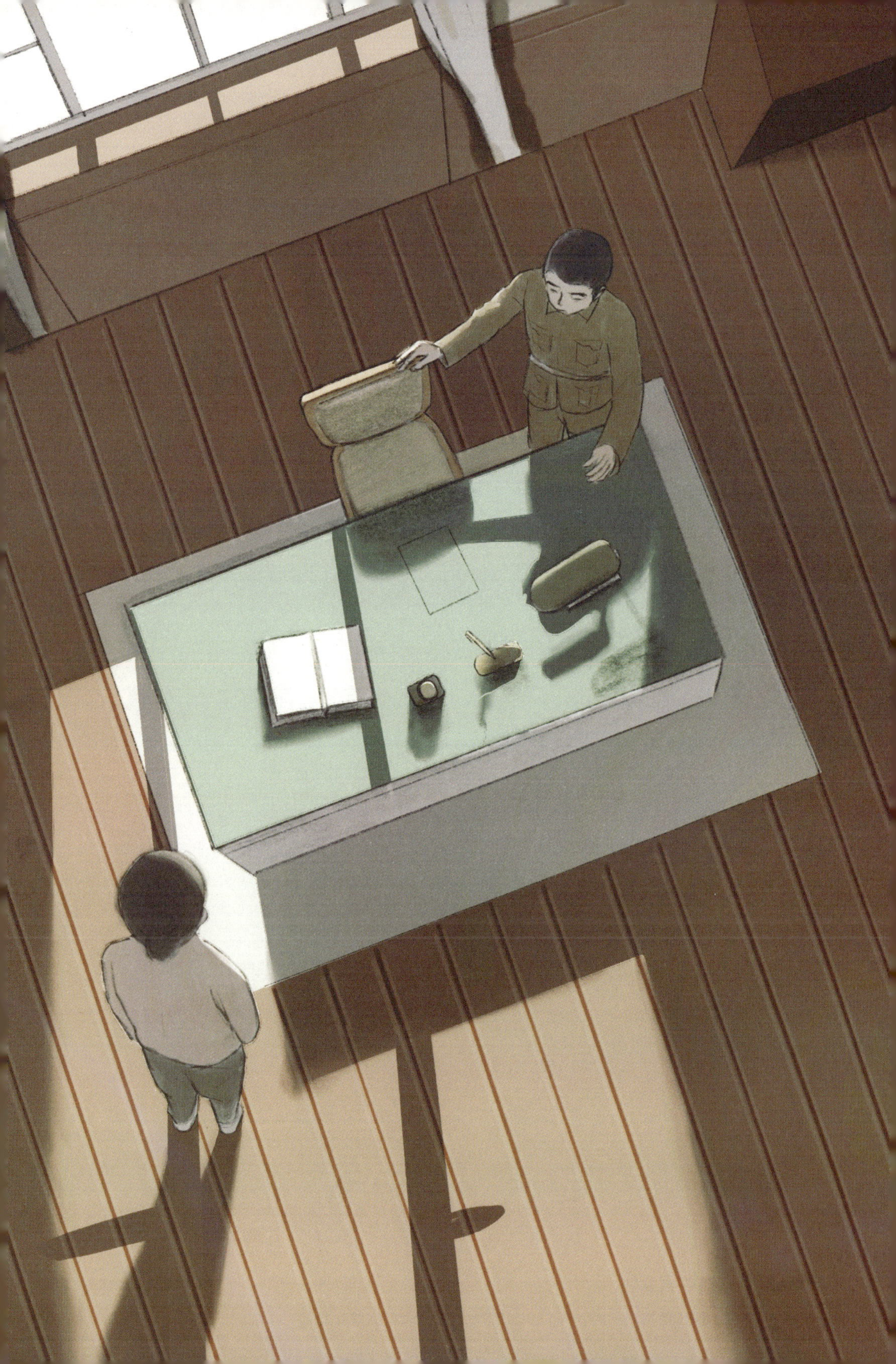

胡笙放下手里的鞋,从办公桌后站了起来。

但不管如何,开杏就是喜欢胡笙,不仅喜欢,更是深深地刻入骨髓了。这里的房间,比挑水巷那房子好多了,特别是采光。开杏那房子,虽然地段最好,可它夹杂在民居中间,修得逼仄。只是临街有门,顶上装有玻璃亮瓦,后窗虽然也有,却是小小的,透进的光亮,倒像是谁偷窥的眼神。这里的光亮很好,胡笙能很清楚地看到开杏的脸,开杏的眉、眼、鼻翼和嘴唇。开杏的脸又白又嫩,这得益于她常年不出门,常年没有遭到太阳的暴晒。开杏的眼有些红肿,这可以理解,昨天在她身上发生的意外,真的让这个弱女人难以承受,哭一哭,伤心一下,也不是不可以的。开杏的鼻子修直而小巧,像一根嫩白的葱。而她的唇更好看,微微的一张一合之间,温热的气息颤抖而出,轻轻滑落在胡笙的脖颈里。

胡笙颤抖了一下。

开杏感觉到了胡笙的变化。而她自己,也已经情不自禁。开杏腾出手来,开始脱自己的衣服,此前是胡笙给他脱,现在是开杏自己脱。她脱掉上衣,再脱裤子,脱掉外衣,再脱内衣。她一件一件地脱,这一生里,她没有为谁脱过,更没有这样心甘情愿地脱过。现在她是自愿的、开心的,她也是无所顾忌的。她微笑着,颤抖着,呼吸有些短促。

她深情地看着胡笙:"哥……"

眼前这个人,如此美丽,如此干净,如此透明,又如此主动。戎马生涯十多年的时光里,胡笙见过无数的生,经过无数的死,还有无数的真诚与虚伪、奉献与引诱。胡笙的生活中,没少出现过女人,各种各样的女人。他清楚得很,他明白得很,他也坚决得很。让他认可的、接受的,似乎还没有过。但眼下的开杏,和以前那些人是不一样的。她更真实,更生动,更贴心。

"哥,这是我欠你的。"开杏说,"还你。"

欠我的?胡笙挠挠脑袋。的确,这些年自己从未如此和女人亲近过,更未和女人有过灵魂的深入交流,原来是还有人欠着自己,原来自己心里还没有忘记。既然欠了,归还是理所当然的。这样想来,胡笙便放下心来。看看,或许就够了。胡笙想。

胡笙小心地抱起开杏,走进卧室。他将开杏放在军用床上,开始脱自己的衣服。四周很静,他有些慌张,心怦怦狂跳。

开杏说话了:"拜托,你要救救乌铁……"

意外的事件将胡笙的思维打乱,他正解纽扣的手停下来:

"乌铁?乌铁怎么了?"

事情很麻烦。要几句话说清楚,还真是不容易。开杏也不管了,就顺着说,努力想讲得更清楚一些,可越讲越复杂,越讲越啰唆。她的话很多,语无伦次,颠三倒四。胡笙一边听开杏说,一边将解开的衣扣,一个个扣回去。他把风纪扣扣紧、鞋子穿上时,开杏的话也差不多说完了。

胡笙指了指地上那一堆衣裳说:"穿上吧!"

开杏突然觉得自己错了。她说:"哥……"

"穿上吧!有人来了不好。"胡笙的语气不容争辩,"快点!"

事情已不可挽回,开杏快速地穿衣服。越是慌张,她越穿不好。要么是外衣穿在了里面,要么就是套错了袖子,扣错了纽子。费了好大的劲,她才将自己打理整齐。她觉得自己应该做一件什么事情才更好些,才会将眼下的尴尬局面挽回。想了想,她便拾过那双布鞋,走到胡笙面前,蹲了下去:

"我给你穿鞋吧,让我给你穿一次鞋。"

胡笙脚上的鞋,是军队里发的。这样的鞋子很结实,很稳扎,踩在地上,会令黄尘飞扬;踢在身上,肯定会让人骨头折断,皮肉非肿即红。但脚在这样的鞋子里,并不是最舒服。

开杏心疼胡笙。开杏说:"穿这鞋吧,穿上它,会更舒服些。"

胡笙并没有将脚伸过来。相反,他往回收了收脚,做了个立正的姿势:

"对不起,我是个军人。我不能穿你的鞋。"

"以前,你不是最喜欢我做的鞋子吗?你不是说过,你做梦都想穿我做的鞋吗?"开杏看着他,努力想把事情往从前说。

"我现在只穿这个。"胡笙转了一圈,跺跺脚,抿了抿嘴,果断地说,"我们解放军,不拿群众一针一线。你……你带回去吧!"

开杏还要说什么,门外有卫兵报告:"营长,金沙江对岸的客人很快就进城了!"

受 惊

胡笙率领近百人,骑着马,浩浩荡荡赶到城门外。西边的太阳正要落山,天地间的色彩丰富极了。胡笙很高兴,他觉得这是天公作美,让他在这样一个节点上,为搭建金沙江两岸的桥梁,安置了一个坚实的石磴。在他人生最黑暗的时候,是那些人帮助了他。帮助过他的这个人,就是这次的领头人——索格管家。现在,他们将再次相聚。胡笙想请他们再帮助自己一次,以前他们帮胡笙一个人,这次帮的,是一个群体。

远处黑影绰绰,马蹄声踢踢踏踏。很快,浩大的马群由远而近。打头的是一个身披黑色披毡、腰别短枪、头顶锥髻的人。他满脸风霜,却掩不住自带的豪气。那人就是索格管家了。胡笙率队走到路中间,弯腰施礼。过桥管家吹了一声口哨,马队戛然而立,人们很快下马,往后面站立。胡笙大步走过来,而索格管家则张开鹰翅一样的双臂,将胡笙紧紧搂住。

"时光飞逝,索格老表还如当年一般威武!"胡笙由衷地说。

索格管家试了试胡笙的手劲说:"胡笙老表和当年一样瘦,不过更硬扎了。"

大伙都笑。笑声像一股风,带着些温暖,将冻板多日的脸滋润。当天晚上,胡笙在兵营里招待索格管家一行。之前就置办好的烈酒,酒瓮打开,香味就蹿了出来;现杀的牛,滚水煮成大块的坨坨肉;之前就炖了的鸡,肉香弥漫了整个院子。索格管家需要的就是这样的场面,这样的场面至少可以说明此行对方的诚意,但他还是谦虚地说:

"不要这样浪费啊！我们还是以公务为重！"

夷人有句谚语说,乱说说不得,乱吃吃不得。不明不白的饭菜,索格管家向来不吃。

胡笙说:"见到恩人了,菜板不沾血哪行！这都是我自己掏钱买的,放心。"

索格管家知道解放军的规矩,这下放心了,高兴了。男人嘛,要的就是爽快、大气、诚恳。胡笙这小伙子,看来不是那种背义忘恩之人。此前对胡笙的帮助,虽然费了些周折,但是,值！

酒是用大碗盛的,胡笙敬了索格三碗,索格回敬了三碗。接着,双方的手下纷纷前来敬酒。酒入热肠,拘束没有了,心敞亮了,人世的杂质就被风吹浪打去。

"只要江上的桥一通,我们往来就方便了。骑马走路,都可过河。互相走站,邻居一样。"胡笙咕咚喝了一口酒。

"为了这事,我打了牛,特意请祭司诵经三天。这个愿望实现了,老表随时可以过去吃酒,吃坨坨肉。"索格干了碗里的酒,将碗底朝天。

把喝酒说成是吃酒,这是金沙江两岸人的风格。有酒吃,生活就算富足。互相在一起吃酒,说明关系非常不一般。

"这是我们的共同愿望。"胡笙说。

"无箍的木桶要散,无法的人群要乱。米饭团只有捏在一起才会紧。"这个道理索格懂。

索格管家端起酒碗:"好老表！好样的！我认你了！我代表果基头人,敬你这碗酒！不管做啥,你吩咐就行。"

有了这句话,问题就迎刃而解。下一步解放军过岸,金沙江不再是天堑了。

心没有阻隔,相互帮助就是小事。胡笙先敬三碗,是代表他自己对索格管家的感谢;再敬三碗,代表的是营队,是解放军。索格管家是明智的。他说果基家支的态度也是鲜明的。那年,胡笙刚走后不久,果基头人就为国民党军所害,但家支的人们并未屈服,一直心向往之,一直渴盼正义的到来。这边厚爱他们,他们支持这边,这是天经地义的事。

"我的那个外甥,你晓得下落不?"酒至半酣,索格突然说。

"哪个外甥?"酒喝多了,胡笙一时摸不着头脑。

"当年给你马骑,给你粮钱,给你写信,让你带给果基头人的那人啊!"索格管家脑子还很清晰,他的目光如炬。

"乌铁?"

"对,乌铁!"

胡笙知道他们的亲情非同一般。在夷人的家庭里,舅舅有极高的地位,是保护家庭的主要力量。彝族俗语就有"杉树无舅舅,杉板任人砍;竹子无舅舅,竹梢任人弯;杜鹃树无舅父,树枝也要短三节"。数年前的往事突然再提,胡笙被酒呛了一下。人间好宽,却又如此逼仄。胡笙记起了当年索格管家的嘱托,他努力咽了咽,端起酒碗,弯下腰,朝索格再次敬酒:

"索格老表,我也才回乌蒙,还没来得及办理您交代的事。我会处理好的,很快。"

胡笙的礼节是到位的,这让索格管家满意。"等你!"他高抬酒碗,一饮而尽。

这场盛大的晚宴,也不知吃了多少肉,喝了多少酒。胡笙醉了。胡笙踉踉跄跄,还让卫兵给他酒碗里倒酒。他在酒碗里看到了天空飘飞的云,看到了金沙江上空架起的桥。他看到了开杏和那双鞋,看到了乌铁和那匹马。

胡笙被人搀扶着,踉踉跄跄地回了住处。半睡半醒之间,他一会儿嗅到了开杏留下来的芳香,一会儿又有索格管家的话在耳边响起,一会儿又有乌铁黑着脸不说话的僵局。他爬起来,挣扎着进了厕所,将手指塞进喉咙,抠一下,吐两口,一直吐到肠里空无一物,胃里尽冒苦水。

连苦水都吐干净了,卫兵送来醒酒的汤汁,喝了,胡笙清醒了些。多年来,胡笙遇到过无数次酒场,喝过无数次的酒。上次的酒还没有过去,下次的酒又来了。通过喝酒,他办成了无数的事,也办砸过无数的事。是非成败,转眼成空。酒还得喝下去,人还得做下去,是是非非还得面对。那自己就得有自己的数,什么时候喝,什么时候不喝,什么时候喝到三分,什么时候喝到连死都得撑。胡笙再次想起索格管家。索格管家的高兴就是他的高兴,索格管家的梦想是他的梦想,索格管家的爱恨就是他的爱恨。他站起来,摇摇头,伸伸腿,还行。他向卫兵交代了两句,便一个人走出大门,进了挑水巷。

他得尽快找到乌铁,和乌铁好好聊聊。

挑水巷是城里人出外挑水的必经之路。要是哪天中断了,这个城市肯定就会骚乱一片,意外迭出。这个时候已是深夜,挑水的人早已回家,疲惫了一整天的他们,应该倒在铺上,进入不用流汗的梦境。地上曾经洒下的井水和汗水已经蒸发。如果是白天,肯定会看到很多痕迹。当年在城里教书时,胡笙没少走过这条巷子。这是一条很浪漫、很让人向往的小巷。后来,这里成了埋葬他的初恋的地方,也是他的情感再次萌芽的地方。

夜太深,他如芒刺在背,仿佛四下的黑里都有将置人于死地的枪口,向他瞄准。每走一步,他都有跌落陷阱的感觉。他将步子迈得更大,有意将脚步踩得重重的,试图镇住黑暗里的一切。

到了。那门黑乎乎的,紧紧闭着,像不愿意说话的嘴、不愿意张开的眼。胡笙站住,举起手,敲了敲,没有动静。再敲,还是没有动静。他扒着门缝看了看,里面更黑,看到的,全是看不到的。

"开杏。"他小声地叫道。

没有回应。

"开杏,我是胡笙。"他解释道。

还是没有回应。

他突然担心起来。今天他对开杏的态度,是不是让开杏无法接受?这个对他一往情深的女人,会不会因为他态度冷漠而出现意外?想到这里,他急了。

"开杏,说一句话。"

里面还是出奇地静。

"再不出来,我要踢门了。"说着,他真的把那脚抬了起来。只要他想踢,这门应该是挡不住的。

门还是没有开。

胡笙想了想,将脚放下:

"开杏,我来了解乌铁的情况。你不是让我救他吗?他到底怎么了?他现在在哪里?情况我都不清楚,我怎么救他呀?"

门里终于说话了:"他就在你的大牢里,你是猫哭耗子吧!"

胡笙蒙了。

"如果你真的整死他了,给我留下他的心、他的肝、他的胆,让我看看是黑的还是红的,是不是烂得提不起来。"开杏说话寡毒,像个泼妇,"然后,我死给你看。"

胡笙的脸当即吓白,人彻底清醒了。

"开门!"

"开门!"

"开门!"

他不知道为什么事情会变得这样复杂,绳上的结好解,心里的结,要解开太难。

他踹出去力量肯定很重,木门摇晃了两下,发出不安的杂声。里面说:"你要进来,我就死给你看。"

背后噼噼扑扑赶来一些人,是胡笙的卫兵。夜半三更,营长出门,他们肯定要保护好。听到异常的声音,他们围了过来。看营长的样子,有卫兵举起枪托,就要往门上砸去。

"停下! 没有你们的事!"胡笙连忙制止。

背后又有木门响起,胡笙快速转过头去,他看到对面茶铺的门开了一条缝,一个老人,举着昏黄的马灯,观察着外面的动静。

"撤!"胡笙命令道。

回到驻地,胡笙叫来手下,让查一查这两天收容的所有人的名单。这些人中,有的是顽固不化、负隅顽抗的残匪,有的是打家劫舍、四下骚扰的棒客,还有的是没吃没喝、到处乞讨的难民。还好,名单清清楚楚,乌铁果然就在其中,而且他还带着一匹马。乌铁怎么就在其中了呢?个中原委,眼下是来不及追究的了。收容和关押的地点在城外,原来是官家的猎场。胡笙让手下人赶过去,将乌铁请出来,给他洗澡,换上干净的衣服,快速接他回挑水巷。

"问问他,如果想喝碗酒,也不是不可以的。"胡笙不忘交代。

"好的,营长!"手下立正,又突然说了一句,"营长,那边正好要处决几个罪大恶极的抢匪,我顺便去看看。"

处决抢匪,是前几天组织的决定。那些盘踞在乌蒙山区多年的抢匪,抢人钱财,欺男霸女,背负命案无数,百姓身受其苦。解放军进到乌蒙山,第一件事就是保证人民生命财产的安全。他们抓了一大批,迅速公审公判公处。其中一部分,将处以极刑。胡笙看了看座钟,钟摆不紧不慢,指钟已经接近公开处决的时刻。胡笙背心冒汗,忙让卫兵牵出马来,一步跨上,奔向临时收容站。墨黑的夜如大锅阆罩。一路上有蛙鸣急促,有蚊蚋在眼前跌来撞去,远处有猫头鹰在谁家的檐后高一声低一声地怪叫。人是看不清路的,好在马有夜眼,识途,一路狂奔,很快赶到。

收容站大门边的警卫是知道胡笙的,看他骑马来,连忙立正,行了个军礼。

站里黑乎乎的,无火无灯,安静得出奇。胡笙问:"人呢?"

警卫说:"处决棒客去了。"

"犯人全部带走了?"胡笙急了。

警卫说:"是。一个没留。"

胯下的马几乎被他鞭死,胡笙以最快的速度赶到刑场,那里一片安

静。那些负有人命的匪徒,已经得到了应有的下场。胡笙跳下马,一把抓住队长的衣领,大声喝道:

"把那个叫作乌铁的人,还我!"

队长愣了一下,解释说:"那个乌铁,不配合审问。刚才让他来现场观摩,刚送回去。"

胡笙指着队长的鼻子:"带回来!不,是请回来!必须!少一根头发,我都不客气!"

紧绷的弦松了。胡笙长舒了一口气,抄了近路,奔到城门口。这时天色微明,低头可以看清脚背,抬头可以看清草木。对面的晨晖里,不疾不徐走过来一匹马,马上挺立着一个人。那马的蹄子,不慌不乱。那人的腰背,板板正正。胡笙奔过去,牵住马的缰绳,将马拦住,朝着马背上的人,伸出双手:

"乌铁兄弟,让你受惊了!"

马背上的乌铁,头发如乱若蒿草,脸硬,如上了冷霜。他看着胡笙,一动不动。动了动干裂的嘴唇,他说:

"没事的,看看那些棒客、坏人终有下场。"

当年的生死战友,居然以这样的方式见面。胡笙满脸歉意,好多话,居然无从说起:

"乌铁,你是救过我命的人。"

相 见

睡到半夜,索格管家就醒了。这些年的战乱,让他养成了晚睡早起的习惯,他甚至还会半夜惊醒。再苦再累,他只要喝下两碗酒,蹲在火塘边,或者大树根下,闭上眼,眯一袋烟工夫,元气就恢复了。他把酒称为肠子药。昨晚的酒,是多了些,不过并无大碍。在酒场上身经百战的人,面对酒碗,如同打冤家的对手,不到最后是不知道输赢的。随便喝一点酒,就像猪狗一样躺在地上的情况,在他索格身上还没有发生过。

胡笙上场就醉,索格是理解的。这个老表,有汉人的聪明,有读书人的细腻,也有乌蒙山人的粗犷和质朴。能醉的人不作假。想起他的醉样,索格管家满意。

远处隐隐约约有鸡在叫。索格管家起床,推门,走出。胡笙精心安排,他和手下一行都住在军营里面,距胡笙办公地点不远。这里安静,安全。春天的夜里,有青蛙偶尔的嘀咕,有蛐蛐偶尔的歌唱,有蚊蚋偶尔的呻吟。他走出三重院门,却看到操场上一片繁忙。战士们在集训,而旁边胡笙的房间里的灯光似乎还亮着。他咳了一声,从暗处立即快步走过来一个战士,双脚一并,向他行了个礼:

"首长,请问有什么指示?"

"不要不要,我睡不着,随便走走。"这种治军的严格和对客人的尊重,让索格管家十分满意。转了一圈,他回到屋里。他带来的这帮人,个个都睡得横七竖八,有的还打着长长短短的鼾。事实上,他也暗地里安排人值勤,稍有响动,就会立即向他报告。他对被安排值勤,却在假寐的几个手下人说:

"你们去眯一下吧,没事儿了。"

回到屋里,索格管家还是睡不着。金沙江是天堑,阻碍着两方的发展。河两边的人,要么是互不往来,要么就是互相损毁。他们对汉人的东西羡慕不已。那些布匹、针线、盐巴、照相机、钢笔、餐具,甚至枪炮,对于他们来说,都是宝贝。而他们也知道,汉人需要这边的矿石、木材、蚕桑、野果、中草药,甚至在山林里放养的牛羊。但就因为中间隔着这条河,大家以这条河为界,互相提防,互相封锁。每跨越一步,都会付出令人意想不到的代价。这边的人过不去,过去了就再也回不来;那边的人过不来,来了就别想着回去。在刘伯承与果基头人在彝海边上喝了酒、结了盟之后,他们相互才有了更多的了解。但一晃过去多年,相互的往来,掺杂进了更多的因素,渐渐又陷入了僵局。

事实上，还有比这条河更让人无法逾越的沟壑。当年，乌铁劫了河这边的汉族女孩为妻，这可是犯大忌的事情。如果任他所为，会给寨子里更多的年轻人非常糟糕的引领，这边传承千年的纯正的血统，将会渐次丢失。这种比天大的事情，家支肯定不饶。土司密谋要将乌铁和开杏弄掉，以正家支血统——这可是凉山人家的老规矩了。索格与外界交往多，要开化一些，同时又与外甥关系最好。思前想后，索格便暗中放了一把火，助他们逃过了金沙江。但乌铁离开后，便杳无消息。索格以为，乌铁此去，以他的性格，必死无疑。每每想起，索格便借酒消愁。每次喝酒，索格都要朝着河对岸酹酒三杯，以示吊唁。索格每醉必痛哭流涕。有到过乌蒙的人，回去说乌铁还在。但他根本就不愿相信，他伸出手来：证据呢？证据在哪里？他不相信外甥还在人间，但又不相信外甥已离开人间。在如此纠结中，他又派人暗地里到过乌蒙。果然，他们见到了乌铁。那时正是抗战前夕，乌铁满腔热忱，正意气风发，想着舅舅注重证据，便和来人到照相馆里，合了张影，洗出相片带回。可那张相片没有洗好，来的人清清楚楚，而乌铁却有些阴影，模糊不清。索格一看，又是大哭一场：同一张相片上，另一个很清楚，而外甥却面带暗色，一片重影。在索格管家看来，这不是从坟墓里拖出来照的才怪。索格知道汉人花样多，估计是花钱收买了手下人，做了手脚。不管手下人怎么解释，索格就是摇头：

"知道你心好，你是想安慰我……可没死哪来这影子？这影子就是人的灵魂嘛！"索格管家又提酒来喝，一喝一个醉，一醉又痛哭。酒醒了后，他爬上高高的山梁，看着怒吼的金沙江，一遍又一遍地诵唱喊魂经。

全国都已解放，民主改革是大势所趋。一段时间以来，金沙江这边不断地给他们宣传好的政策，越是山高林密的村寨，越是原始落后的地方，他们越是关注。他们给这边送来了食盐、针线、布匹。谁越是贫困，谁越是可怜，他们就更多地关心谁。当然，对于纳莫土司，他们更是以各种方式，宣传政策，做思想工作。纳莫土司对政策不敢相信，对未来迷茫，甚至恐惧异常，哀叹末日来临，抱头痛哭。但果基家支对解放军是相信的，这是他们几十年来一直没有动摇过的信念。但是还要往前走,要让所有夷人过上好日子,果基家支的人心里略有不安——一切都是未知。索格管家经历得多了,看到得多了。他不止一次偷偷过河,不止一次看过解放区的新生活,他信。现在,非常意外的是,接待他的,居然是他多年前帮助过的胡笙。更想不到的是,他想找乌铁,胡笙居然一口应承了下来。

看来,乌铁还活着。

索格管家从怀里掏出羊角卦,哈了三口气,念念有词,往地上一扔,看了一回。从卦象上看,还算吉祥。他又在门外的草丛里拔了一根红秆草,掐来掐去,折长折短,算了草卦,没有凶兆。索格管家这才放下心来。

天亮了,索格管家却睡熟了。等他醒来,已日上三竿。胡笙在他睡觉的屋外等候。洗漱完毕,吃了早餐,胡笙陪着索格管家一行,参观了军营,看了他们的训练。索格深感惭愧,自己这些年带的上百号家丁,和胡笙的军队相比,各方面的差距都很大。优胜劣汰,像自己这个样子,够呛。他得好好向胡笙讨教,回去加强一下。

胡笙没有说乌铁的事。找到没有?在哪里?他不说,索格管家就不好问。越是不说,他越憋得慌。他憋胀了肚子,憋红了脸,最后又硬生生压了下去。

等等吧,再等等。索格管家想。

在胡笙的陪同下,索格管家一行从军营出发,先是在城里转了几圈,看看古城的建筑,了解乌蒙的习俗,边走边讨论即将呈现的崭新面貌,然后就往挑水巷走。索格的随行,都是此前精挑细选出来的,一定程度上代表了夷人的形象,个个身材魁梧、深目高鼻、面孔黝黑,身着披毡,肩扛长枪,引人注目。索格管家一行越往前走,看热闹的人就越多。等他们到挑水巷口时,巷子早被前来看热闹的人围得水泄不通。

"胡笙老表,你领我到这儿干啥?"索格管家一脸的疑惑。

"索格老表,很快你就知道了。有惊喜。"胡笙做事向来不显山不露水。

他说的惊喜,是什么呀?这个汉人,脑袋里东西不少呢!不管是啥惊喜,对于索格管家来说,都不重要。现在他觉得最重要的是,见到外甥乌铁。索格管家一行跟着胡笙往前走,一边走,一边听胡笙介绍。这个城的历史、建制、景点、掌故、人物……胡笙侃侃而谈,一听就是饱学之士。所到之处,人头攒动,每见到一个面孔,索格管家就在心里和乌铁对比,比他的额头,比他的眼睛,比他的鼻子,比他的身材。每见到一个人,他都希望那人能够大声地喊:"舅舅!"可这些人都不是。看到索格管家那样子,胡笙知道他的焦虑,笑而不语。

越往前走,索格管家就越紧张。这位在崇山峻岭间征战多年的汉子,此前就是遇上了枪、炮,遇上冷刀从背后捌来,他也心不惊,肉不跑,冷静应对。现在他倒是慌张了,强烈的心跳,让他控制不住了。

天亮前,乌铁在胡笙的护送下回到了挑水巷。他回到家,开杏欣喜若狂,边抹眼泪,边问这问那,同时也在不断地解释。从未有过的殷勤,让乌铁内心并不舒服。他不大想说话,也不大想听人说话,他闭着嘴,聋着耳,耷拉着眼皮。一个从枪口下侥幸回来的人,和死神拥抱过的人,对什么都已不在乎了。乌铁知道,开杏所面对的事情,比自己还多,还要复杂。但他不管她了,他顾不了这么多了,他也不太想追问这些事了。自己能活下去,才是最好的结果。过去突变的风雨,几乎摧垮了他这个脆弱的家。这半生里,想战胜的,目前还有的一拼;想得到的,虽然得到,却很勉强。人得顺应一切,否则,想死死不掉,想活活不成。躺在床上,他老觉得有黑洞洞的枪口抵在后脑勺上,硬硬的。睡不着,屋檐下的鸟儿出窝了,他便爬了起来。手艺人就是这样,没有事做,手就痒。尽管遇到那么多离奇的事,他还是将做鞋的摊子摆了出来。把摊子摆好后,他将心思全放在针线上,一心一意地纳鞋。锥子戳进布底时的感觉,是真实的。麻绳从针眼里拉过的感觉,是真实的。阳光从巷口泼金一样洒落下来的感觉,也是真实的。而过去的,倒不真实起来。梦好,梦如烟消云散,不再打扰自己。

巷子里突然热闹起来。这样热闹也不是没有过。解放军进入乌蒙城时，巷子里也是这么多人。大伙站在街道两边，男人们手里举着自己的毡帽、烟锅，女人们手里举着自己的头巾，或者是一束野花，孩子们举着自己喜欢的玩具。他们欢呼着，跳跃着，表示着真挚的欢迎。乌铁知道这支队伍的好，但他站不起来，他给充满激情、忘乎所以的人们遮挡住了。没有事的，挡住了也就挡住了。大伙欢乐，他也就欢乐了。大伙开心，他也就开心了。听到那些如潮的欢呼声、鼓掌声、经久不息的鞭炮声，乌铁闭上眼，用心来感受这一刻的幸福。现在又来了这么多人，估计是解放军的又一支军队吧！乌铁心里动了一下，他觉得自己是真诚的，是光亮的。至于别人要怎么说，就让他说吧！再有委屈，也就是那么回事。

乌铁埋下头，继续着自己的活。左边的针穿过去，右边的绳拉过来。

人们蜂拥而至。无数的脚步声，汇成了金沙江一样的涛声。乌铁在低垂的目光中，看到了不断往这边移动过来的脚。穿草鞋的脚、穿布鞋的脚、穿皮鞋的脚。那些鞋各式各样，大小不一。稍一用心，乌铁还能通过鞋，看出这个人的年龄、经历和家庭情况。鞋是一个世界，一个窗口。鞋，也是人间，是世道。从开杏手里，从他手里，从另外无数鞋匠的手里，每年做出的鞋不计其数，穿在人们的脚上，踩过这样那样的坎坷，经过这样那样的风雨。鞋子也是有命的，鞋子的命也各有不同。乌铁在低垂的目光中，还看到什么也没有穿的、光着的脚——那才好，那样的鞋子没有价，是爹妈给的"真皮鞋子"，他乌铁也曾有过那样的"鞋子"。那样的"鞋子"不怕脏，不怕破，不用换，人一生有一双就足够了。乌铁看了看自己的腿，往下的一截，空空荡荡。他坐在摊位前时，常常装模作样弄一双鞋套在那裤管的下面。这样的鞋再干净，质量再好，也是没有用的。他突然为自己的鞋而悲哀，也为自己的虚荣而不好意思。

如潮的脚步声越来越近，那些潮水，急、涌，好像不淹没他乌铁就不罢休。乌铁抬起头来，眼前的景象，令他诧异。走在前边的，居然是一帮夷人。他们披着黑色羊毛披毡。这种披毡，是他们一年四季都离不开的服装,冬天御风,夏天防水,白天作衣,晚上当被。有这样一件东西,走遍天涯也冻不死。他们肩上扛着枪,那些枪明显不如乌铁在台儿庄用过的那么先进,更多的是自制火铳,放一枪就要装一次火药和砂子的那种。但就是这样的武器,他们用来打野兽,打冤家,抵御外来的入侵者。乌铁此前也用过,夜里壮胆,昼里防贼,给他平添了不小的勇气。这帮人最明显的与其他人的区别是,头顶上都扎着大小不一的锥髻。这高高的、坚挺的锥髻,就是他们独有的。他们男性一般在十五岁时成人了,父母亲就要给孩子行成人礼。其中最重要的一项,就是将发髻立起来。这是族群的象征,是骄傲。男人的头,女人的腰,是这个族群的尊严。乌铁摸摸头,自己的头顶上没有,居然是光秃秃的,很遗憾。他这才想起,当年从老家逃离出后,便悄悄剪掉了。只有剪掉了锥髻,他才能在更多的地方,偷偷地活下来。剪掉了锥髻,他的血性就只好隐藏,不能再任性。他为自己失落的一切而伤感。

这些人越走越近。他们在乌铁的摊位前停了下来。脚步声汇成的潮水淹没了他的胸口,令他窒息。他们围着自己干什么呢?他们是不是有未结的账?他突然想起,十多年前,在老家那个令人心惊肉跳的夜晚,自己犯了大忌,居然逃离了他们的惩罚。这些年过去,经风历雨,有死有生,乌铁以为,往事会随风消逝。而这样的一些人,他们会原谅自己吗?他们还会固执地坚守族群的传统吗?超越民族的爱,是他们一直都不能容忍的吗?如果是这样,他们会抓住自己,又将会处以极刑,以警醒更多的夷胞吗?乌铁扔下手里的鞋子,想站起来,想和当年一样,骑着马,一溜烟逃走。但当他往腿上用劲,攥了攥,试图站立时,才发觉自己的努力,根本就没有任何作用。

最前边穿军装的人摘下军帽,蹲下来,看着他笑。是胡笙。胡笙笑着,脸上的笑容和严肃的军装并不一致。他往身后一指,说:

"乌铁兄弟,你看看,这里面,有你熟悉的人没有?"

熟悉的人?熟悉的人,他是会拯救自己,还是会致命地伤害自己?这个胡笙,是什么意思呀?是不是有人举报他参加过国民党军,胡笙要收拾他?之前的事,每个细节,胡笙清楚极了。眼下,他到底要干什么?乌铁无法判断。他抬起头,擦了擦眼睛,仔细看去。这些人特点都十分鲜明,一个个是那样亲切,但具体到每个人,又各有特点。他慢慢看过去,又看过来。

乌铁的目光停留在一个人的脸上。这人面色黑而粗糙,皱褶里有着无数的说不清,眼里有一团火,在吱吱燃烧。他在盯着自己,目不转睛。这个人好熟悉呀!好像是在哪里见过,是前世吗?还是在梦里?这个人一直在看他,这个人仿佛在鼓励他喊出来。于是,乌铁就喊了出来:

"舅舅!"

对,是舅舅索格!

乌铁喉咙干涩,发出的声音,在嘈杂中瞬间消失。他没有看到索格舅舅脸上的变化。乌铁有些急,努力伸了伸腰,试图想站起来。站不起来,他只好伸了伸脖颈,挥了挥手,再次喊:

"舅——舅——"

这下,索格听到了。他的表情突然丰富起来。他大步跨来,伸开双臂:

"你……真的是乌铁吗?你……真的知道我是谁吗?"

乌铁说:"您是舅舅索格啊!我是乌铁,我是您的外甥……"

索格反复端详乌铁。这孩子,眉眼没有变,声音没有变,只是脸上多了些沧桑,眼里多了些阴郁,身体多了些不灵便。

连见到舅舅他都不跑过来,甚至不愿意站起来,是啥意思呀?

索格管家说:"你真是乌铁了!你真的是我的外甥了!可是,你在这里干啥?怎么就守着个鞋摊子?好男儿,应该志在四方,应该纵横天下……"

"……"

索格管家说:"你怎么老是坐着?这样太不礼貌了,特别是在舅舅面前。你站起来,站起来我看看。我想看到的是外甥高大的身材、粗壮的腰杆、骏马一样的腿脚……"

乌铁站不起来。乌铁说:"舅舅,我……"

乌铁努力往上挣扎,还是不能直立。索格管家感觉到了异常。他蹲下去,掀开乌铁的裤脚。索格管家愣住了,空空的裤管让他大惊失色。

胡笙走过来,凑在索格管家的耳朵边,低声将两人在台儿庄战斗的事情,给他讲了个大概。胡笙讲日本鬼子的凶恶,讲前线的残酷,讲那场战斗带来的厄运。胡笙是那场战斗的见证人,只有他,才清楚那段鲜为人知的往事。这事乌铁从未和人说起过,他一直封在心底里,想不到,现在却被胡笙倒豆一样,和盘托出。

索格管家不等听完,泪水便不可遏止地流了出来。他号啕大哭,哭得泪湿衣襟。

索格管家哭够了,他擦了擦眼泪,给乌铁竖了个大拇指:

"外甥,你这脚丢得值得。你身上,还保留着夷家的血性!舅舅高兴!"

索格管家将背转给乌铁:"外甥,来,趴上。"

胡笙让人将幺哥牵了出来:"让乌铁骑马吧,这马随了他多年。"

"好多年了,"舅舅将他搋起来,放在背上,"舅舅的背痒了,让我背背他,让我背一下抗日英雄。"舅舅并不让步。

乌铁很听话。舅舅将他搋起来,放在背上。舅舅的背很宽阔,很暖和。小时候,舅舅就是常常这样背乌铁的。甚至,舅舅还让他骑在脖颈子上,让他伸手就可以摘树上的酸杏子、桑葚,或者刺梨。遇到解不开的疙瘩,舅舅也会这样,将他背在背上,耐心地给他讲。乌铁记得,父亲被杀后,舅舅将他放在脖子上,站得高高的,对着将要报仇的那个山寨,大声吼道:

"只要这个命根根在一天,你们就休想安宁一天!"

此后的岁月里,那个山寨的仇家多少次想要乌铁的命,但最终没有得逞。有人埋怨舅舅太过于遭惹。索格管家说:"就是要有这样的仇家,乌铁才会成长起来!"

"去哪里,舅舅?"

"吃酒去!"

悲伤时,舅舅吃酒。高兴时,舅舅也吃酒。多少年过去,舅舅和酒,还是不离不弃的好朋友。从这一点可以看出,舅舅没有变。索格管家见到了外甥,高兴了,要吃酒。舅舅背着他,一边走,一边和他说话。先是舅舅说,再是外甥说,后来是争着说。说到高兴处,互相插嘴。他们说离开后各自的情况,说现在的处境,说从今往后,金沙江两岸将不再有阻隔。

舅舅说:"胡笙营长已经派人到河边测绘了,年后就要开工修建大桥,大桥宽得很,两匹马对跑过都不会撞着。"

索格舅舅还说:"你可以放心地回去了。那边的老习惯,家支必须得改了。你娶汉族闺女,以前不允许,没有人帮助你说话,委屈你了。现在多民族团结,自由的,允许了。想回去就回去,想怎么着就怎么着。啊?听见没有?听见没有?"

"听到了,舅舅。"乌铁哭。乌铁的眼泪流下来,滴到舅舅的脖颈里。舅舅也哭,不可遏止的眼泪迷糊了他的眼睛。乌铁伸出手,给舅舅擦。越擦,眼泪越多。越擦,舅舅哭得越凶。

他们一边走,一边说。按照胡笙的描述,不久的将来,他们要横渡这条河流,不需再抓着溜索过,不会再有过阎王殿的感觉了。

不知不觉走到一个寨子里来,进了寨门,往前看,对面居然就是凉山。往下看,河流闪烁着金属的光芒,在河道里缓缓流淌。回头,索格管家大张嘴巴,惊讶得说不出话来。乌铁,还有其他跟随而来的人,也是目瞪口呆。只见院子正中的高处,几根木架撑开一块大大的牛皮,牛头朝东,牛尾朝西。那牛皮热气腾腾,滴着鲜红的血滴,显然是刚从牛身上剥下来的。

"这……"索格管家问。

"对不起啊,索格管家,有点冒昧,此前没有和你商量。"胡笙严肃地说,"是这样,为了表达我,或者说是我们部队的诚意,我们来此盟誓,生死与共。"

"好呀!"索格管家哈哈大笑,"胡笙老表,你这个决定很好。这种仪式不用商量,我索格高兴!"

索格管家当即牵着胡笙的手,两人肩并肩,齐步走。他们从牛尾处走进,从牛头处钻出。其他随行人员大声诵唱咒语:

"夷汉兄弟,和谐相处。互帮互助,相互尊重。誓同生死,同心协力。若有违约之人,必遭神灵惩罚,必遭法律审判!"

从牛皮底下钻出来,胡笙背上乌铁,就往牛皮底下钻进。胡笙一边钻,一边念咒语。乌铁吓慌了,一边挣扎,一边说:"别……"

"我是向你学的,你当年不是……"胡笙根本不顾他的反对,搂紧他,从牛皮里钻了出来。其他随行人员,按照级别高低,也依次钻了牛皮。这庄严的盟誓,弄得索格管家热泪盈眶。

胡笙的酒桌没有摆在屋里,就摆在这院子里。看着蜿蜒东去的金色河流,听到金沙江波涛嘀嘀不止的流淌声,那碗里的酒已经不是酒,而是大江大河了。说喝一口的,喝下的是两口。说坐下喝的,偏要站起来。索格管家端起酒碗,先敬天神恩体古兹,敬河神山神,敬英勇无畏的军人们。后来的三碗酒呢,他敬的是胡笙。这个当了营长的人,语无伦次:

"索格老表,你是我的恩人,这三碗酒,应该是我敬你才对。哦,不,还有乌铁兄弟……"

"不是我敬你,是我们所有的夷胞,不,应该是河两岸的老表们,敬你。也不只敬你,是敬所有帮助我们的人。"索格管家气宇轩昂,声若洪钟。

酒过三巡,索格管家念起了祈福的经咒:

"吉祥一大家,福禄寿满门;人旺一大家,天朗地清明;抬头望苍天,苍天飞雄鹰;低头望河水,河水淌金银……"

索格管家又说:"胡笙老表,你的担心是多余的了。那边的苦荞、苞谷、圆根萝卜都已经准备好了，堆成山呢！你就是军队上万，三个月也吃不完。回去就给你送过来……"

隐　藏

外面乱成了一锅粥，仿佛天塌地陷。屋里，开杏将门闩插上，死死关住，不发出一声，不让任何人知道她躲在里面。事实上，这个时候，谁也没有想起她来，谁也没有注意到她。女人，或者女人的悲伤，仿佛秋天的一片树叶，风一吹，就落了，就走了。开杏哭一回，停下，想想，又哭一回。哭仿佛是一个女人必须具有的能力，哭仿佛是她对生活的最有力的反抗。其实，要说用处，还真没有多大用。不久，门外那些人走了，她也哭够了，睡着了。睡梦中，云开日现，风清月白，所有的景色都是春天，所有的人群都是笑脸。她想笑，可是脸是疼的；她想唱歌，可喉咙是痛的；她想奔逃，可脚像给麻绳捆住。她急出一身汗。

正在这时，门被敲响了。她在不情愿中回到了现实。

咚！咚！咚！

她没有理会。这么久运气不好，老是招惹貔貅，她怕。

咚！咚！咚！

她还是没有理会。

外边等不得了，叫："开杏，开门，我是哥哥！"

开贵哥来了，开贵这时来干啥？这个哥哥，满脑子的坏主意，一刻也不会消停。他现在来干啥呢？是问他能不能加入农协吧？唉，自己当时只顾说乌铁的事，居然就没有机会将哥哥的事情，也和胡笙说说。

拉开门闩，开贵一跤跌了进来。开贵一身酒气。这个时候，好多人都在喝酒。悲伤的、欢乐的，失败的、成功的，好像都在喝酒，都离不开酒。他们老是用酒来表达自己的情绪，激昂自己的斗志，或者麻痹自己的灵魂。开贵边爬边说："这门槛，太高了，过几天削了吧！"

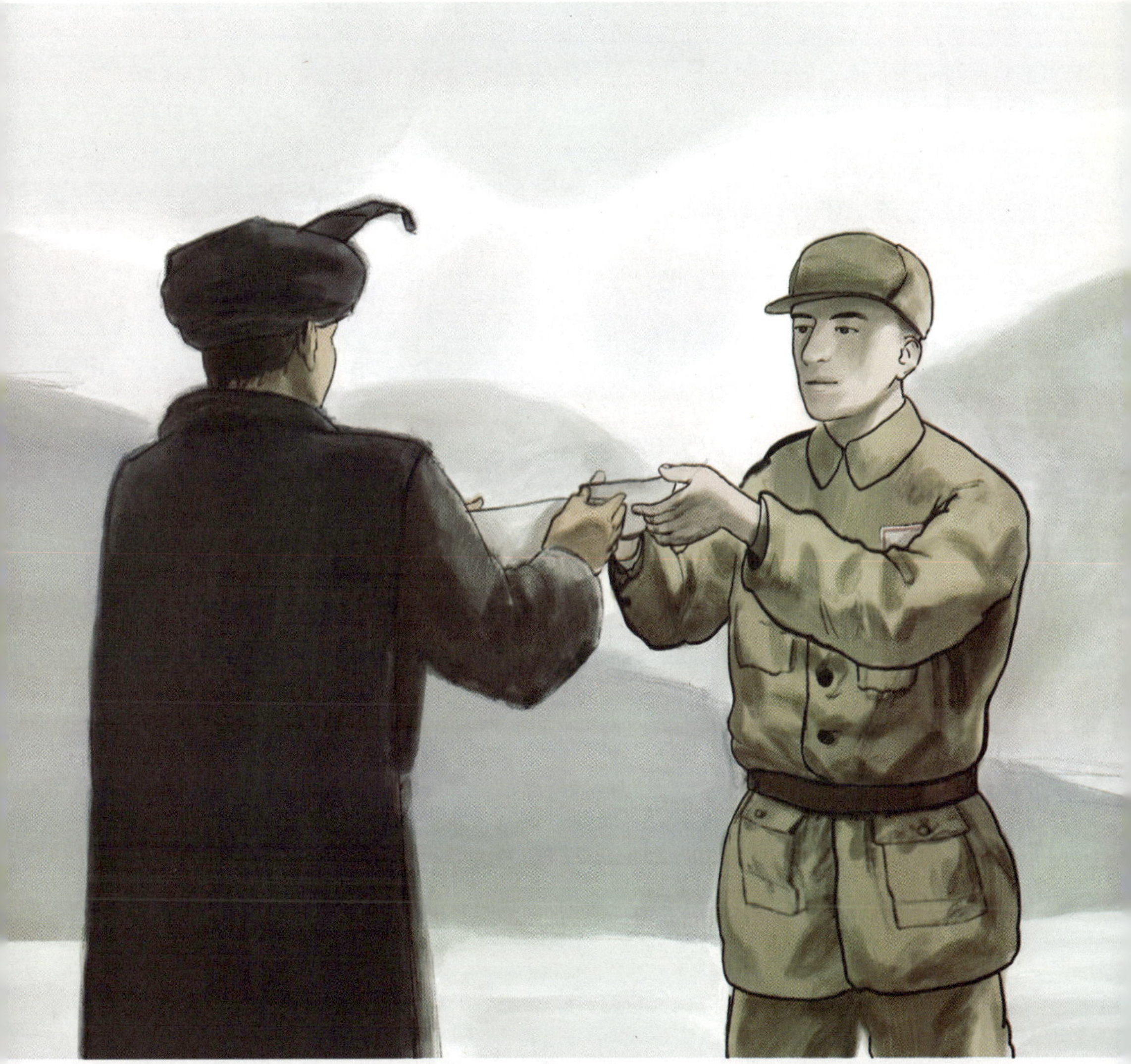

索格管家端起酒碗，先敬天神恩体古兹，敬河神山神，敬英勇无畏的军人们。后来的三碗酒呢，他敬的是胡笙。

"开杏呀,哥哥求你的事情,你一直拖拉,不去办。你难道要看着好机会从哥哥身边溜走吗?"果然,开贵一开口说的就是这事儿。但他话题一转,问题又来了:"我刚从杨树村回来,我去把那里的土地和房子都卖掉了。卖掉了,我就上无一片瓦,下无一根纱了。趁现在趁政府还没有管到那里,你帮帮我。你不知道吧?我听说乌铁被抓起来了,怕要被处以极刑。极刑知道吗?极刑就是砍头,就是遭冷枪子。乌铁干了那么多的坏事,要保命,怕难。"

看来,开贵不知道刚才发生的事情。开贵这话,硬是把乌铁往死里放。这哪像是自家哥哥?

开杏说:"哥,你就别这么说他了。乌铁是个好人。"

这下轮到开贵吃惊了。他把眼睛鼓得像两只铃铛:"妹妹,你怎么变成这样了?我来找你,是想告诉你,如果乌铁死了,你一个人住不了这么大的房子,你就让我住进来吧。我来清理门户,打扫庭院,让这房子里多少有些人气。下一步政府要对所有人口进行登记,对所有财产进行登记。多出来的财物,要上交,最后分给更穷的人。资本家、地主的财产,都要拿出来。我住进来,到时统计时,把我的名字也写进去,以后谁也拿不走。"

开贵看了看窗外,陆大爷正在清理桌凳,烧水卖茶了。看那样子,陆大爷的心情不错。陆大爷大约是吃了定心丸,脸不慌来心不跳。尽管儿子还没有下落,心情却不似往日那般罩着阴霾。

"我如果进了农协,事情多着呢。打土豪,分浮财,我不可能再回杨树村种地去了。"开贵又说,"如果陆大爷哪天离开人世,你给我做个证,说他还欠我三十大洋,那房子也就是我的了。"

开杏是风口上吃炒面——张不了口,于她而言,说啥都没有意义了。见开杏不理,开贵一双眼睛在屋子里巡视,找来找去。看不清的地方,他就用脚踹一下。他在找乌铁的夷刀,找羊毛披毡,找那匹被他叫作烂乌铁的骏马。

第五章 要命的马靴

恶　招

巷口风涩。一直没能进入农协会的开贵,情绪低落到了极点,靠在墙角生闷气,脸上像是下了霜。

"吱嘎——"茶铺的木门推开。开贵撑开干涩的眼皮,见陆大爷从茶铺里跨出。陆大爷一手提着冒着热气的茶壶,一手朝着他招手:

"娃儿,别丧嘴垮脸,哪个又借你白米、还的粗糠了?过来吃茶,茶解百病,茶消百愁。"

陆大爷佝偻着腰,慢慢挪下石坎,一步步杵来。见开贵还瘪着脸,陆大爷便不理他,而是给乌铁倒了一碗。噗的一声,茶水倾出,香呢!乌铁坐在自家屋前的鞋摊边,手里抽着长长的麻绳纳鞋,口里也不闲着,沙哑着声音唱经。茶水是现涨的,烫乎乎地润喉。乌铁喝了半碗,声音就少了些枯燥,多了些厚重。乌铁唱的是指路经:

"右边看一眼,水波轻浅浅的。左边看一眼,旱地平坦坦的。后面看一眼,大山绿茵茵的。门前看一眼,稻田没有边。看了还想看,牛马挤满厩……"

"贪了人世的便宜,会吃天道的亏,"陆大爷说,"乌铁,还是你好。鞋做出来了,就有人来买,换到粮食,就不饿肚子。"

陆大爷说的是实话,也是话里有话。眼下,解放军进了乌蒙城,棒客们闻风丧胆,卷铺盖、拖枪棒亡命山里。他们带走了可以带走的,比如吃的穿的。他们带不走的,又不愿意留下,试图毁掉。几次放火烧城,太吓人了。解放军要是来晚些,挑水巷,甚至整个古城,都怕要化为齑粉。家里的粮藏在石缸底下,那些蠢货没有找到,勉强够吃半个月。有了这个,陆大爷心里就不慌了。

乌铁说:"我一边做鞋,一边学念这指路经。以后死了,魂要回老家,才不至于迷路。陆大爷,要是你先见阎王,我就给你念经,保你下世过好些;要是我先离开人世,就当是给自己先存着。天神恩体古兹保佑……"

开贵不吭气。开贵的几次谋划,一点用都没有。乌铁唱的指路经,是夷人传承了数千年的经书,是给亡人指路的歌谣。人死了,灵魂不会死,会分成三个。一个回归天界,一个回归祖灵地,一个回到自己的身体里,在火里永生。但灵魂飘荡,阴间复杂,如果没有懂得经咒的人,摇着铜铃、吹起唢呐、打响铜炮、敲起牛皮鼓、念着经指路,那灵魂的回归是不可能的。

儿子一直没有回来,陆大爷老两口烦躁得不行。陆婶性急,等不回儿子,硬要去找,一个人偷偷出了门,就再也没有回来。有人说,她找到儿子,儿子当了大官,她就随了儿子;有人说,她看不清路,在五尺古道上落了崖,尸骨全无;还有人亲眼见到,说她在路上口渴了,喝了状如葡萄汁的山泉水,羽化成仙,飞天了……不管是真是假,乌铁不止一次给她念过经咒,乌铁只能以这种方式来表达心愿。陆大爷孤家寡人,难得有乌铁关照,乌铁还帮他想死后的事。生是大事,死是更大的事,陆大爷免不了老眼流泪。其实,乌铁也好不了多少。乌铁这个样子,要是换作其他人,根本就没法活,可他硬是活了下来。乌铁念这样的经咒,陆大爷原以为他是思乡了。不想乌铁并不是思乡,而是为陆大爷着想。

说起死,陆大爷倒是不怕。死于他来说,就是回家。想到要回家,他就笑,一笑双眼就弯如豆角。陆大爷说:"你再给我念几句巴实点的。等真的死了,怕一句也听不到。"

"陆大爷,你就是死了,也是有魂的,听得到,看得到。"乌铁安慰他,然后端起碗来,喝了一口。茶水烫烫的,不用吹,下喉正好。

乌铁唱:"你的一生啊,就像一火把;就像空中月,一生做明人;就像山中虎,一生多威武;就像山中豹,一生多矫健;就像山中狼,一生多勇猛;就像山中熊,一生多憨厚……"

"我哪有这么好,你这一唱,我倒像是真的死了,留给活人的,全是碑上刻的好的念想……"陆大爷笑,"不过,街坊邻居真这么看我,我倒又不想死了,还想多赖几年。"

两人一唱一和,嚼蛆呢!这些人,担砂罐跶扑爬,没的一个好。开贵心烦,耷着头,盘着腿。挑水巷的风软一阵,硬一阵,吹得开贵头发像秋天的鸟窝一样凌乱。开贵手重重往下一拍,青石板将他的掌心硌痛。开贵踢了一脚,从草鞋里露出来的脚趾,撞到石板上,又是一个疼。开贵穷,穷得衣服打上补丁,脚上没有像样的鞋。开杏一年会给他做两双布鞋。但布鞋不耐水,不经磨,不到两个月,就破烂得套不上脚,脚就得受罪。开贵怕做梦,一睡着就梦到鞋子烂。鞋子烂了,脚也烂。脚烂了,腿也跟着烂。昨天晚上,他又做梦:鞋子又烂了,金枝抱着孩子在前边走,他在后面追。他怎么也追不到,就叫开杏。开杏牵来烂乌铁,他骑上,又追。追到了,金枝抱着孩子,住在杨树村的草棚子里,草棚子破烂不堪,漏风漏雨,雨水流到他的身上,流到他的烂脚上。疼得受不了,他就哭,一直哭,直到哭醒。醒来,原来他坐在乌铁门口的石坎上,几个脚趾露在风中,都冻僵了。

"屋里暖和些,回去吧!"开杏说。

开贵不吭气。

开杏端来一碗苦荞汤:"喝下会好些,哥。"

开贵还是不吭气。

陆大爷又叫他喝茶。茶可以浇火,但开贵这火,也不是陆大爷一碗茶就解决得了的。开贵站起来,抖了抖麻木的双脚。秃了食指的右手,在脑壳上生抓猛挠,长长短短的头发,枯草般落了下来。开贵回头看看巷口过来的冷风。风吹累了,就不吹了。风不吹,可还是冷。开贵一边抖脚,一边搓打自己的脸。开贵嘴唇哆嗦,满脸青紫,动作越来越猛。开杏被吓坏了,她怕哥突然癫狂,自个把脑袋打坏,疯疯癫癫的难以服侍。开杏和乌铁商量:

"要不,你去给胡笙营长说两句吧!也许,你说两句,还真就成了。"

为了舅子的事,乌铁去了。也不知他是怎么和胡笙沟通的,反正开贵加入农协会的事,还真成了。

在农协会干活,真是好。有饭吃,有面子,可以活得人模人样。开口说话,有人洗耳恭听。举手投足,有人察言观色。开贵要干的活很多,任务,主要是配合解放军摸情况。比如乌蒙大山里还有多少棒客?是哪里人?为首的是谁?干过些啥坏事?有啥喜好?有啥亲友?怎么才能找到?解放军一来,棒客们纷纷溃退。棒客们在占据多年的地方好吃好喝,一下子让别人夺走了,肯定不会善罢甘休。他们肚子饿了,心痒了,仇恨了,随时会偷偷回来,弄上一把。抢到啥算啥,杀了谁算谁。离开前放上一把火,将房子烧成一堆黑炭。

对于棒客,开贵最不能容忍的是,他曾被棒客打过。那年,开贵不种地了,不养猪了,随着讨口的人群外出要饭。不想,他刚进五尺古道上,给一群端枪的人追上。

"大爷,饶了我吧,我肚皮都贴到脊梁骨了。"开贵哀求。

哀求是没有用的,那些人用枪口直抵他的脑门:"是不是'共匪'?"

开贵连说不是。看他猥琐的样子,也不大像,有人给了他几枪托。枪托打在屁股上。那里皮子太厚,没有太多的痛感。他缩着身,不动,也没有要逃离的意思。有人不耐烦了,抬起脚,往他的腰上狠狠踢来。一下,两下,三下……这下倒霉了,只听咔嚓一声响,腰部瞬间生疼,他龇着嘴,不由自主蹲了下去。开贵缩在地上,哭爹叫娘。那些人上来又踢了几脚,仿佛他是只皮球,不踢一下,那些脚消不了痒。他疼得眉头紧锁,冷汗直流,连缩紧身子的力气都没有了,瘫在地上不动。见他真的遭了罪,那些人骂骂咧咧,扬长而去。

被踢的时候,他看到那些脚上,穿的都是大皮鞋。

磕磕绊绊回到乌蒙城,开贵第一时间找到孙世医。开贵身上无数的青肿自不必说,肋骨整整断了五根。孙世医摁一根,他就疼一下。摁了五根,开贵疼了无数下。他疼得脸变了形,牙齿几乎咬碎。开贵长这么大,没少吃过苦头,挑担磨破过肩,蹚水泡坏了脚。他的伤痛多了。即使在村子里,他也没有被人如此打过。村里偶有纠纷,抓抓扯扯,也没有伤到几根肋骨都断的地步。

孙世医让他躺在木板床上,用根棕绳,将他乱抓乱蹬的手脚捆住,给他敷药。

"这些杂种,怎么弄的!把我伤成这样……"开贵皱着眉头说。

"皮鞋踢的。"孙世医说。

"啥皮鞋,恁厉害?"开贵知道刀斧、棍棒和枪支的威力,想不到那种好看的、高贵的皮鞋,会如此要命。

"反帮皮鞋,生牛皮做的帮底。"孙世医告诉他,"我常用破烂的皮鞋,烧灰,加醋,治恶疮。"

经孙世医这一折腾,开贵痛得比被踢时更加厉害。开贵想,要是有哪一天,也弄双皮鞋来穿穿,也找个人来踢踢。不要他死,让他断几根肋骨。当然,能断腿最好。那个乌铁,原来何等令人讨厌,脚没了,不就乖得像只猫?

孙世医很忙,管不了他太多。开杏牵着幺哥,小心翼翼地将哥哥驮回挑水巷。每五天换一回药,总计换了六次,开贵才能出门走动。偶尔看到谁穿着皮鞋走来,他就会不由自主地躲一下。只要一听到皮鞋踩地的嗒嗒声,他肋骨就疼,扯心扯肝。

现在开贵有事儿做,脸上的菜色没有了,佝着的腰挺直了,碎步也变大了。他走到街头,说话有人听。开贵在农协会领导的安排下,清理财产,搬运货物,解决纠纷,忙得不亦乐乎。开贵住在开杏家。他天色不明即起,深更半夜才归。他找到感觉了。一个干过苦力、受过穷、讨过口、要过饭的人,从没有想到会有今天。划了区域,分了任务,开贵做得一丝不苟,他一条街一条街地清点,一个人一个人地盘问,收到保管室的东西,他盘点得一丝不苟。不了解不知道,一了解吓一跳。某些有钱人的财富,真的富可敌国。那些钱,三代人用不完,那些衣,三十年穿不烂。他想不明白,那些既不种地,也不挑水,连小手艺都没有的人,怎么就会那样有钱,那样奢侈。但他也有一丝快意,风水轮流转,现在终于换天了,好日子应该给他这样的人。

累。忙碌回来,夜深得摸不到底了,开贵倒下就睡。他的梦里,全黑,看不见任何东西,全静,听不到一丝声音。突然,有人将门踢响,他的肋骨疼,人就醒了。门被越踢越重,再不起来,门怕要破。

"开贵,别睡了,有任务!"外面的人说。

开贵打着哈欠开门。几个农协会的人挤进来。

开贵说:"正睡呢,咋……"

负责的队长说:"有重要情况,对面茶铺的陆老头子……"

"陆大爷?"开贵不解。

"有人举报,他们家有特殊情况。胡营长安排,我们必须得完成任务,不得有任何闪失。你住这里,情况熟悉。"队长说。

"那,要咋办?"开贵有些明白了。

"他们家里来人了,必须捉住。"队长说。

陆大爷和他关系虽不大好,但让他明里去,开贵还是不太愿意。

"你是农协会员,必须服从组织的安排!"队长一点也不客气。

开贵将门挪开一条缝。天空有些星光,将陆大爷的茶铺涂出了些轮廓。门楣上的"茶"字,黑成一坨。门窗紧闭,看不出任何迹象。

队长说:"消息可靠,不要等了。他们家里有人,再不动手,夜长梦多。"

开贵脑子转了转,暗地里乐了。他将门罅开,猫一样溜过街心,蹿上台阶。后面的人紧跟过来,摸摸结实的门,不知怎么打开。开贵伸出脚,发现自己穿着的鞋,显然不能用来踢门。他矮下,转过身,用肩膀抵住门板,收缩了一下,然后用力后靠。门闩咔嚓一声断了,门訇然打开。后面几个人迅速跟了进去。他们点燃火把,满屋子搜查。陆大爷被从床上拽了起来。农协会员楼上楼下蹿了几回,被子掀了两遍,就是茶桌边、床下,也用木棍扫了几回。预想中的人,并没有出现。

陆大爷被带到了营部。胡笙营长早就等候着了。

胡笙衣着整齐,满脸冷霜:"你儿子呢？在哪?"

陆大爷全身哆嗦。定了定神,他说:"龙云主席征兵,儿子去了台儿庄。"

"后来,你见到他了吗?"

"没。前些年,老伴去找过他。老伴也没有再回来,连尸骨都没见到……屋里,就我。"

"这几天呢？有人看到他回来了。"胡笙眼珠一动不动地看着陆大爷。胡笙早年在古城教书,应该是认识陆大爷的。可胡笙那一脸的冷,陌生得很。

陆大爷摇摇头不说。是他有情况不说,还是真没回,谁知道呢！

胡笙说:"听说他当了棒客头儿,就在周边活动,抢走了很多粮食,还杀了人。有没有这事？如果真有,就劝他回来自首,坦白从宽嘛！"

"这些年,我随时看见他,就在茶桌边走来走去,一会儿嫌茶凉,一会儿说水烫。叫他吃饭,他偏要喝茶。天一亮,又不在了。"陆大爷说,"他要是真来,可就好了……"

一个营长级的人物发话,老头子却东扯西拉。开贵的血往上涌,他转到陆大爷的背后说:"抗拒从严！你不说！不说对你不客气！"

开贵抬起脚,试了试,觉得腿有些短,够不着。他一推一搡,陆大爷趔趄倒地。陆大爷的脸着地了,鼻子流出了一汪血。

陆大爷扭过头来:"开贵……"

"别叫我,叫我没用……"开贵往前凑了凑,在腿上运足了力气,往陆大爷的背上猛踢过去。胡笙伸手制止:"别!"来不及了,只听陆大爷长长地哼了一声。但陆大爷还没有哼完,开贵就哼出了。开贵哼的声音更大一些,更短促些,以至于人们都以为被踢的是开贵而不是陆大爷。胡笙循声看去,见开贵瘫在地上,抱着刚才踢出去的腿,咝咝吸着冷气。

"我的脚趾……"

胡笙皱了皱眉,跺跺脚,转身出去。

开贵踢出去的是脚尖,不是鞋帮。他用力过猛,没有踢到人,踢的是地面上的石板,大脚趾骨错位了。很快,开贵被送到孙世医那里。孙世医知道了原委,伸手捏住开贵的脚尖,稍一用力,搁了搁,开贵就杀猪般喊叫。孙世医捏一下,开贵就叫两声。孙世医不断地捏,开贵就不断地叫。

开贵受不了,呻吟着:"有你这样治伤的吗?"

孙世医松开手:"这伤,我治不了,另请高明吧!"

开贵的脚像黑面发酵的馒头,又黑又肿。开杏找到孙世医,说了一筐好话,孙世医这才给了药。五天以后,肿胀才开始消退。没法去农协会干活了,闷在家中,开贵心如猫抓。他有时躺在床上,有时坐在火塘边,有时则将肿胀的脚放在门槛上。陆大爷的茶铺,门上贴了封条,几根枯草在瓦顶上,晃一下,停一下。再晃一下,再停一下。风再大一点,草茎便会折断。陆大爷的儿子陆树,与胡笙、乌铁一批去的台儿庄。三人结局各异。战役结束,陆树无影无踪。最近有人说,他随蒋介石去了台湾,因挂念父母,偷偷跑回来了。开贵出了几个铜钱,让个流浪汉将他编好的话,给巡逻的士兵一说,居然就成了。可陆大爷家里却找不到第二个人,甚至连头发也没有一根。这事要往前推,还真得想想法子。

茶铺高处那个大大的"茶"字,老是在开贵的眼前晃来晃去,以至于看不清是"茶"字,还是"钱"字。他扭头看了看开杏,开杏正在给他煮消肿的中草药。木柴潮湿,烟雾弥漫。开杏用根木棍,不断将柴草挑起,以便氧气更充足些。

乌铁坐在门外的鞋摊前纳鞋。城里有些乱,好多生意人都躲起来了,可乌铁还在摆摊。大多数时间,一双鞋的生意都没有,一块鞋垫的生意都没有,可他还那样认真,像是每天必需的饭菜,每时必需的呼吸,每天必需的运动。虽然巷口处有阳光飘过来,偶尔往乌铁的脸上涂抹些金色,可乌铁的脸依旧如铁板一块。夜里的事,乌铁是清楚的,乌铁甚至将修理鞋子的铁锤举了几次,最终还是无声地放下。谁都知道,乌铁和陆大爷的关系

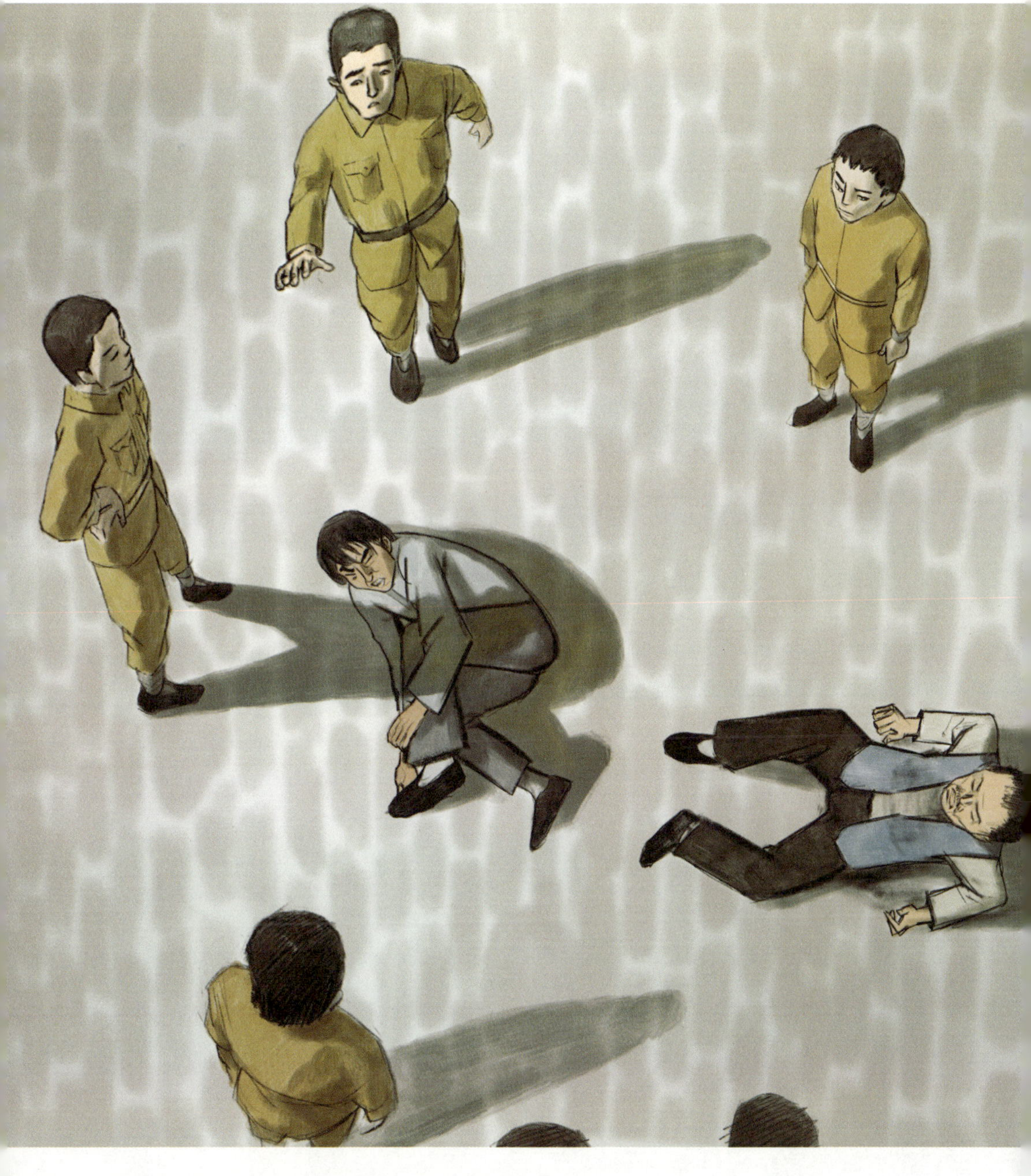

开贵踢出去的是脚尖,不是鞋帮。他用力过猛,没有踢到人,踢的是地面上的石板,大脚趾骨错位了。

好。这些年陆大爷穿的鞋子,无论是冬天的棉鞋,还是夏天的凉鞋,都从乌铁手中出。而乌铁,累了渴了,一回头,就会有一碗热气腾腾的茶送到面前。

开贵双手抱着右腿,咝咝地吸着冷气。开杏端药水过来给他泡脚。

开贵说:"开杏。"

开杏给他挽裤子:"哥?啥?"

"看不出呀,这个陆大爷,家里情况恁复杂啊!"开贵摇摇头说。

"嗯。"开杏说,"陆大爷是个好人,他家不复杂,怕是别人复杂。"

"这茶铺空了,没烟火了。"开贵说。

"嗯。"开杏给他挽另一只裤脚,"恶鬼貎貐,又来惹事了!"

开杏见识短浅,听不懂话,正常。可乌铁,听懂了他开贵的话,却闷声不作气。开贵心里就起火了,他一生气,就踢腿。可腿一动,就疼得要命。开贵才想起这腿是受了伤的。开杏没提防他有这一招,盆没有稳住,哗啦一下,打翻在地。

"如果陆老头回不来,这房空着可惜,我就搬过去住。"开贵说。

"那怎么行?这茶铺姓陆啊!"开杏忙着收拾一屋子的泥水。

"我堂堂一个农协会员,对大伙是有功劳的。不可能老让我去睡城墙根脚、钻草堆吧……"开贵说,"开杏,到时你给我做证,陆老头早年欠我五十块大洋……"

"上次你说的是三十,现在又成了五十……"开杏说,"我没有听说过呢!"

"人在做,天在看。天神恩体古兹看着呢……"乌铁忍不住了。

"乌铁,你给我听好了,你和陆老头子那些勾勾搭搭、说不清道不明的事,必须给我讲清楚!"开贵闭着眼睛,一脸的冷,"我是农协会员,不然,不要怪我六亲不认!"

棒　客

"陆大爷,您回来了?"第二天早上,开杏刚打开门,就发出惊喜的叫声。

天亮。开杏正想拉幺哥到城外河边饮水,就见陆大爷提一把竹扫帚,正打扫石坎上的尘土。秋天的树叶从房后飘了过来,一夜之间,落了不少。开杏的叫声,在早晨的空气里,温暖而透明。

陆大爷佝腰扫地,好像有些吃力。他抬头,脸上虽然有些浮肿,但嘴角往上举,努力地要笑。

"你还笑呀?"开杏这话,不知是赞美还是埋怨。

陆大爷说:"我打理干净,要放鞭炮呢!"

"放鞭炮?干啥?"开杏不解。

"辟邪。"陆大爷说。乌蒙城里都有这样的风俗。谁家有孩子出生、老人过世,或者家人大病初愈、诉讼胜利,都会放上几串鞭炮,洒几盆清水。陆大爷从兵营里回来,想放鞭炮辟邪,是好事。

这话一来一去,惊到了屋里的两个男人。两个男人以不同的方式、不同的速度,起床,挤到门边。他们都傻眼了。看陆大爷憔悴的脸,乌铁心里难受,又看到他的一只鞋破了,前端居然张嘴,估计是昨夜混乱中给弄的。他在自己做的鞋子堆里找出一双,用手掰了掰,底很结实,帮很柔软,让开杏送过去:

"让他穿上,都七十多岁了。冻病了,麻烦。"

开杏拿了鞋走过街,边给陆大爷穿鞋,边问:

"那些人对你,捆绳了没有?"

"没有。"

"脚踢了没有?"

"没有。"

"用枪押你了没有?"

"哪会呢?对我好着啦!"

乌铁从没有给过开贵鞋子,哪怕是一双袜子。开贵缩回头来,脸一阵白,一阵绿。他想了想,叫过开杏:"你送我回农协吧!"

"腿好了再去吧!"开杏说。

开贵等不得了,很不耐烦。开杏只好牵出幺哥来。幺哥走得踢踢踏踏,每走一步,骑在背上的开贵就哼一声,就龇一下牙。

不管咋说,开贵是因公负伤。农协对受伤的人,也算是格外关照。他们将他扶到屋里,让他躺下,给他擦药,给他端饭,就是上茅房,也有人搀扶。开杏牵着幺哥离开后,开贵便急着要找胡笙:

"请胡营长来,我有重要线索要报告。"

这当然是要事,农协不是请胡笙营长来,而是用担架将他抬到胡笙的办公地点。

"营长,怎么就放了那陆老头?"开贵情绪很激动。

"怎么了?"

"那陆老头,儿子不是很坏吗?"

"我们派出的人到了台儿庄、上海、南京进行核查,没有你说的那回事。"

"那他儿子在哪?据说是杀了人,还当了棒客。"

"不是,是死了,为国捐躯了。谎言败坏君子,冷箭射死英雄。开贵,你说话前可要三思。"胡笙脸上十分严肃,"近来有人老是匿名告状,扇阴风,点鬼火,你知道是谁干的吗?"

"我,呃……无风不起浪,我觉得这事儿……"开贵有些不自在,他小心翼翼地说,"向营长报告,那陆老头,还欠我八十块大洋呢,都好几年了。"

"欠债还钱,天经地义,让陆大爷还你,不就得了。"胡笙不再搭理他,走到地图前,左看右看,还用一根长长的木棍,在上面划来划去。

第五章 要命的马靴 | 227

开贵知道胡笙在琢磨剿匪的事,不敢再说话。他想,这个儿时的伙伴,这个差点成为自己妹夫的人,现在脸板得像块砧板,恐怕菜刀都切不动。当个营长,就高傲得不行,衣襟角角都扇得死人。

开贵的脚在十天后慢慢消肿。这些天,他一直在心底里埋怨自己,埋怨自己不会踹人,只要当时方法对一点,狠一点,现在住在茶铺里的人,应该是他开贵才对。

"踹人也是要训练吗?"开贵问。就有农协的成员示范给他看,说踹人不能用脚尖,而是要用脚跟,或者脚的外侧。看来这一生人真是白活,羞先人了,连这种方法都没有掌握。开贵还觉得难受的是,苦了半辈子,居然连双皮鞋都穿不上。要是自己脚上的这双鞋,不是破烂的草鞋,而是结实的皮鞋,是底子上和鞋帮上都嵌有铜钉的那种,多好!那样,自己的脚趾就不会错位。那样,那弱不禁风的老朽,给这一踢,哈,肯定就……

开贵不甘心。他知道,天上不会掉馅饼,更不会掉房子,啥都得靠自己。他不能再待下去了。

脚上的肿消了,疼痛也减少了,他可以扔掉拐杖走路了。他来到胡笙的住处,目的是想向他报告,他可以正常上班了。刚进胡笙的屋,有士兵走到门边,朝胡笙立正,报告。胡笙也立即站起来,双腿一并,还了个礼。开贵感觉到胡笙的威武和做事的一板一眼。不为人知的经历,已将他完全改变。他不是少年时代与自己一起掏鸟窝的娃儿了,也不是参军前只会读子曰诗云的文弱书生。开贵从上到下,将胡笙看了一遍。胡笙不仅结实干练,孔武有力,最明显的是,他比开贵高多了。至少,多出拳头那么个高度吧!胡笙看他过来的眼神,有些俯视的感觉。胡笙怎么就会比他高了呢?开贵上看,下看,左看,右看,他终于看清了,胡笙的脚下,是一双黄色反帮皮鞋。从质地上看,是牛皮。高的帮,厚的底。

开贵很少见到过这样好的鞋。他小心地问:"营长,这种皮鞋,可以给农协会员配发吗?"

胡笙说:"这是军队统一配的,后勤处有登记的,少了一双都不行的呢!"

开贵抠了抠脑袋,说:"那,我出钱,买,行不?"

胡笙摇摇头,笑了:"买也不行。解放军的部队不做生意。"

开贵觉得没辙,叹口气,抬起脚,软软地往回走了两步。开贵又回过头来说:

"营长,借我试试,行不?就试一试……"

胡笙看他那恳切的样子,说:"可以呀!不过你那脚……"

开贵的脚很脏,泥土不仅糊满了草鞋,还将五个脚趾和脚背污得看不清本色。开贵有些不好意思。胡笙已经同意了试他的鞋,那他就得认真对待。开贵跑出院子,外面就有一条潺潺的溪流。他扯过一把山茅草,坐在泥坎上,认真搓洗。洗来洗去,双脚有了皮肤的颜色。脚洗干净,回屋胡笙递给开贵一块抹布,将脚上的水渍擦干。胡笙把鞋脱下来,递给了开贵。这鞋很沉,材质很好,不垂不耷。鞋帮饱满,就是还没有脚穿进去,也像是年轻人吃饱了的肚子,鼓鼓的。鞋尖上有一片金黄色的光芒,仔细一看,是镶嵌有铜片的。开贵翻过底子来看,鞋底厚,结实。底上钉有铜钉,每只鞋底上九颗,估计是经常穿的原因,磨得闪闪发亮。开贵把手伸进去摸了摸,宽大而柔软,暖暖的,那是胡笙的体温。

"我就试了哈?"开贵征求说。

胡笙笑道:"没问题,你感觉一下吧!"

开贵小心地把脚伸进去。他先伸左脚,再伸右脚,把左脚上的鞋带拉紧,打了结,再拉右脚上的鞋带,打结。脚穿进这鞋里,正好合适。鞋子的大小、鞋子的柔软,让他前所未有地舒服。他站起来,小心地走了两步。脚步的稳健,是所有草鞋和布鞋所无法达到的。他明显发觉自己长高了。这高度,至少会有一个拳头吧。他转过去看胡笙,胡笙不似以前高大了,他看胡笙的眼光,果然是从高到低。虽然只是一点点,但他感觉到了。

"哦!"开贵的喉咙里发出了舒服的叹息。

"鞋是一个人的身份。身份可以由低到高,可以由卑而尊,也有可能由高而低,由尊而卑。"胡笙看他打心眼里喜欢这鞋,就把自己的感觉说了出来。看他一脸茫然,胡笙突然觉得自己话多了,说了不应该说的话。他换了一个话题:"好好干吧,人民都当家做主了,政府有实力了,以后人人都有条件穿好鞋的,甚至穿比这好的鞋。"

好好干是肯定的,但要穿上这鞋,估计还是难。胡笙这话说得很清楚了,但对他来说,仿佛又什么都没有说。开贵眼睛一亮,说:"那我可以当兵吗?我现在就申请。你给我发枪,给我配皮鞋。你要我干啥就干啥,我决不会拉稀摆带,决不会当脓包……"

开贵拍拍胸口:"我这身体,豹子敢打!兔子能追!"

胡笙摇摇头:"你都没有食指了。"

这话像一根木棒,狠狠打在开贵的头上。开贵眼冒金星。他将右手掌握紧,将鞋脱下,默默地还给胡笙。

穿回草鞋,开贵发觉,自己的脚像回到远古,自己变成了猿猴。出了兵营,走到挑水巷口,开贵灵机一动,折回头,气喘吁吁地跑到孙世医的药铺,伸出右手:

"孙世医,把我的指头接上。"

"接上干啥?"

"接上打枪呀!我是农协会员啊!"

孙世医摇摇头。

"怎么了?要多少钱?我让农协给你。"

孙世医还是摇头。

"好多人都说,你是孙思邈的后代,看来是假马儿。"开贵气不打一处来。

"你这手指啊,只有亲娘才能还你。"孙世医说。看来,不管如何,孙世医是不能实现他的梦想了。他突然想起,有人告诉他,这种外科手术,只有西医才行。开贵跑到外国人开的医院。因为战乱,外国的医生大都回国了,看守院子的人知道他是农协会员,便告诉他,他这手指,在上海的大医院可以接个假的,但成本高,即使接上也不灵活。

开贵让看守院子的人看自己不在的手指:"接上了,可以打枪不?"

那人摇摇头说:"那假东西,接上了,也不灵活。没必要啦!"

开贵失望了。走了两步,他又回来:

"脚呢?要是两只脚都没有了,还可以接上吗?"

"可以安假肢,一样地走路。只是没有正常的好用。"那人回答,"上海那边,使用得不少。"

棒客游魂一样来去无定。乌蒙古城突然遭袭。他们先是将孙世医绑在医案上,将药铺抢了个空,一根一叶都没有留下。他们还打劫了几家粮店,但那些粮店没有遭遇太多的损失,因为饥荒刚过,根本就没有多少库存。棒客久居山林,估计少不了虎豹的袭击、蚊虫的叮咬和冷冻的折磨,更少不了饥饿的煎熬。他们想活命,这些东西对他们来说,当然就非常重要。当他们再度袭来,抢到挑水巷口时,胡笙得到了报信,迅速领着队伍赶来。棒客只有少量枪支,更多是刀斧。没有经过正规训练的棒客,在智力、体力等方面,根本就无法与胡笙的队伍抗衡。除了有几个漏网的,有两个在仓皇奔逃的过程中跌崖而死,另外十多个跑虚脱的,只能乖乖被擒。开贵和几个农协会员负责的是清点战利品。开贵打心眼里佩服胡笙。到了这个份上,开贵发觉,尽管人的起点一样,但经历不同,所达到的高度就不一样。人的距离大得很,具体到碗里装啥,脚上穿啥。要缩短这样的距离,不是件容易的事。开贵对刀枪很谨慎,这要命的家伙,既可以要别人的命,也可能要自己的命。他将它们一一归拢,清点数字,小心存放,然后提一根木棒,守在关押棒客的门口。手指没有接上,农协还是没有给他配枪。

胡笙处理完手里的活儿,便去看那些棒客。棒客们缩在一起,瑟瑟发抖。仅从外表上,是看不出他们的经历和地位的。就是这些一脸菜色的人,如果不调查,不追究,你根本就不知道他们干过些啥。杀人越货、偷鸡摸狗、欺男霸女,什么坏就干什么,什么恶就干什么。这是人性的恶。人性的恶,给人间带来了不尽的灾难。胡笙当年在古城教书时就知道治人性的恶之艰辛。那种从脑袋深处开始实施的活计,远比占领一块地盘、吆喝一帮人、拥有多少财富重要得多,也困难得多。

"长官饶命!长官饶命!"

看到胡笙,他们知道这是个级别不低的军官,一个个又是哀求,又是磕头。也有人在不断地解释自己没有杀人放火,没有抢劫偷盗,自己家里还有八十老母,或者亟待喂养的孩子。

胡笙说:"如果没干坏事,我会还你们清白的;如果干了坏事,我不会轻易放过一个人。你们,都脱了吧!"

"脱下!都给老子脱下!"开贵兴奋地吼起来。

那些人颤抖着,将上衣脱下来。

开贵说:"再脱!给老子脱下边的!"

棒客哆嗦着,不敢往下脱。他们不知道,眼前这个人到底要他们干啥。

胡笙说:"是鞋子。"

"对!对!是鞋子。"开贵知道,这种办法是增加棒客逃跑的难度。

听到要脱的是鞋子,他们放下心来,开始脱鞋。其中有一个棒客,蹲在地上一动不动。他满脸白净,头发梳得油光顺滑,戴一只黑色的眼罩,露出的独眼寒光灼灼。从一开始,这人就不是很配合。

开贵走过去,用木棒抵着他的脚。那脚上穿着非常特别的靴,黑皮,长筒,上面还有耀目的铜饰。开贵此前听说过,这鞋叫马靴,日本鬼子的军官穿过,有钱有势的人穿过。

"脱!"开贵说。

那人无动于衷。别的棒客又是打战,又是求饶,只有他,靠在墙根,一只独眼时闭时睁。开贵注意到,别人脱衣服时他也脱,但他慢吞吞的,慢中有着不屑和抵抗。

"脱!"开贵再次叫嚷时,独眼看了他一眼,还是不动。开贵一把将他的黑眼罩扯开。那不是眼睛,是一个黑洞,又深又大,把开贵吓得心惊肉跳。独眼倏地站起,捏着拳头朝开贵砸来。开贵让开,挥起拳头,呼呼呼地砸去。独眼刚要反抗,几个农协会员冲了过来,开贵抬起脚,想踢,想想,又放了下来。开贵举起拳头,再要打他。胡笙说:"不要打了。"开贵只好不甘心地松开拳头。

"脱吧!"胡笙告诉他。

独眼坐了起来,擦擦鼻血,还不忘捋捋乱发。伸手要拉衣领时,他才发觉上身是光的。他收回手,缓缓缩脚,有条不紊地解鞋带、脱鞋。鞋子脱了,他放在自己的面前,并没有要拿开的意思。那种沉着,让在场的人都觉得意外。

弯腰,伸手,开贵就要把靴提起。

独眼说:"等等。"

开贵一愣,伸出的手缩了回来。他觉得有些怪,这个棒客居然有如此胆量。再有,自己为什么就会听他的话?他把目光投向胡笙。胡笙背着手,看着,却不说话。要是里面真藏有枪,就麻烦了,开贵伸手进去摸了摸,不像有。

"鞋垫,给我留下!"独眼擦了擦鼻血,冒出这样的一句。

原来是这样,开贵松了口气,他看了看胡笙。胡笙点点头,示意开贵给他。

马靴笨重,靴面却十分柔软顺滑,拿在手里,舒服极了。开贵伸手进去,掏出鞋垫来。那鞋垫真是与众不同,柔柔的、软软的。白色的底,却用了红、橙、黄、绿、青、蓝、紫七种颜色的丝线,绣有成双的鸟儿。那鸟儿欲飞未飞,灵动如生。近景是一簇牡丹,开得很艳。远景有稻草堆,有高高的白杨树和远山。这种鞋垫,杨树村的女孩都会绣,未婚女孩都是绣给自己的心上人,成家的女人都绣给自己的男人。开贵记得,这样的鞋垫,他跟金枝要过,金枝并未给他。

鞋垫好看,但大约是穿的时间太长,膻臭扑鼻,开贵随手扔了过去。鞋垫翻了几个滚,落在地上。独眼横眉,眼里生出怒火,挣扎过来,迅速拾起,塞进自己裤子的里层。

胡笙走过来:"拿出来!"

独眼不动。

"拿不拿?"

独眼还是不动。

胡笙朝旁边示意了一下。两个士兵迅速走来,一左一右将他的手控制住。开贵将手伸进那人的裤子里,将那双鞋垫拽了出来。那鞋垫热乎乎的,还有着独眼的体温。开贵拿到手,感觉到这鞋垫有些熟悉。没等他多想,胡笙从他手里将鞋垫抓过去。胡笙双手握着鞋垫,凑在眼前,左看右看,上看下看,看了正面看背面,看完了,双眼锥子一样逼视独眼:

"你叫啥?自己说。"

独眼不吭气。

"你是麦昂,棒客的头?"

独眼见隐瞒不了,点点头。

"哪来的?"

"家里的。"

"谁给你做的?"

"……"

"谁!"

"老婆……"

"叫啥名字?她现在哪?家住哪?"

"……"

"说!"

"……"

浓密的胡须里，不再吐出一个字。胡笙让开贵和其他几个将独眼的手捆住，送到他的房间，他要单独审。

独眼的赤脚，蹬起了一片黄灰。

看独眼被拖走，其他人吓得更是像惊弓之鸟。开贵手里的木棒往地上一捣："脱！"

棒客们以最快的速度将鞋子脱下，小心翼翼地送到他的面前。

一大股酸臭味扑鼻而来。几个农协会员退到门边。开贵不怕臭，他的脚曾比这还臭。他双手一拢，提起来，一一扔到隔壁的保管室。

审理棒客，那是解放军的事。农协会员只负责具体的小事。事忙得差不多了，人们三三两两地离开。开贵磨磨蹭蹭，直到最后。见没人了，开贵迅速返回保管室。几间屋子里摆满了刀枪、铁链、锅碗、衣物，还有各种马匹的饰物，都是好东西，都是少有的财富。开贵先前随手扔进来的鞋还在，那一双最好的皮靴还在。他心跳加快，怦怦直响。

开贵将那鞋拾起来，伸手摸了摸，那鞋子光滑，柔软。看来工艺非同一般，远非胡笙那反帮皮鞋可比。那鞋带、鞋底都十分讲究。

胡笙的皮鞋不能穿，这棒客的，总应该可以吧。开贵想。

"开贵！"突然有人叫道。那是胡笙的声音。

开贵连忙跑出去："哎，营长……"

胡笙看他慌慌张张的样子，有些狐疑："你在干啥？"

开贵连忙解释："棒客们脱下来的鞋子，又脏又乱，我再清点、整理一下，以便给你汇报。"

"后勤上的人呢？也不锁好！"胡笙走过去，将两扇门板拉过来，没有锁，他将门扣拉上。

开贵说："营长，这鞋，能不能交给农协，自行处理？"

"想多了。财产的处理，哪怕是一根针、一袋盐，也得会议决定，组织安排。"胡笙说。

第五章 要命的马靴 | 235

审理棒客并不是件轻松的事。那小小的审讯室里，简直就是没有硝烟的战场。一个下午，胡笙好几次从审讯室里出来，在院子里的空地上走来走去。偶尔他还向警卫要根纸烟，点燃，狠狠吸上几口。浓浓的烟雾吸入肺，吹出来又弥漫双眼。

胡笙去茅房。开贵也摸着裤带跟了进去。

"营长……"开贵说。

"脚好了？"胡笙看他已经行动自如了。

"好些了……哦，不，天阴时，还有些疼。"开贵有些语无伦次。

胡笙抖了抖，整理了裤子，转身出去。

开贵追过去："营长……"

胡笙停住："啥？"

"营长，我的意思是，棒客们留下的那一堆鞋……"

"我不是给你说清楚了吗？"

"我是想，能不能我买……"

"不能。"

"我用一匹马给你换。真的，我从来没见到这样好的马靴，更别说穿了……"开贵干脆往明里说。他知道，现在不说，这些东西都上缴了，那就没有机会了。

胡笙一听，明白了他的意思："你用啥马来换？"

开贵说："我们家的那匹马，幺哥，你见过的。"

"幺哥？"胡笙说，"你不能这样，那不是你的。"

胡笙转身又走进审讯室。胡笙的背影有些高大。他穿的是反帮皮鞋，有点灼眼。皮鞋踩在泥地上，发出了沉闷的响声。

胡笙这样说，有他的道理。但开贵想，这点小事都做不了主，看来胡笙出生入死这些年用老命换来的官位，也没有多大的意思。先前他买靴，没成。现在换，也不行。这是不是做官的悲哀！都这样，那辛苦一辈子，有啥意思？他暗自为此前没有去台儿庄而庆幸。开贵将没有食指的右手举起来,看看,吹了两口。

偷　窃

　　入冬的天气,有牛的脾气,来得慢吞吞,去得慢吞吞。开贵眼睁睁看着太阳慢慢落山,看着月亮慢慢升起。开贵伸了伸腿,站起来。开贵回到兵营,找了一个黑暗的角落藏了起来。夜渐深沉,巡逻兵一袋烟工夫也过不来一次。当潮气开始从冷硬的夜色里挤出时,开贵觉得机会已经到了。他矮下身体,努力贴紧地面,慢慢爬了过去。就在他快要接近保管室门时,一高一矮两个巡逻兵从远处走来。巡逻兵看到了他:

"那是啥?"

"好像是一只狗。"

"不是。更像是一头狼!"

"只要不是貔貅,就不怕!"

　　接着就有拉动枪栓的声音。开贵吓了一跳,冷汗直冒。"汪!汪!汪!"他学了几声狗叫,手脚并用,快速往屋后蹿去。离开巡逻兵的视线后,他直立起来,绝命狂奔。那高高的围墙,他一下便蹿了上去。小时候攀爬白杨树的本领,他居然就用上了。

　　两个巡逻兵追来,枪口朝四下里杵。夜太黑,根本找不到任何线索。

高个子说:"我说是狗叫,你还不相信。"

矮个子说:"凡事小心,如果是狗,那是吉物了。"

说毕,两人消失在银白的月光里。

　　开贵四肢着墙,壁虎样悄无声息地爬了回来。月光西照,房屋跌落在山脉的阴影里。他很快摸到保管室的门边。锁是铁锁,扣是铁扣。开贵早有准备,他从衣兜里掏出一只废旧的马掌,套进门扣,暗暗使劲,门扣无声脱落。

　　进了屋,开贵伸出手,紧紧捂住心口,剧烈的心跳让他怀疑四周都有枪炮在响，有黑黑的枪管在对着他。事实上，一个人也没有。屋里连老鼠也没有一只。那堆鞋静静地躺在那里，它们张着大口，在耐心地等待着某个属于它们的脚掌。有一束月光，从窄小的窗棂里流淌进来，一直流淌到开贵最喜欢的那双鞋上。他看清了，伸过手，小心地将鞋提起。马靴的重量显示出它的存在，这让他很满意。开贵坐在地上，轻轻抚摸着靴子，感受着它的软与硬。他把手伸进靴子里。靴子里有些汗味，这很正常。这说明原来的主人也很喜欢它，也一直在穿它。开贵不知道，现在的主人，是活着还是死去了。如果活着，肯定是痛苦的。一个执拗的棒客，一个靠别人的财富生活的人，他的结局最终不会好到哪里去。陆大爷曾含沙射影地说过，日子好过的时候，说不定灾祸已经暗藏在身边的某处，也许是举起的刀上，也许是说话的嘴边，也许是虚伪的笑里。开贵顾不了这些了，这靴子是他梦寐以求的，他需要它。开贵把脚上的草鞋脱去，用手抹了抹脚掌，抠抠上面的污垢，小心翼翼地伸进马靴里。那靴里很宽敞，很温暖。那种舒适，像若干小虫，从十个脚指头开始，穿过腿上的神经，传递到心脏、大脑，甚至身体的每个部分。靴带散开，他开始给马靴打结。他记得小时候，开杏在杨树村给衣扣、鞋子或者自己的头发打结，很好看。其中一种，仿佛蝴蝶，美丽极了。开贵回想着妹妹打结的方法，试着绕结。可弄了好一会儿，他怎么也打不成那美丽的蝴蝶结，倒给打成了死结。那鞋带是牛皮的，生硬，打结的感觉，像是白日里捆那些棒客。两只靴都穿稳了，他站起来，感觉自己高大了很多，很稳健，看四周都有些俯视的感觉。眼下，估计比胡笙高大了吧！他小心翼翼地挪动步子，从屋子的西边走到东边，从南边走到北边。他越走越有力，越走越有底气。要是自己也像胡笙一样，站在台子上，手一挥，指东，手下人就朝东，指西，手下人就朝西，多好！开贵十分满意。这样看来，开杏以前给他做过的鞋，尽管垫有绣花的鞋垫，但除了保暖，保护脚不受伤害，其他就没啥作用了，和这个相比，差得远。他突然觉得冷。

门外有风吹了进来。门在无声地打开。有人冷笑了两声，接着有人喝道：

"开贵,等你半天啦！举起手来！"

"举手！不然我要开枪了！"

他回头,两支枪一左一右从门边搠了进来。开贵魂都吓掉了。他忙说：

"别、别开枪。我、我举手……"

高个子笑了："狗东西！白天我就看你鬼鬼祟祟的,不对劲,果然……"

一看都是熟人,开贵放下心来,说："都是自家人……"

矮个子踢了他一脚："什么自家人？我看你是小偷呢！"

高个子说："啥小偷,来偷枪的哪是小偷,大盗呢！说不准是那些棒客的内线,想要我们的命。"

开贵吓慌了,忙说："不！不！不！我没有偷枪,我也不是内线……"

高个子说："你没有偷枪？那你偷啥了？"

开贵说："我是喜欢这靴,我试穿了一下。"

高个子看了看,说："他手里是没有枪。"

矮个子说："不要听他争辩,把狗×的送给胡笙营长去,一审不就审出来了？"

开贵一听要见胡笙,觉得很难为情。他说："胡营长是我小时候的伙伴,我们一起在杨树村长大的,你要我见他,我得准备一下。"

两人一听,这家伙居然是胡营长的伙伴。高个子犹豫了：

"夜半三更,我们也不想打扰胡营长,明早送你过去……不过你不能跑。"

矮个子举头看了看四周的高墙说："你不能跑。你一跑,命就不是你的了。"

"我不跑,我是农协会员……"开贵嘟哝道。

两人将他推推搡搡地弄进另一间空屋,哐啷一声,从外面将门锁上。

临走时,高个子伸着长脖交代:

"乖乖待着,怎么处理你,明早听胡营长的。"

明早要是见到胡笙,真不知道这脸往哪里搁,真不知道如何解释这所有的一切。不行,他得走,得先离开再说。摸摸马靴,他没有脱下,舍不得呢。两人的脚步声在外消失后,他抬起头,借着西斜的月光,对屋子里进行观察。四周的墙是土墙,要空手将这些干硬的泥土掘开,显然是不可能的。他抬头看看高处,靠近屋檐的下方,有一个窗口。那是修房时有意设置的,既可让捕老鼠的猫任意出入,也可在棒客袭击时往外打枪,或者抛扔石块等物,那窗的大小,正好可容人出入。他一跃而起,抓住土孔的边缘,钻了出去。他悄悄溜到地面,再一步步往后墙走。开贵吓了一跳,那两人没有走,抱着枪在不远处抽烟呢!他们听到响动,举着枪赶过来时,开贵早已翻过围墙,消失得无影无踪。

古城很静,再乱的人心,也不能奈何它。马靴底在青石板上磕出清脆的响声。跑起步来,开贵还算厉害。两只脚上像挂了轮子,他越跑越快,越跑脚上的劲儿越大。看来,脚趾的错位已完全复原。看来这马靴是比草鞋、布鞋都好穿多了。怪不得读书人、生意人和有地位的人,都想穿皮靴,是有道理的。

但是,跑不了多久,开贵发现,所有的交通要道,都有解放军站岗,甚至他的后面已经有人追来。他吓了一跳,看来他的逃跑,已经让解放军知道了。也许,连胡笙都已经知道了。如果真是这样,他开贵真是浑身有嘴也说不清。此前他就有很多说不清的事,他隐隐感觉到,乌铁、开杏和胡笙都已经在怀疑他了。

开贵跑进挑水巷,左边是乌铁的家,右边是陆大爷的茶铺。和巷子里其他所有人家一样,他们都门户紧闭,悄无声息。开贵看到陆大爷门前的石台阶,脚趾就隐隐作痛。要是现在,他一脚踹去,那受伤的肯定是这陆老头子,哪会是自己?他现在真想跳上去,在陆老头子的门上踢两脚。但他现在不能纠结于过去了,他还有更为紧要的事情要做。他抬起脚,踹的是乌铁的门。不过他踹了两下就不踹了,皮靴质地很好,用来碰硬,是会坏掉的,他舍不得。他改用手,用拳头擂门,门板将手硌得生疼。他就用掌,手掌柔软些。那种急,比当年爹死了报丧还要紧迫。

乱七八糟的响声把睡梦中的开杏给吓坏了,她摸到门边,却又退回里屋,不知如何是好。乌铁也吓蒙了。黑暗中他抓过一把锤子,紧紧攥住。开门,不知道会有什么灾祸降临。不开门,说不定会有更大的灾祸降临。躲不是办法。乌铁硬着头皮,将门闩拉开。有人一步蹿来,尽管人影模糊,脚步沉重,乌铁还是听出是开贵。

乌铁说:"哥……"

开贵往后屋里跑,可转来转去,他发觉自己居然没有藏身之地。原来可以逃出的暗道,也给马的粪草堵住,怎么推也推不开。

开贵喘着气:"快把马给我。"

"你要……"乌铁问。

"少废话!"开贵边说边伸手去解马缰绳。幺哥受够开贵的侮辱,见到他就有无端的恐慌,它四蹄弹跳,并不配合。乌铁摸索着过来,拍了拍幺哥的背,摸摸它的脸,它安静了下来。乌铁拖来马鞍,勒在马背上。他还给马上了嚼口。嚼口是铁巴打的,马要是反抗,只要勒紧嚼口,它就只能规规矩矩。

开贵拖着幺哥,穿过堂屋,跨出门槛。起床的开杏看到了异样,她用油灯照了照开贵的脚。

开杏问:"哥,你脚上是啥鞋?"

开贵一边出门,一边说:"你别管。"

开杏说:"我给你布鞋,布鞋好穿些。"

"吥,滚开!"开贵拖着马,大步往外走。巷子里,远处的微光中,有更黑的人群扑来,脚步声像雨点,密集地落在青石板上。开贵跳上马,一抖缰绳,箭一般穿出小巷。

奔 逃

追来的人群里,领头的是胡笙。当听说有人偷了东西逃跑,而且这人是开贵时,胡笙大吃一惊。要是偷走枪支,发生暴动或者伤亡事件,可就麻烦了。要是他偷走的是机要室里的机密文件,后果更是不堪设想。他让警卫邹常通知警卫班迅速集中,同时通知快速检查。意外的是,那间屋子里,所有的刀枪一件不少,所有的银圆、古董一件不少,所有的其他缴获的生活用品也一件不少。矮个子突然想起,白日里开贵曾经试过那双皮靴。他再做检查,才发觉棒客脱下的鞋子中,最好的那双马靴不见了。

"嘿,这开贵,怕是遭遇恶鬼貑貀了!"矮个子说。

高个子说:"开贵想要的东西太多了。"

这些日子来,开贵老是怪怪的,不止一次地和他说房子的事,还有对马靴的喜欢。胡笙让邹常迅速查看清理保密文件,自己带上警卫班的人立即就追。追到了挑水巷,远远地,他看到一匹马在模糊的夜色中,如黑色的闪电一般消失。他知道,开贵骑着幺哥逃走了。

见胡笙一行过来,开杏跑出来,双手一伸,将他们拦住:

"开贵哥怎么了?他做了什么事?你饶了他吧……"

胡笙伸出手,想将开杏推开,开杏根本就不让开。眼前这个女人,此前曾经与他有过千丝万缕的关系,现在依然扯不断理还乱。

胡笙问:"开贵的脚,到底怎么了?"

哥哥就是脚受了一点伤,现在不是都好了吗?开杏不知道怎样回答胡笙。她感觉到,刚才哥哥仿佛比以前高了些。开杏打记事起就看到哥哥的辛苦。当年,哥哥小小年纪,便帮助父母挖地、插秧、打谷、养猪、背柴……什么重就干什么,什么脏就干什么。哥哥从小就没有过上一天好日子,正长身体的年龄,没有吃饱,没有休息好,他当然就长不高。哥哥体质好,上山、下河、负重,一点问题也没有。他和胡笙一起上树捉鸟,下河捞鱼。胡笙读了私塾，后来当了教书先生，而哥哥则天天在地里干活，两人便渐渐疏远。一个结实英俊，一个黑瘦矮小。一个当了军队的大官，一个还在泥土里打滚。哥哥嘴上不说，但内心自卑得不行。哥哥走到现在这一步，有他自身的原因，也和自己帮他不够有关。深更半夜，胡笙领着这么一大帮人追他而来，肯定是有大事发生了。

想到这，开杏扑通一声跪下，紧紧抱住胡笙的腿：

"营长，请饶他一命！"

"开杏，你起来吧！别折断自己的腰。"胡笙说，"如果开贵有罪，下跪没有任何作用。"

"营长，求求你……"开杏哭出声来。

胡笙想了想，觉得有必要将开贵追回来。一个大男人，如果仅为了一双别人穿过的马靴，就干出这样的傻事，实在令人费解。脱掉裤子打老虎，不要脸也不要命哪！捉到这家伙，他得好好问一下。得从这家伙那里，掏出糊住一个男人内心的烂泥。胡笙朝乌铁努努嘴，乌铁挪了过来，将开杏拉开：

"别影响他们执行公务……"

开贵骑着马在前边奔，胡笙领着一群人在后面追。幺哥年龄大些，但奔跑起来，四蹄着地，仿佛点豆，一点也不迟钝。胡笙追不上了，便让手下备马过来。胡笙他们部队的坐骑，是从北方带来的战马。胡笙一跃而上，双腿一夹，猛抖缰绳，那马便迅速冲了出去。

开贵奔逃的方向，是通往凉山的必经之路。胡笙急得脸都变了。他知道，开贵这样子，十有八九是想过江。对岸的夷区，民主改革尚未推开，这样一个仓皇逃窜的汉人，没有人介绍、引荐，十有八九会惹麻烦的。那样，开贵就惨了。胡笙让手下尽快发电报给凉山夷民团。夷民团是西南军区以解放军为基础、以民为主组建的部队。在这个特殊的时期，他们负有剿匪、维护稳定的艰巨任务。

"告诉他们，这边有人过河，千万要保住，不能伤害！"

前边是一匹马,后面是一群马。前边的马上是一个人,后边的马上是一群人。他们像黑色的闪电,射出乌蒙城,穿过杨树村,穿行在崇山峻岭之间。天色渐亮,他们的距离慢慢拉近。胯下的幺哥走上熟悉的路,似乎回想起了当年的事,意气风发,越跑越快,走那些山路对于它来说,如履平地。幺哥已经很多年没有走上这条路了,很多年没有这样绝命狂奔过。它跑得舒心,它跑得快乐,它跑得无所顾忌,它跑得酣畅淋漓。它回想起了当年。那时它很年轻,除了苦累,没有爱痛。那时的它,与乌铁形影不离。乌铁懂它,知道它喜欢吃什么,喜欢到什么地方,什么时候需要休息,什么时候需要打理马鬃、修钉马掌。乌铁是它的老表,是它的骨肉,是它身体里的重要组成部分。乌铁是快乐还是忧伤,是需要休息还是继续上路,它全懂得。在乌铁不能照顾它的若干岁月里,幺哥吃了很多苦,受了很多罪。那些遭遇,不是一匹马能够表达的。它只能用眼来看,只能用耳来听,只能用甩尾巴、摇头,或者嘶叫几声,来表达自己的心情。经风历雨之后,它突然觉得,自己除了善于负重、善于奔跑之外,居然一点用处也没有。作为一匹马,这是一件何等悲哀的事。只有在路上,它才能呼吸到新鲜的空气,看到风景各异的万物。只有在路上,它强健的铁蹄才能与泥土深入接触,才能感受到大地的潮湿与温暖、大地的宽阔与无边、道路的漫长与坎坷。这时候,它感觉到泥土也是喜欢它的,地面那些大大小小的石头也是喜欢它的,路边的野花野草也是喜欢它的。那一缕缕清新的空气,在它绝命狂奔时,如此深入、如此透彻地进入它的胸腔。

幺哥原本是不喜欢开贵的。但现在它全然忘记了背上的这个人是谁。或者,是谁已经不重要了。重要的是它还能奔跑,重要的是它已经奔跑了。它感觉到一匹马应该有的自由回来了,它越跑越有力,越跑越快,越跑越轻盈。它的铁蹄叩击在石头上,偶尔溅起火星。它双耳直立,目光如炬,高昂的头威风凛凛,张大的鼻孔里涌出团团热气。

到了后来,它不是奔跑,几乎是飞翔起来了。

开贵坐上马背,他并没有觉得轻松,他时时感觉到后面有一支枪,在瞄准自己。他甚至有子弹射入后背的感觉。他缩紧身子,像只空瘪的麻袋。这样,他的身体就小些,被射中的可能性就会小些。他猛抖缰绳,双腿夹紧,不断用脚后跟踢烂乌铁的肚皮。这些命令,对于它是有效的,它奔跑得那样快、那样猛。它的速度让开贵感到满意。这些年来,他没少骑它。因为对乌铁的怨恨,他对这马也充满敌意。他让烂乌铁驮重、耕地,甚至蒙上眼睛,无数天地拉石碾磨面。它累了饿了,他连草都懒得给上一把。烂乌铁虽然是他的重要劳动力,但他并没有把它当成自己生活的一部分。曾经,幺哥几天没有喝水,干涩的粪便塞住肠道,出不来,他没大理会。幺哥内分泌失常,蚊虫的叮咬让它皮肤溃烂,满身疮痍,他没有当回事。特别严重的是,幺哥的那铁铸的马掌磨坏了,掉了,他也没有及时修补。马没有马掌,相当于人没有穿鞋。驮上重物,走在石块嶙峋的路上,幺哥就受不了。它的脚掌破了,流血了,结了痂,再破,再流血。如此折磨,幺哥生不如死。开贵在那个时候就知道,就是一匹马,也需要一双鞋的。只是他不知道,鞋子对于他开贵来说,更是重要无比,甚至让他走上了这样的路。

开贵闭上眼,只想逃离,没有目标的他只能听天由命。跑到哪算哪吧,只要不被胡笙抓住,只要不落入他们手里就行。当然,脚上的马靴是不能丢的。也不知跑了多久,幺哥停住了脚步。它满身汗水,四脚颤抖。

开贵睁开眼。天色渐亮,曙光照亮了整个峡谷。眼前,低处是汹涌的河流,怒吼,撕咬。金色的波涛,翻滚,跌宕,像沸腾的油锅。高处呢,是万丈悬崖。江这边是乌蒙,江那边是凉山夷区。妹妹的悲剧,就是从过江开始的。开贵低下头,看了看脚上的马靴。他看了左脚,再看右脚,看了右脚,再看左脚。现在他看得很真切了,他的腿除了短些,都很好,粗壮,结实,和春谷的碓棒差不多吧。两只马靴呢,靴帮高挺,靴底厚实。皮匠才是大师,牛皮经过皮匠的手,皮面软和,已没有了生牛皮的僵硬。黑黑的颜色,很有贵气。在马背上颠簸了大半夜,他胯子生疼,腿脚酸麻得不行。开贵跳下马背,扭扭腰,捶打了几下腰背。挺挺胸,他肯定了,的确,自己比以前更沉稳些,身材更高大了。他抬起腿,踢了一下,腿还在酸麻,但明显感觉到脚的力量。穿这马靴,就是不一样。

背后有喊叫声传来。开贵回过头,隐约有好几匹马朝这边冲来。看来,胡笙对他,是不追到手不罢休的了。一双马靴就这样认真,这胡笙也太抠了。加入农协的这些天,除了腿受伤,其他时间,他工作可是卖力的。连双马靴都不值,他觉得自己很委屈。往左边看,是险滩恶水。往右边看,是怪石丛生。朝前看,江水依然像控制不住情绪的醉汉,跌跌撞撞。开贵扔掉缰绳,朝着河边走去。他走过乱石,走过沙滩,来到江边。江水不可遏止地扑来,像锋利的牙齿,一口又一口地狠咬着脚下的石头,甚至已经扑在了他的马靴上。他有些心疼,河水灌到这里,会不会将靴子弄坏?他弯下腰,试图将靴子脱下来,但靴带扎成了死结,一时无法解开。

马群渐渐围拢。开贵听到有人拉动枪栓的声音,接着是胡笙让他们立即放下枪的命令。

"开贵,别冲动!"

"开贵,到底发生什么了?"

"开贵,你拿走了些什么?"

开贵摇了摇空空的双手,动了动脚,没说话。

胡笙下马,走过来,伸手将幺哥牵住,对开贵说:

"跟我回去,我们好好聊聊!"

开贵没有理会,他一步步往前挪。江水像蓄够了力量的布带,不断地裹缠他的脚。

开贵这是鲤鱼跳到渔船上——送死呢!胡笙大喝:"开贵!那不是你的藏身之地,回来!"

抬头看去,对面山谷里突然奔出数十匹马。马背上,全是身披羊毛披毡、腰上挂刀、肩上背枪的夷人。他们挥舞双臂,大声喊叫着听不懂的语言。这胡笙也太厉害了,他啥时候又和这个厉害无比的民族达成了契约?要知道,没有诚信,没有共同的愿望,没有相当的协调能力,江对岸的夷民,根本就不会理会的。

真的走投无路了吗？不！开贵往河的上游看去,河流湍急,异常汹涌,要溯流而上,那是根本不可能的事。他往下游看去,突然心里一亮。这时,胡笙和几个人已经奔到他的身边。就在胡笙伸过手来,刚触及他的衣角时,他一跃而起,扑入江水,顺着水势,往下游去。开贵懂些水性,小时候没少在杨树村旁的池塘里捞鱼,追野鸭。但面对江水,他显然无法驾驭。他入水的姿势很优美,但扑腾不了几下,就连呛了几口水,手足无措。胡笙张开双臂,焦急地叫道:

"开贵！回来！"

对岸突然有枪打来,子弹呼啸着钻入开贵身边的浪涛之中。胡笙连忙向对岸挥手,发出停止射击的手势:

"老表们,别开枪！"

开贵抬起头来,猛吸一口气,划动双臂,蹬开双腿。他像块浮柴,在波涛间一起一落、一升一降。现在,他要做到的,便是努力让自己不呛水,不下沉,不迷糊。但意外还是发生了,那双靴沉重无比,仿佛镣铐,他无力挣扎。后面恶浪撵来,江流的旋涡,像一张巨大的嘴,轻而易举地将他吞没。

指　路

眼睁睁看着开贵在怒吼的波涛中不见踪影,胡笙急得跺脚:"活要见人,死要见尸！"两岸的马队、江边的几个渔民都给动员起来。他们骑着马沿江寻找,划着羊皮筏子顺河道找,攀崖爬岩地在石隙里找。两天后,他们在下游一个狭小的石缝里找到一具尸体。头破烂不堪,脸没有了,四肢肿胀,横看竖看,都不像是一个人。他们分辨了半天,也拿不准这人是不是开贵。乌铁赶来,拉起他朽烂的右手看了看。那只手,没有食指。

乌铁说:"是开贵。"

开贵逃出古城,是骑在幺哥背上的。开贵回到古城,乌铁用白布给他包了又包,再罩上一件羊毛披毡,放在马背上驮回来。听到街口有马蹄叩击石板的声响,开杏三步并作两步,奔出门来。她伸手去扶开贵,开贵紧紧地捂在披毡里不吭气。

开杏叫:"哥!"

开贵并不作答。开杏再叫,开贵还是不应声。

乌铁说:"别叫了,他听不见。他不会说话了。"

他听不见,是聋了吗?他不会说话了,是哑了吗?开杏一脸张皇,说要去请孙世医。孙世医妙手回春,好几次都让病人起死回生。几个街邻赶来,在陆大爷的指挥下,解开绳索,将开贵从马背上抬下来,放在门板上。

"哥哥?"开杏揉揉眼,不相信,掐掐手,还是不相信。她要看开贵的脸,伸手去揭盖脸的草纸,乌铁将她的手摁住。

孙世医背着药箱,汗流浃背地赶来,习惯性地要号脉,伸出的手又突然缩回去。开贵如此结局,令他意外。开杏不相信哥哥会死,她相信孙世医:

"世医,您是药王的后人,您是华佗转世,请您一定要治好我哥。他要穿啥鞋,我都给他做,做不了的,我就给他买……"

孙世医闭上眼睛,摇摇头。

"要治他,只有乌铁了。"陆大爷这话说得蹊跷。开杏回头看去,乌铁居然点点头。乌铁从里屋找出羊皮鼓和法铃。

"用这个治?"开杏还从没有听说过乌铁会治病,甚至比孙世医还厉害。

"给他指路。新亡人刚到阴间,常常会迷路的。"乌铁说。乌铁的话像瓢冷水,泼得开杏透心凉。开杏醒过来——哥哥不在人世了。

开贵死得很难看。更重要的是,他穿在脚上的那双马靴,连同两只脚,膝盖以下,都不在了。怒吼的江水牙齿一样锋利,无情起来,会将人的任何部位吞掉。开杏此前一直怨恨,怨他一次又一次不放过幺哥,恨他一次又一次要将乌铁置于死地,怪他一次又一次想贪占陆大爷的茶铺和更多人的便宜。每一次怪事的发生,似乎都和哥哥有关。每次她都巴不得哥哥消失,越远越好。她不需要这样的哥哥,她不应该有这样的哥哥。但事实就是事实,她无法改变。她不可能将哥哥怎么样,哥哥饿了,冷了,病了,伤了,她开杏还得管他,还得照顾他。现在哥哥真的不在了,世间唯一的骨肉亲人没有了,悲怆像瓢凉水,不可阻拦地泼来,冷心蚀骨。

开杏整理开贵的装殓时,幺哥没有离开。它低下头来,幽深的大眼看看凉床上的开贵,又看看悲伤无比的开杏。幺哥的脸原本很长,这下就显得更瘦。幺哥的眼睛很大,这下显得更空。多年前,幺哥助纣为虐,帮助乌铁抢走开杏,开杏的人生就此逆转。此后开杏不再理会它,甚至不想看它一眼。她恨幺哥,恨它将自己驮过金沙江,进入夷区,遭遇了无法逆回的人间大痛。要是没有它,乌铁纵有三头六臂,也难以逃出杨树村。抢劫良家少女之罪,恐怕早让他丧命于杨树村村民的锄头之下。后来她不恨了,恨解不开心里的疙瘩。和幺哥朝夕相处的日子里,她觉得幺哥忠厚、诚恳,觉得幺哥命运多舛,不比自己好到哪。眼下,幺哥的表现让她心里居然有了一点点温暖。这些,幺哥都清楚。再看看乌铁,这个曾经作过恶,又无数次忏悔的男人,坐在墙角,一言不发。

开杏说:"你给哥念个经吧,请阎王爷原谅他,恶鬼饶过他,让他下一世做个好人……"

乌铁摇动法铃,敲起羊皮鼓,这些平日里开贵讨厌的东西,却又为他而用。乌铁时而摇铃,时而击鼓,口里念道:

"死神戴金箍,病神六双手。世间个个病,人人都会亡。阴饭你莫吃,阴水你莫饮。天地有规律,日月有规矩。苍天九千层,层层有光明……"

开杏喑着,不说话。不说话是她的权利,要流泪也是她的自由。她想给哥穿鞋。可掀开白布,她才发现开贵根本就没有脚。这鞋怎么穿哪?这鞋穿还是不穿?开杏想来想去,又坐在门槛上哭。她哭得泪眼婆婆,哭得无声心喑。哭着哭着,她突然看见哥哥撑儿着从门板上撑了起来,就从

第五章 要命的马靴 | 249

外走。开贵那种衣衫褴褛的样子，让开杏大吃一惊。她大声叫哥哥，可开贵根本就不理会。哥哥的速度很快。开杏仔细看去，哥哥不是在走，而是在飞。哥哥的腿以下，滴滴答答滴着血，血流成河，居然江水一样汹涌……哪里黑暗，哥哥就往哪里钻，最后，他居然消失在了无边的黑暗里。

开杏大叫一声，醒来，原来她做了噩梦。乌铁见她醒来，伸出粗糙的手替她擦汗。可开杏清醒后，发觉眼下的一切居然比梦还可怕，还有比梦更重要的事需要解决。开贵硬翘翘的，身体变色，变质。陆大爷端了碗酒，喝一口，便喷一口。在屋子里喷了三圈，陆大爷从马厩里抱来谷草，绾成团，塞进开贵的胸腔。几坨谷草填进去，开贵的胸脯勉强挺了起来。陆大爷早年做过篾活，他买来竹篾，扎成骨骼，将火纸糊在表面，做成脚的模样。两只脚安置在开贵腿的断处，再套上裤子。

胡笙来了，后面跟着警卫邹常。开贵这一次出逃，对于胡笙来说，损失大了。那棒客麦昂，何等了得，居然趁乱逃走了。胡笙通知各村，让大家加紧防范，不能让老百姓有任何损失。胡笙有一个精准的策划，将稳步实施。不管麦昂怎么猖獗，他也只是瓮中之鳖，捉拿归案是迟早的事。

邹常抱着一个布袋，打开，是胡笙穿过、之前开贵试过的那双反帮皮鞋。胡笙说，这是部队给营级及以上干部配发的，开贵一直就很喜欢，之前没给开贵，他很内疚。他刚才专门请示了，上边回复，同意他自行处理。

"给开贵穿上吧，他心愿能了，也许，在黄泉路上会走得体面些，有尊严些……"胡笙说。

"亡人不能带铁器上路的。"乌铁放下鼓槌，擦着眼泪提醒。这样一说，胡笙一下醒悟。他在外征战多年，出生入死，战友牺牲无数，死就死了，在哪里死，就在哪里埋。没有条件，更重要的是解放军不信那些。习惯了，他居然把家乡的旧俗忘了。乌蒙的习俗是，亡人入葬，若有铁器随身，会变成厉鬼，回到人间，祸害不断。

开杏给哥哥赶做了一双鞋，这鞋与她之前做的所有鞋相比，明显不一样。高高的帮,厚厚的底,将开贵衬得高高的。开贵躺在凉床上,显得比平时高大威武,原来矮矬的形象没有了。看这样子,他应该比杨树村任何一个男人都要长出一截。如果哥哥黄泉有知,他应该满意。小时候的哥哥,勤快、耿直,对人好。开杏不知道为啥,哥哥在后来的世道里,咋就变了样,身上就像是长了刺,到处戳人。开杏体谅他,哥哥对生活的不满意,做妹妹的好像一直无可奈何。

  黑面白底的鞋,套在哥哥的脚上,很好看,大小也正合适。可竹篾扎的双脚,老是向外塌。开杏扶正,刚松手,那脚又往两边塌。乌铁找来两根筷子,一边一根,抵得实靠,开贵那脚便安静了下来。有些灰尘,在光影里起伏,落在黑绸的鞋面上。开杏伸出手背,很小心地拭去。

  "哥哥,穿上这鞋,在黄泉路上,你就不会走歪路了。"开杏举起手,擦了擦眼睛,"乌铁,你给哥哥念念咒鬼经,把貔貅驱走。不然,到了阴间,貔貅还缠他……"

  乌铁轻摇法铃,低声念着指路经:

  "去世的人啊,骑马莫欺马。马是人间宝,要好好善待。饿了给把草,渴了给瓢水。走路多看路,见虫多绕道……"

  停放开贵的凉床板,又薄又凉,底下一盏油灯,顶着如豆的火焰,晃了一下,再晃了一下。陆大爷往碗盏里加了两勺清油。灯焰吱的一声,往上蹿了蹿。

第六章 一匹马的再生

实　情

怪事多,古城里对乌铁嚼牙巴骨的可不少。有人用拐杖敲着地,说他在国民党的军队里做过事,恐怕现在还是间谍;有人一边吐口水,一边说他是棒客,里应外合,没少干坏事;有人则在他的摊位前,一边给开杏买鞋,一边指桑骂槐,说他婚姻很乱,此前行为不端,祸害无穷;还有的人,则在办理开贵的丧事时,在他背后指指点点,说他连他的舅子,一个善良的庄稼人,都不曾放过。这些话,有的是在背后说,有的是在巷子里,远远地朝他指指点点地说。甚至还有人,晚上往他的门上泼屎撒尿。乌铁就是有浑身的嘴也说不清。更何况,他没有说话的地方,也从不吭气。开杏很伤心,提一把刀,一块木板,在巷口砍一刀,骂一句。杨树村的泼妇,就是这个样子。乌铁忙拿掉她手里的刀具,将她拽回,她又是一场哭。

"忍忍吧,忍得一时之气,消得百日之灾。"乌铁劝她。

"你还忍,你不是都忍了半辈子了吗?"开杏不解气。气憋在肚子里,伤心伤肺。

陆大爷提着茶壶,趔趄着过来,给他俩倒茶。也不说啥,几个人就那么坐着,看看逼仄的天空喝一口,看看街心石板路上的水渍喝一口。时光一过,心里的气、胸中的火就慢慢蔫了下去。少了那些害人的东西,乌铁该绱鞋就绱鞋,该喂马就喂马。

很突然,像江水起潮,稀里哗啦,挑水巷里又走进来很多人。火柴头掉在脚背上那种,急。整整齐齐的鞋子,将石板路踢得响成一片。各种各样的影子,将安静的阳光搅得东一片,西一片。乌铁低下头,迅速挪了挪屁股底下的木板凳,不用看,也不用多想,他就往屋里缩。古城里老是有事,都是些不能面对、无法面对的事。躲开,躲开是乌铁的三十六计。

乌铁刚要挪进门槛,不想,却有一只手,捉住他的手。那手的力气不小,捏得他指节生疼;

"嘿,别走!"

"别走？想干啥？"他试图要挣开手。乌铁想,我可没有招灾惹祸。可是,挣不脱。他抬起头,居然是胡笙。胡笙在早晨阳光的斜影里,身材像棵白杨。

胡笙的声音粗糙,脸上却是笑,那种笑,少有。多年前在台儿庄战壕里有过。

乌铁弄不清他葫芦里卖的是啥药。

"我们出去走走,"胡笙很诚恳,"请幺哥一起,可以吗？"

让人意外,乌铁不知所措。乌铁还没发完呆,胡笙另一只手挥了挥,邹常走过去,朝开杏行了个礼。开杏受此大礼,紧张至极,手里捏着的鞋帮落在地上。邹常低头,和开杏一阵耳语。开杏脸色稍好了些,看了看乌铁,点点头,穿过里屋,走进马厩,把幺哥牵了出来。幺哥火栗红的毛色,像是一坨火,让胡笙一激灵。见到胡笙,幺哥嘶嘶叫了两声,算是打了个招呼。

这些天,一直没有让它出门,幺哥寂寞受够了。

邹常将马鞍勒紧,嚼口套住。几个解放军走过来,搂的搂,抱的抱,不容置辩地将乌铁举起,放到马背上。

"哎哎,干啥？"

"阳光好,我们出去走走。"将乌铁扶正,胡笙牵着缰绳就走,邹常和其他几个解放军列队走在后面。胡笙这样子,明显就是一个马夫——堂堂解放军的营长,给他这个残疾人牵马,乌铁不吓死才怪。

"别……"乌铁试图下马,但只要他的身子稍微一动,邹常就连忙将他扶正。街面上的人,对乌铁熟悉,对胡笙也熟悉。一个是曾经抢过女人的人、没有了双脚的人;一个是名震乌蒙的解放军的营长。两人位置错乱,让大伙奇怪。

"咋回事？"

"咋了？"

"这个夷胞,又犯事了咯?"

"胡营长这样子,有损形象了。"

"好像和那匹马也有牵连。"

"……"

不解,好奇,困惑,一个个想要探究谜团里包着个啥,便像尾巴一样跟在后面。他们互相斗耳朵,小声而急促地询问对方。没有人知道是咋回事,越问,疑团就越大,越问就越糊涂。前边走,他们就走,前边停,他们就停。秘密像块磁铁,知道的人越少,吸引力就越大。人们先是三两个,再后来一大群。先是孩子们,后来有大人参加,连老人也尾随过来。他们先是远远地跟着,后来是慢慢靠近。先是缩手缩脚,亦步亦趋,后来是昂首挺胸,步步向前。他们走出挑水巷,走过毛货街,走过毡匠摊,走过粮食铺,走过照相馆,走过孙世医的药铺,走过菜市口。最后,他们走到了辕门口。当他们来到县衙门院坝时,人已经密密麻麻,几乎是摩肩接踵了。

胡笙转身,将乌铁从马背上背下来。一步,又一步,他背上了台子。那里早就摆好了一把宽大的木椅,胡笙将乌铁轻轻放在了座位上。那个台子,以前是县太爷发表演讲、收租收税的地方,是戏班子唱戏的地方。现在解放军经常在这里宣讲政策、公审棒客、表彰先进、演出节目。那个座位,以前是县太爷坐的地方,现在乌铁坐在上面。乌铁局促,不安,背冒虚汗。胡笙把他弄上来,他不知道胡笙葫芦里卖的是啥药。

胡笙站在台子上,一边坐着的是乌铁,另一边站的是幺哥。他告诉大家,他要讲故事,讲一个大伙没有听过的、有疼也有爱的故事。他的开场白吸引住了大伙。此前,人们只是在茶铺里听过说书,在戏院里看过戏,在火塘边听过老人讲前朝往事。现在,一个解放军的营长,要给大伙讲故事,真是令人新奇。

胡笙先讲那匹马。讲那看似牲口、实通人性的幺哥。幺哥在他胡笙生命中几个重要的节点上,都出现了。它是功臣,它的贡献超出了一般的牲口。幺哥是乌铁的好兄弟。乌铁好，幺哥自然就好。它是有灵性的动物，能看懂人的形容，能听懂人的语言，能揣度人的心理。胡笙把一个个细节娓娓道来，大伙听得无不动容。幺哥好像听懂了，甩头踢腿。它经历过，它忍受了。接着，就有人递来红绸扎成的大红花。胡笙走到幺哥的前边，给它戴在头上。幺哥得此殊荣，甩甩头，摆摆长尾，居然有些自得。

接着胡笙开始讲这匹马的主人，讲乌铁。

事实上，关于乌铁，还有谁比他自己更清楚的？

当年，乌铁最后一次表示要上前线，开杏依然不理会他。失望了的乌铁，急吼吼地随部队直奔前线。他们穿过乌蒙，从贵州出境，一个半月才到台儿庄。他们都是刚招募的新兵，此前，大多只会举锄头、提砍刀，连枪都不会扛，更别说使用了。在路上，他们一边走，一边接受教官的教导。列队、体能、救护、射击、拼刺刀、投弹、背包、炸药包的捆绑，受伤后的自救……这些对于乌铁来说，都不难。一个刚会走路就能骑马、刚会眯眼就学打枪的人，在这样的队伍里，肯定出色出众。苦不怕，累不怕，腰他挺得最直，腿他踢得最高，枪他打得最准。很快，他成了部队里最引人瞩目的士兵。

部队里还有另一个引人瞩目的士兵，就是胡笙。胡笙除了拿起笔时有些豪迈，讲起课来有点扬扬自得外，更多时候却无缚鸡之力。眼下让他背着背包、扛着枪，在一条不知未来的路上狂奔，他真吃不消。夜半，突然哨子一响，在梦里寻找开杏的胡笙，不明就里，一骨碌跳了起来，衣服穿错了，背包捆不拢，四下找不到方向。拼刺刀时，老是方向不准，手软嘛！投弹呢，居然把手榴弹扔到了身后的人群里——幸亏那是用来训练的哑弹。毛胡子连长怒火中烧，冲过来，往他屁股上几脚，踢得他半身发软，疼到心头，差点昏厥。

"别在我姓安的面前装尿！"毛胡子连长喝道，"上前线不是去耍亲戚！"

此前，他们俩互不相识，现在，胡笙太引人瞩目，让乌铁晓得，这个文弱书生，就是占据开杏内心的那个人时，他哈哈大笑，优越感出来了。每次出操，舞枪弄棒，他都表现得更为刻意。

"乌蒙山里的硬汉，有你，我们还怕啥日本鬼子！"

"是骏马，要看它转弯；是勇士，我看他冲杀。这乌铁，要不了多久，就怕要升职呢。"

"让乌铁来当我们的教官吧！"

很快，连队里就有不少追随者。乌铁觉得自己是来对了，那些日子和开杏在一起的屈辱没有了。看到胡笙站在队列的后面，畏畏缩缩的样子，他肚子都笑痛了。这孬包，也值得开杏牵挂，恨意又多了几分。

过了贵州，过长沙，到武汉。金沙江的下游，浩荡而辽阔，让乌铁感慨人间之宽广。到了山东，吃上了又红又甜的枣子，便知道离战场近了。这天，安连长收到上级的密电。可身边的秘书是个白面书生，突然重病，人事不省。密电得专职人员办理，可现在哪有专职人员？安连长在乡下出生，没有进过一天学堂。任他眼睛睁多大，就是读不懂。安连长急了，只能铤而走险，在队伍里找个可靠的人来干。可这几百号人，就没有一个能完整将密电里的文字翻译出来。他站不是，坐不是，看谁都不顺眼，张口就想骂人，抬腿就想踢人。这时候，胡笙走过来，接过密电。

"我试试。"胡笙说。

"念！"连长起立。

胡笙清了清嗓，字正腔圆地读起来：

"急。台儿庄卢军长永衡并转安、高、张三师长：前电计达。查我国在此力求生存之际，民族欲求解放之时，值兹存亡绝续之交，适如总理所云：我死国生，我生国死。虽有损失，亦无法逃避。况战争之道，愈打愈精，军心愈战愈固，唯有硬起心肠，贯彻初衷，以求最后之胜利。万勿因伤亡过多而动摇意志，是所切盼。龙云。先秘。印。"

加密电报层层下传，直到连部，这种情况不多，可见局势之严峻。

胡笙的出现，让安连长深感意外，欣喜若狂。胡笙的胸口中了重重两拳：":狗×的,你是上天送来帮我的吧!"胡笙被他打得脸色寡白,差点倒地。他得到了安连长的认可,给他安排了新的任务,就是陪在连长身边,及时处理文字上的事。

胡笙和乌铁,一文一武,一黑一白,成了安连长的左臂右膀。也就是到了这个时候,他们才知道对方,才知道走上这条路,都是因为开杏。

翻过无数的山岭,露宿过无数的野地,吃了很多次的冷水泡饭,他们来到了台儿庄。很快,乌蒙山来的上万士兵被分散到了各连队。原以为他俩会就此分手,可想不到的是,安连长把他们都留在了一个班。不是冤家不聚头啊!

"嘀嘀嘀……"又一封密电,电报员迅速呈来。胡笙一看,傻眼了。那些文字,他一个也不识。

"是夷文。"乌铁勉强能看出。

到了前线,战事复杂,滇军重要的密电,传递方式常有变化,让日本人云里雾里,难辨东西。这不,他们居然用上了夷文。日本兵肯定傻眼。而滇军中的汉人也是一无所知。但是,从乌蒙前来的夷人不少,其中还有祭司后人,他们都懂夷文。安连长高兴极了,便让报务员、懂夷文的士兵,以及乌铁,一起商量,力图翻译得更为精准。原以为夷人文化落后,想不到在此,居然派上大用场。几人蹲在土筑的掩体里,商量了一会儿,翻译了出来：

"急。台儿庄卢军长永衡弟：前方急需兵员补充,此间亦深知之。帷一次即要求补充一两万人,不特征调困难,即护送人员,亦不易选派。兹与军政部商榷,决定先行征调一万二千人,及时便可出发,仍经毕节、泸州前进。刻选护送人员,实感不易,前方官长,可否酌派一部到泸州接护率领,盼即电复。龙云。元秘。"

胡笙有些尴尬,乌铁却扬扬得意。安连长知其二人有些芥蒂,指着他俩的鼻子："当前以大局为重,谁敢内讧,诛!"

两人吓得毛发倒立,迅速立正："是！遵命！"

战前动员,安连长将所有士兵全集中在一起。安连长站在土坎子上做动员讲话,讲得声情并茂,讲得所有士兵热血沸腾:

"今天,我们就要上前线了!日本鬼子践踏我国土,侵略我家乡,欺凌我乡亲。不杀倭寇,誓不还家!"

"有我在,阵地在!有滇军在,中国不亡!"

"尽所有之人力,贡献国家,牺牲一切,奋斗到底!"

他们还唱起了军歌:"我们来自云南起义伟大的地方,走过了崇山峻岭开到抗日的战场,弟兄们用血肉争取民族的解放,发扬我们护国靖国的荣光……"

动员结束,稍事休息。胡笙闭目养神,眼前又有开杏出现。开杏正坐在谷草堆旁做鞋,见他来了,忙起身躲了起来,却又回过羞怯的脸,偷偷看他。胡笙追过去。突然有人抓住自己的衣领:

"老表,战事如此吃紧,你倒是悠闲!"

睁眼一看,是乌铁。

"跟我来!"乌铁说。

胡笙并不想听他调遣。

乌铁说:"想教你打枪啊!这些天,你很认真,但有些技巧,还得再掌握。否则上了战场,只能给鬼子填枪眼!"

乌铁话虽难听,却还算在理。胡笙正在犹豫。安连长在他后面大声说:"战场上的死活,是能力的较量。胡笙,听他的,没错!"

乌铁从枪支的结构、性能到打枪的技巧,一一给胡笙作了讲解。胡笙还算听得进去,照乌铁给他说的,认真训练,还真有收获。

胡笙还是累,再次闭上眼,开杏又出现在眼前。开杏穿着大红的衣服,顶着红盖头,骑着高头大马,从谷草堆后走了出来。

"开杏……"

有人往他脑袋上重重一拍,胡笙醒了。胡笙晃晃脑袋,睁眼一看,还是黑嘴黑脸的乌铁。

这可恶的家伙,又出啥臭招?

胡笙跟他走了几步,绕到土堆背后。几根树桩上,撑着一张生牛皮,还有牛头和四蹄。估计那牛刚杀,牛皮上的血水滴滴答答往下落。

"你干啥?"胡笙吓了一跳,"你偷村里的耕牛了?"

"胡说!今天兵营打牙祭,我暂借一下。"

"你啥意思?你弄这皮来,连队的伙食不好吃吗?你是要炖?是煮?还是凉拌?"

乌铁知他是在取笑,不和他寡扯,而是认真地告诉他:"先前的誓师很好。我是夷人,我得按照夷家的风俗办。大事面前,夷人是要钻牛皮的。"乌铁在牛皮下钻过,朝着东方行了个礼,"天神恩体古兹在上,我发誓,我乌铁有幸能上前线保家卫国,是人生之大幸!我要是临阵退缩,贪生怕死,就让天打雷劈、跌崖落水、刀砍箭射……"

这毒誓把胡笙吓得不轻,他定定神说:"用事实说话。"

"肯定的!"乌铁突然说,"胡笙兄弟,要是我真的死了,我有一事相求。"

"啥?"

"炮弹是不长眼睛的,我死了,你活着,开杏就交给你了。是我的错,让她过得好纠结。"乌铁明显后悔。

胡笙也因之动容:"好!好!如果我死了,你活着,要善待开杏。她真是可怜……"

"如果我们都死了,那开杏怎么过哟……"乌铁说。

听到这话,胡笙抱着脑袋,缩在尘土里,两眼呆滞,说不出话来。

"汉子不躲岩下,胆小不站河边。"乌铁笑,"老表,跑到前线来筛糠打摆子,丢乌蒙山人的脸了!"

胡笙咬咬牙,将帽子摘下,扔在地上,眼里全是火在燃烧:"怕死?怕死我就不来了!堂堂七尺男儿……"

"这话听得哟,"乌铁将肩上的中正式步枪取下,端起,朝着天空仓皇飞过的麻雀瞄准,"老表,我们夷人治军,有个规矩:前面中枪弹者,奖;背后有刀箭伤者,死!战场上,宁可向前一步死,不可以退后半步生!谁给乌蒙山人丢脸,贪生怕死,军法不饶!家支的规定不饶!"

"充啥犼犼,"胡笙讽刺他,"我知道,你眼睛一大双,鼻子一大只,吃饭一大盆……"

古书上说,犼是一种类似狗而吃人的动物,乌铁知道。但他挺了挺身,眼睛一鼓:"是呀!怎么着?"

乌铁没少为自己的体能骄傲。

"你就是牲口脾气!睁眼瞎!"胡笙很惋惜,"写两篇文章给我看看。"

"耍嘴皮子有啥用?有肝有胆,别成氽稀饭,别当瘪尿罐!"乌铁的拳头攥得嘎巴响,"把杂种撵走,比写一百篇文章强!"

"……"

他们就是这样互不买账,直到决定命运这一天的到来。

战事说来就来,现场让人惊心。尖啸的子弹,穿过心脏或者脑壳,只是瞬间的事。炮弹呢,不管是飞机扔下的,还是迫击炮射来的,一次就会削掉一个山头,一次就会将一片森林夷为平地。要的命不是一个人的,是一群人的。在很短的时间里,他们感受到了纵火弹、烟幕弹、化学弹、照明弹、杀伤榴弹、破甲弹带来的恐怖。这哪是战场,简直是地狱,是地狱中的地狱!他们不止一次看到,身边活生生的人,连哼一声都来不及,便倒在战壕里,不再爬起。或者是一声巨响,旁边的人,立即被撕成碎片,飞上天空。

这是日军大规模反扑台儿庄的时候。天上飞机,麻雀一样密密麻麻,在低空中呼啸。以前,胡笙觉得麻雀好看。麻雀最多的时候,是每年的深秋。杨树村的稻谷熟了,麻雀们被那香味迷住,天南地北地飞来,住在白杨树林里就不走。而那个时候,收割是男人的事,开杏、金枝这样的女孩子便不再下田,她们就做针线。做花围腰,缝新衣,纳布鞋,这些都是开杏的强项。巴掌大的布片上,绣的鸟像在叫,绣的花留香。关键是穿着得体,脚掌塞进去,娘肚皮一样舒服。"这开杏哪,怕是上天专门安排来做手工的。"村里人说。胡笙打小就喜欢她。他们约好了,谷雀飞满天的时候,家里谷黄了,猪胖了,就成亲。胡笙甚至在古城里的私塾旁边,租了一间小屋作为新房。但那些梦想,都因眼前这个黑脸夷人的介入,发生了根本性的逆转。他恨乌铁,他在梦里不止一次地打乌铁的耳光,踢乌铁的胸口,甚至提把刀来,一刀一刀剐乌铁。胡笙不止一次提笔,写文章来批判他,诅咒他。有一次,胡笙跑到关公和包青天的塑像前,烧香点烛,磕头作揖,把牙齿咬出血来,希望神仙助他一臂之力,报仇雪恨。运气来了,眼下这个仇人,居然与他一起从军,居然在一个班,居然每天和他鼻子触眼睛。

冲锋号嘟嘟嘟嘟地响,催得凶。乌铁麋鹿样一跃而起,瞬间钻进黄色的尘焰里。胡笙紧跟其后。安连长告诉过他,跟在乌铁身边,是最安全的。乌铁跳过一个水坑,胡笙就跳过一个坑。乌铁穿过一个火堆,胡笙就穿过一个火堆。

勇猛、主动的进攻,将日本鬼子吓蒙,他们丢下几具尸体,仓皇撤退,枪炮声暂时熄灭。胡笙靠在一块岩石上,喘了口气,开杏又出现在眼前。开杏没等他追过去,又突然消失。他睁开眼睛,看到的不是开杏。前边山冈上,几个日本兵往这边慢慢爬了过来。乌铁举起枪,瞄准,手指扣住扳机,只待他们进入射程。胡笙将枪口对准靠前的日本兵,屏住呼吸。这是他第一次杀敌。他需要成功。

近了,越来越近了。日本人黄色的衣服清晰了,枪管前端的刺刀散发出银白的光芒,黑洞洞的枪口和黑洞洞的眼神,还有黑乎乎的胡须,都历历可见。

胡笙扣动扳机。

一声枪响。准星里的日本兵,晃了晃身子,扑倒在地上。

胡笙再次扣动扳机,又有日本兵倒下。前边的乌铁回头,看了一眼胡笙,点点头,腾出手来,给他竖了竖大拇指。

这一气,胡笙至少打倒五个敌人。

日本兵停止了进攻，战场上静得出奇。仔细看去，日本人居然在往后退。日本人诡计多端，不知道他们要耍啥把戏。胡笙的准星里，一个宽厚的背影出现。这人跳出掩体，扑了过去。这人不像麋鹿，倒像一头豹子。

是乌铁！就是这杂种，抢走了自己的女人，让自己走到这一步。胡笙眼睛鼓得大大的，这只豹子在准星里晃动。晃到左，胡笙的准星就偏向左。晃到右，胡笙的准星就偏向右。"咚！咚！咚！"豹子的脚步声。"咚！咚！咚！"胡笙的心跳声。这些声音掩盖了一切。胡笙的手指朝扳机轻轻扣拢。天空中有飞机的啸叫，乌铁回头，他朝胡笙冒烟的枪管看了看，糊满尘土的面部笑了，露出几粒白森森的牙。

胡笙全身颤抖，即将扣动的食指松开，沉重的步枪落在地上。也就那么一瞬，天空中黑烟泛开，十多架飞机，老鹰一样俯冲过来，飞机里，不断地有黑乎乎的炸弹，朝地面扑了下来。地裂，土崩，火光，尘土，浓稠的烟雾……天地之间，全被裹搅在一起。天地之间已经没有了界限。

"卧倒！"

安连长似乎将嗓门喊破。乌铁突然转身，迅速蹿回，张开的双臂像大鸟的翅膀一样将胡笙覆盖。胡笙被闷住气，呼不出，吸不进，他心跳加速，头昏脑涨。他踢乌铁，他抓乌铁，甚至张开嘴，要撕咬他。一点用也没有。胡笙伸手拔腰里的短刀，想以瞬间的力量，击穿这个人的胸膛。他想爆炸，让自己巨大的能量，将这个可恶的家伙炸个七零八落、灰飞烟灭。但是晚了，巨大的震动伴随着巨大的轰鸣从天而降，大地好像翻了个身。他被巨大的力量摁住，变得渺小而无力。天地越来越大，自己越来越小。自己的小，到了极致，小狗，蚊虫，尘埃……甚至无限地小下去。他哀叫，呻吟，竭力挣扎却无法动弹。

我在哪？我都干些啥了？我是怎么回事？我要往哪里去？"我活不下去了，我要死了。"他想。然后，他什么都不知道了……

这是一场让历史详细记载的、最伟大也最恐怖的战役，几天下来，来自乌蒙的将士，至少有三千人捐了性命。战斗结束，胡笙被打扫战场的士兵,从死人堆里拽了出来。摸摸鼻孔,居然还有微弱的气息,士兵便将他抬到战地救护站。还好,除了皮肉受了些伤外,他居然完好无损。耳朵是有些麻木,但护理的喊话他能听到。腿还不听他使唤,但稍用力,脚指头还能蠕动。他在床上躺了四五天后,便自个能走动了。他问安连长的下落,没有人知道。他问黑脸高鼻的乌铁的下落,也没有人能说清楚。他努力回忆此前的情形,除了安连长的喊叫,除了乌铁宽厚的胸膛,便什么也没有了。

战争结束,其间胡笙遭遇很多,他决定离开部队。临走前,他到医院看望那些活下来,却又肢体不完整的战友,意外地见到了安连长。安连长还躺在床上。胡笙翻看他身上,鳞伤遍体。他手里抱着一个瓷缸。胡笙接过一看,里面半缸子弹片。

"三十六块。"安连长的毛胡子动了动,"还有些更碎的,数不清,扔了。"

"你是铁人。"胡笙敬佩他,"弹片都碎了,你的脑袋、心脏都还好好的。"

"那是。"安连长晃晃瓷缸,里面叽叽喳喳。胡笙探头一看,一大堆破碎的弹片中间,居然还卧着一只口哨,黄铜的,有些锈蚀。

"啥意思?"胡笙有些奇怪。"此前我给乌铁的口哨啊!听听这声音,聒噪,却舒服。"安连长说,"我们都还活着,活着不容易,好好活啊!"

胡笙蹲在病床前,放声大哭。胡笙哭够了,说:"我想看看乌铁。"

"我也想看看他,可到现在,一直连影子也没有见到。"安连长说,"当时,我眼睁睁看到乌铁扑过来,压住你。那样子,母鸡护儿啊!"

胡笙的脑袋卡住了,天旋地转。乌铁黑黑的脸,白森森的牙,还有笑,不断地在他眼前出没。

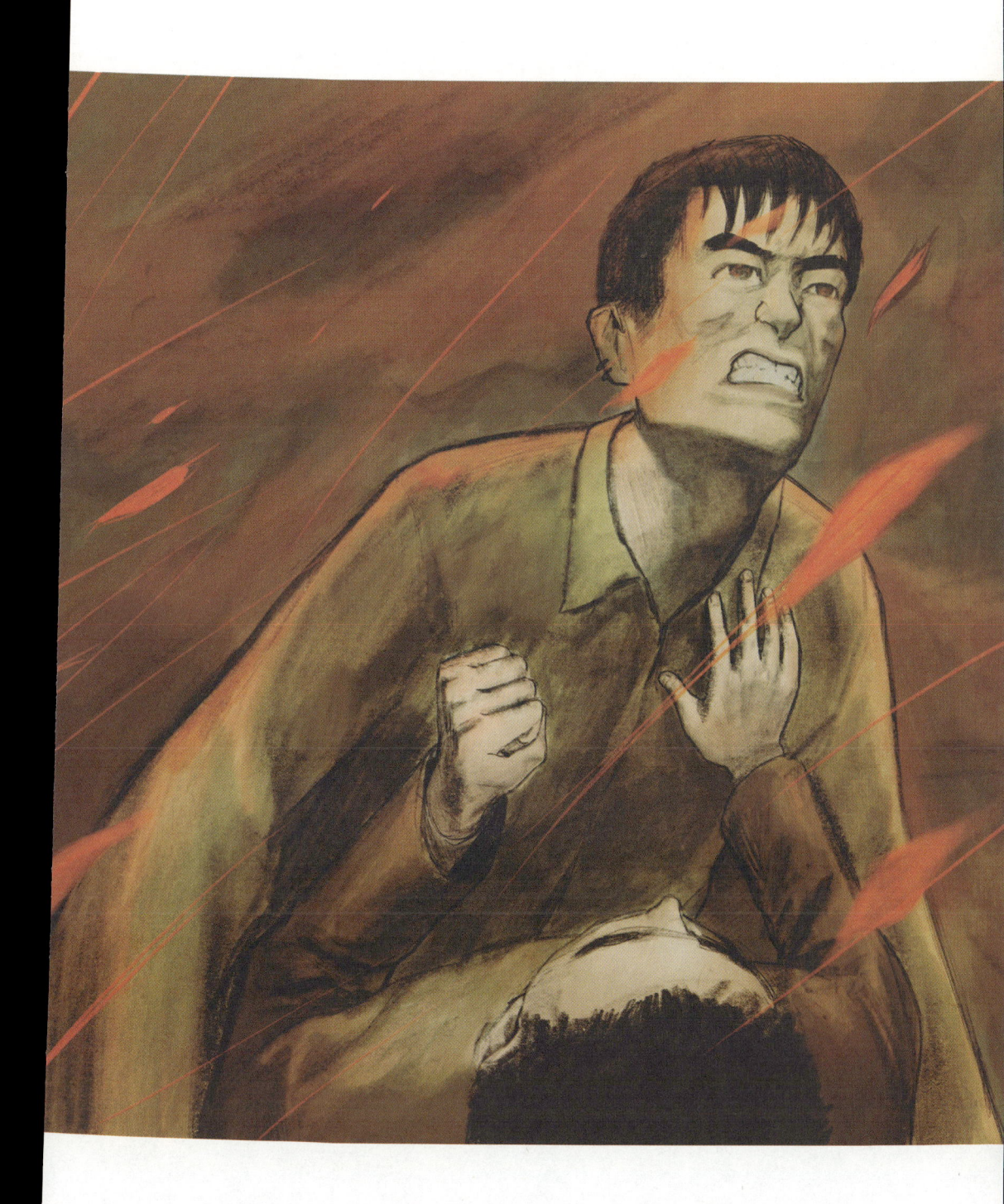

乌铁突然转身,迅速蹿回,张开的双臂像大鸟的翅膀一样将胡笙覆盖。

老　马

　　这么多年了,胡笙感念从阎王爷门前逃回的那一刻。生与死,爱与痛,大与小,宽与窄,长与短,多与少,在岁月的蹉跎里,变成了另外的样子。他俩之间最隐秘的东西、最高贵的东西,将他俩紧紧拴在了一起。当然胡笙并未全讲。胡笙择重要的、正面的讲。一边讲,他一边流泪。乌铁肯定是英雄。英雄落至此地步,肯定是大伙不愿意看到的。在胡笙的叙述里,乌铁的形象更高大,更完美,更令人景仰。当然,胡笙没有讲自己的小,说起来也真让人害羞。他那些让人不齿的阴暗与狭窄,在后来的各种各样的遭遇里,被战火熔化了,被时间淘洗了,被阳光晒亮了。回到乌蒙的这段时间,他一直在看,在想。当年那个犯过错、救过人的夷人,并不是那样令人讨厌,并不是想象中的那样坏,并不是某些人认为的那样无耻。相反,他很可怜,他一直被压制,被折磨,被诬告,过着常人难以想象的苦痛的生活。他今天的所为,就是力图洗净这个人满身的误会与污浊。乌铁的胸怀、大爱和他的付出,足够让那些说坏话、干坏事的人自惭形秽,良心发现。

　　听完胡笙的讲述,台下一片哽咽。乌铁这样的英雄,理当受到他们的尊重。此前,人们对他的不屑,对他的嘲笑,甚至对他所犯的错切齿咬牙。现在呢,那种看法都随风而逝。乌铁身边这么哥,也是他们所佩服的。此前他们只看到这枣红马气宇轩昂,端庄高贵,但想不到它还有着惊心动魄的故事。那些天里,不断地有报社的记者来采访,有学校的孩子们来请他讲故事。他们给他送衣服,送粮食,送锅碗瓢盆,送鲜花,送荣誉证书,送锦旗。可于他而言,又有啥可讲的呢?喉头发硬,大脑一片空白,他一句话也说不出来。也不是不想说,是本身就没啥可说的。战场上救人,属于他这个夷人的本能。当年由抢鞋到抢人,大约也是如此。孩子们没有听到他生动的讲述,有些小小的遗憾。但他们能见到活生生的英雄,和那匹充满传奇的骏马,就已经足够了。

照例要照顾好幺哥的。再将幺哥拉出院子时,乌铁看到幺哥动作有些迟缓。仔细看去,幺哥已大不如前。它的皮毛、它的动作、它的嘶鸣,还有眼神,和当年在金沙江两岸纵横驰骋的幺哥,已不像是一匹马了。"最好让它下个儿。"开杏说。如果它有个儿,它的一切,都不会因为衰老而成为往事,年轻的生命会将所有的活力传承,会将它的生命和品格延续。可当有人乐颠颠地将摇头踢腿的小骡马拉到它面前时,幺哥也就吹吹鼻子,摇摇尾巴,不再理会。乌铁让开杏到孙世医的药铺,弄来一些给马壮阳的草药,煮出汤汁,在开杏的配合下,撬开它的牙口,喂了几次,还是没啥效果。

看来,它真的老了。

乌铁出了名,来看望他的人很多,买他鞋的人也不少。这样,乌铁就忙了。忙起来的人,精神好得多。乌铁容光焕发,做鞋的速度就更快了。晚上,挑水巷不得安定。就有好几次深夜,有人拨门。门闩被弄得哗啦响,乌铁以为是来定制鞋子的人,举着油灯摸索过来,打开门,却只有一股冷风,在巷子里蹿来蹿去。这种情况不止一次。乌铁感觉到不对劲,每听到这样的响动,便举着一把柴刀,打开木门。有一天的后半夜,他又被奇怪的声音惊醒。他摸索着起来时,却看到幺哥被牵出来,已经快到门外。他大喝一声,将手里的砍刀甩出。锋利的刀砍在那人的脚上。那人惨叫一声,巷口蹿来几人,架着他迅速逃走。

"看来,是有人相中幺哥了。"乌铁说。

"是棒客。"陆大爷说,"昨天夜里,我从门缝里看了,有一个是只独眼。"陆大爷指指廊檐,几天前他挂晾的萝卜皮,也不见了。棒客饥饿到了这一步,恐怕啥事都干得出来。

独眼!古城里一直有人在传这人神出鬼没,手段非常。开杏脸色突变,心悬起了老高。

解放军进驻乌蒙城后,棒客们纷纷逃亡。他们藏匿于乌蒙大山里,像金沙江里的尘沙,你找它,根本就找不到。它硌你,会让你疼得受不住。棒客一会儿渡过金沙江,搔扰凉山,图财害命,一会儿钻进乌蒙,欺男霸女,偷吃抢穿。胡笙加强了警戒,策划了几次大规模的剿匪行动,大帮棒客落网,但残余未清。他们实在熬不住了,就会偷偷摸摸进城,抢盐巴,抢辣椒,抢布匹,抢大米、土豆。

现在,他们又在挑水巷出现,而且针对的是幺哥。乌铁找来木条、铁钉,将门窗加固,将马厩加固,在门板背后挂了几串铜铃铛,在床边放了铁锤,在枕头底下塞了刚磨的夷刀。

啥都可以不要,幺哥不可放弃。乌铁将拳头攥得嘎吱响。

但好像从那以后,棒客就再也没有来过。是开杏告诉了乌铁原因:每天夜里,都有解放军扛着枪,在挑水巷的两头,走来走去呢!

陷 阱

这些天,挑水巷里热闹得不得了,好事、喜事随时都有。这不,天一亮,房顶上居然又有喜鹊叫,叽叽喳喳不离开。这不,孙世医来挑水巷了。

"看脚?刚回来就给我看脚?"乌铁兴奋得不得了,他小声说,"听说,你学习回来,就要当医院的院长了。"

"别乱说。"孙世医看了他一眼,"那是组织的事。"

乌铁笑笑,大声请对面的陆大爷送来茶水:"喝口茶,歇歇。"

"先看看。"孙世医说。近几年,乌蒙往外的通道打通了,往来的人流、信息增大。孙世医生对西医有些了解,半年前,经过胡笙协调,安排他到上海的大医院学习。刚回来,他就来看乌铁的脚了。

其实,乌铁这脚,孙世医也不知看过多少回了。乌铁有些灰心。如果是棵树,砍了枝,枝还会长。是块土豆,切了一块,它也能再生。但这脚,人身上的一大块肉,怎么就不能长出来?是不是天神恩体古兹就没有这样安排过。

孙世医挽起他的裤脚,看得比以前更仔细。他看伤口的形状,分析当时弹片的形状、飞来的角度和力量。他用尺子量脚的长宽,伤口截面的面积,精确到毫米,测算乌铁的体重和每只脚应该有的重量。这些年来,孙世医没少为他操心,随时给他上药,和他说话,疏导他心理上的痛苦。但除了伤口不再发炎、不再积脓,这腿也没有啥大变化。每一次搂起裤脚,他希望两只脚意外出现。每一次起身,他都做出大步走路准备,可事实并非如此,令他失望。

"这脚,这辈子怕是找不回了。"

"现在医学发展很快,也说不准。"孙世医看完,点点头,笑。

失去双脚这些年,乌铁每次做梦,都在找脚。有时梦到脚在天上,他就长对翅膀,飞上云层;有时梦到脚在水里,他就扑通一声跳进江中,摸到的却是开杏的手;更多的时候,到处都是脚,密密麻麻朝他心口踢来。醒了,却是开杏给他盖了厚厚的被子。每时每刻,他都想能站起来走路,希望自己的事情自己能做。就是孙世医,也曾非常肯定地说不可能。可现在,他的话又模棱两可,似有矛盾。

夜已经很深了,开杏睡去。乌铁摸索着打开墙柜,搬出一堆裹得严严实实的包袱。里面是一双双布鞋。加起来,应该有好几十双吧!这些布鞋都一样大,男式,鞋面有棉布的,有纱布的,有麻布的,还有丝绸的。颜色有蓝色的、白色的、灰色的、黑色的,也有红色的。这些鞋子做工精细,一针一线从不含糊。这是乌铁这些年来对失去的脚的怀念。每每有空,他就给自己做上一双鞋。没法穿鞋,却这样喜欢鞋,也只有经历过非同寻常的苦痛的乌铁才会有的。这些鞋,是乌铁对自己失去的脚的纪念。

隔墙有响动,乌铁摸索过去,却是幺哥在踢腿。幺哥立起耳朵,将尾巴夹了起来。乌铁一看,就知道它的紧张与不安。

乌铁摸着它粗硬的铁蹄:"夜半三更,别闹了。"

后半夜,挑水巷里乱得不行。马蹄声、马的嘶鸣、人的脚步声、人的喘息,还有令人恐怖的追杀声,此起彼伏,一直不断。乌铁以为梦又开始了。

可当开杏惊慌失措地披衣起床时,他才知道这一切都是真的。

"有棒客来了吗?"乌铁再次检查门窗,将枕头下的夷刀捏在手里。

很快,各种响动消失,挑水巷万籁俱寂。

好不容易熬过一夜,天大亮,乌铁才打开门,陆大爷提着茶壶过来,给乌铁倒了一碗茶。

"是棒客向解放军示威。"陆大爷说,"那棒客胆子也太大了,根本没有把胡营长当回事,公开挑衅!"

听陆大爷断断续续讲了些,开杏吓慌了,搂着大肚子,去了兵营门口。兵营门口人不少,大家都在议论着昨夜发生的事。近段时间,胡笙剿匪办法多,力度大,独眼麦昂躲在深山里,吃的喝的都没有,受不了,每出来抢一次,就受一次重创。上次要不是开贵无意帮了忙,他早就被胡笙抓获判决了。

麦昂逃回山寨,发了两天呆还心有余悸。自解放军进驻乌蒙后,他的日子便开始难熬。上山的十多年来,他的日子过得优哉游哉。没有吃的穿的,他就带着手下人,到山下溜达一回,从来就没有冷着饿着。有一次,他下山打劫,往回走时,意外地见到饿昏在路边的金枝。麦昂让手下人扶起来,给她吃的。这种在路上逃荒饿昏冷死的人,不少呢!正要走,麦昂不经意一瞥,慢慢睁开眼的金枝,漂亮呢!

这么漂亮的女人,昏倒在路上,肯定有故事。

麦昂跳下马,和颜悦色地问:"妹妹,怎么了?"

金枝看了看麦昂,看了看旁边的几个人,再看看周围的群山和通往远处的山路,呜呜咽咽哭出声来:

"我孩子不见了……"

"怎么不见的?你慢慢说。"

金枝想孩子了,就走不远。晚上,她就往挑水巷跑。到了乌铁家门口,她不敢进,也不能进,就躲着看,躲着听。从窗格里,她会模糊地看到开杏抱着娃儿,在屋里一隐一现。她也会从门缝里,听到娃儿偶尔的哭闹。那时候,她最揪心。娃儿不是饿了,就是尿了,或者病了。她急得团团转,一点办法也没有。要是开杏开门,或者陆大爷在茶铺里咳上一声,她就会麋鹿一样跳开。那天晚上,娃儿一直在哭闹。想不到,开杏发脾气了,吼了两声,打开门,就将娃儿放在了外边。

不是自己生的,肯定不会疼。金枝跑过去,抱起就跑。城里到处都有人家,可没有一家会收留她。东西南北都有路,可她不知道走哪一条。回到杨树村,开贵没有踪影。门锁了,生了锈,金枝拾了一块石头,将门砸开。几只硕大而肚皮空瘪的耗子,从她的脚背上爬了出去。

金枝吓得踉跄出门。家家关门闭户,缺少人烟。就是麻脸石匠和盼姐,也没有在家。他家两口子是村里唯一留下来的青壮年。听说这些天,他们也熬不住,上山挖草根剥树皮度日。金枝就往村外走。金枝想,实在不行,她去找哥哥。自家的哥哥那里,肯定能有碗饭吃。她就往哥哥离开的方向走。越走路越窄,越走山越高。走着走着,她就累,软,昏。她一跤跌下,就啥也不晓得了。

不久,金枝醒来。她感觉到脸上有些热乎,鼻孔里有些腥。睁开眼,两只绿眼睛盯着她,通红的舌头,在她脸上舔来舔去。金枝知道是狼,她圆睁眼睛,大张嘴巴,声嘶力竭地吼了出来:

"啊——"

那狼被金枝的恐吓所吓,掉头逃命。旁边另一匹狼,四蹄腾空,瞬间钻进山林。它的口里,叼着一团黑乎乎的东西。

是娃儿!

金枝站起来就追。可她追不了几步,那两匹狼就没了踪影。她跌倒在地上,饿、累和恐惧,再次将她击倒。

"我领你去找吧!"麦昂听完她的哭诉说。

"太谢谢您了!只要找到娃儿,你要我干啥都行……"

"我要你……"麦昂停了停,"你会做啥?"

"我……我会养猪。"

"这不行。"麦昂问,"还有呢?"

金枝生怕他扔下自己,急得直冒汗,慌忙从背袋里掏出一双鞋垫:"我会做这个。"

麦昂接过一看,这鞋垫做得挺结实的,上面有龙,有凤,有牡丹。这些都很正常,好多人都会绣的。更重要的是,上面还绣有村庄,有池塘,有白杨树。这是创作,一般人不行。

"是你做的吗?亲自?"

"是我做的。"

"我不信。你能把对面的山和那棵树绣下来吗?"

"有啥不信的?我做给你看。"金枝说着,就从包里找针线,开始做起来。不一会儿,对面的山、树,还有天空中的云,都绣在了金枝手里的鞋垫上。

还怪像的。麦昂点点头:"这样,你到我们村子里,如果做得好,就留下来。一边找娃,一边给我做鞋垫。我们供你吃,供你住。"

听到麦昂的话,金枝看了看麦昂的样子。那言行,那举手投足,像教书的哥,她信了。麦昂穿着还算得体,一脸白嫩,一看就不太像恶人。

骑上那些人的马,摇摇晃晃,穿云钻雾,半天后,到了目的地。这哪里是村子,就是个石头垒起来的简易城堡。门里门外,重兵把守。吃的住的,都在山洞。金枝一看,知道遇上棒客了,她魂飞魄散。但她不敢造次,她想,要保全自己,得从容应对。

她开始给麦昂做鞋垫。山寨的库房里,上好的布料还不少,金枝选择了一些,给麦昂量了大小,剪出式样,便开始做。没有彩线,麦昂就安排人下山去买彩线。没有钢针,麦昂就安排人去买钢针。两天后,一双漂亮的鞋垫就做出来了。鞋垫拿到手,麦昂笑得合不拢嘴。他舍不得放进鞋子里,舍不得将脚放上去,而是凑在鼻孔前,嗅来嗅去。

"我给我哥做过,"金枝说,"我哥教书,爱干净,很讲究呢。"

麦昂放下鞋垫，走过来，眼睛一眨不眨地看着金枝。

金枝很奇怪："你看我干吗？"

"你让我心动了。"

麦昂张开双臂，将金枝搂住，扛起，就往睡觉的地方走。金枝挣扎，一点用也没有。很快，她被扔在床上。

麦昂眼睛里满含欲望："知道吗，我越来越喜欢你了。我忍不住了。"

"你不能的！"金枝说。

"我想要的，没有得不到的。"麦昂说，"这几年来，我很少动心。"

"我不给的，从没有谁能得到。"金枝说，"这一辈子，给过一个人，就不会再给另外的人。"

"那人是谁？"麦昂很好奇。

"我男人。"金枝说，"他叫开贵。"

"在哪？"

"逃荒去了，讨口去了。"提起他，金枝满脑子的恨。

麦昂笑了，自信地扑了过来。金枝反抗，挣扎。金枝体力不错，居然让麦昂无可奈何。麦昂生气了，脸色一变，眼睛冒火，直逼过来。金枝藏在身后的手伸了出来，猛地一挥，剪刀闪着寒光，刺进了麦昂的眼眶。麦昂声嘶力竭、痛苦不堪，他大叫：

"天哪！我的眼睛！"

闯祸了！金枝吓坏了，她瑟瑟发抖，又一用力，努力将剪刀拔出来。剪刀拔出来了，刀尖上挂着一颗血淋淋的黑眼珠。

"哥！我不是故意的！对不起！对不起！"金枝一边将那眼珠往眼眶里塞，一边叫，"来人哪！快来人哪！"

很快拥进一大群人。有人迅速将麦昂抬出去，有人拿来棕绳，将金枝捆了起来，在她身上拳打脚踢。很快，金枝被打得鼻青脸肿，奄奄一息。

金枝昏了过去。不知过了多久，她醒过来，全身酸麻。她被挂在树上，全身赤裸。麦昂坐在对面的太师椅里，有些虚弱的样子。他的眼眶上,敷着一个大大的药包。

"哥,"金枝呻吟着,"别杀我……"

"醒了。"有人凑在麦昂的耳朵边说。

这个女人,脱了衣裳,更是好看。麦昂擦了擦口水。

"你赔我的眼睛吧!"麦昂说。

"哥,你放下我,我都被捆死了。"

麦昂说:"放下她。"

金枝被放下,身上的绳索被解开。有人端着一个盘子,走到金枝身边。盘子里,有一把细而薄的剜刀,寒光闪闪。

"哥,你真要我的眼睛?"

"杀人偿命,欠债还钱。"麦昂说,"我们祖上就有族训:打残一只手,赔一头牛。打残一只脚,赔一匹马。打落一颗牙,赔一把刀。打瞎一只眼,赔一只眼和一只手。你看着办吧!别让我脏手了!"

"真的?"金枝倒吸了一口凉气。

麦昂点点头。

"好,你是男人,说话算数啊!我赔了你,你就让我走!"金枝说着,从盘子里拿起那刀。那刀锋寒光一闪,就朝自己眼睛剜去。麦昂吓了一跳:

"拦住她!"

"这个女人,胆量还不小!"有人迅速将她控制。

"我说话算数的。"金枝挣扎着说。

"不用她还眼睛了,"麦昂说,"放了她。"

手下人不相信,个个朝他看,满脸惊讶。

麦昂说:"放了她!"

"我对不起你啊!"金枝甩甩麻木的手,"你放我走,我挣钱来给你治眼睛。"

"用身体来还。"麦昂说,"让我睡一觉再说。"

"那不可能,我的身体只属于我。"金枝说,"除了身体,你要啥都可以。"

"除了身体,你还有啥?你啥也没有呀!"

还真是,自己啥也没有。金枝说:"我啥也没有,你留我没用,你就放了我吧!"

"我不会放你走的。"麦昂想了想,"你给我做鞋垫,继续做,不能偷懒。"

"做多少?"

"多少鞋垫能值我的眼睛,你就做多少。"麦昂捂着眼,恶狠狠地吼道。

手下的人吓了一跳,有人暗地里说:"麦昂师兄是不是脑子有问题了?"

鞋垫和眼珠子的价值,根本就不可能放在一起来说。金枝不知道麦昂心里想的是啥。从那一天起,她就乖乖做鞋垫。她在鞋上绣花,绣鸟,绣鱼,绣虫。她还绣上猪、狗、猫、鸡。甚至有一天,她兴致来了,在一双鞋垫上绣了两匹马。那是么哥,一匹是出征时的奔放,昂首长啸;一匹是归家时的沉稳,低眉顺眼。

金枝这手艺,让人意外。麦昂琢磨,这个女人,怎么会落到这样一步?

看麦昂有心情好的时候,金枝试着说:"你答应过我,说要帮我找孩子的。"

麦昂说:"找啦!"

"那天,我看到一匹狼把它叼走的。"金枝哭,"真不知道这孩子,现在咋样了……"

"找啦,暂时没找到。兄弟们还在继续找……"麦昂说。那天,麦昂的手下就在路上打死两匹狼。据他们说,那狼估计是多天没有吃到食物了,他们把两匹狼剥了皮,破开肠肚,里面都空空无有。但那孩子到底在哪?谁也说不清。

有一回,金枝问麦昂,为啥对她这样宽容。麦昂居然哽咽不止。原来,他曾经有个妹妹,和金枝一样大,被官府的人欺负了,侮辱了,跳了楼。麦昂原本是县衙门里的秘书,他四处申诉无门,绝望了,忍不住,举刀杀了那人,约上几个弟兄,跑进了山林,直到现在。

麦昂说:"其实我杀你的心都有的。你叫我哥,我想起了妹妹。我心里疼,下不了手。再让你瞎掉一只眼,这世间不是就又多了个独眼?"

金枝就哭。这麦昂,似乎不太像棒客。金枝告诉麦昂,她也有个哥,因为未婚妻被人抢,上过台儿庄,现在无影无踪。

世道不太平。女孩子活得艰辛,男人也不容易。

麦昂说:"给我吧,妹妹。"

金枝举起剪刀,对着自己的眼睛:"不行,如果你一定要,我会先弄瞎它,再剪断喉咙。"

麦昂带领手下偶尔出山,一两天就回,常常会带回些吃的穿的。山寨里虽然饿不死,但金枝还是想走。半年前,她开始逃跑。有那么两三次,还没有下山,就被捉了回来。

麦昂说:"在我这只眼没有复明之前,你别想出去。"

金枝申请让她上山,她想去打猎,去弄回虎豹或者鹰的眼珠。那些眼睛,如果给麦昂安上,应该行。但没有一个棒客理她。这些神话传说,只有傻瓜才会相信。

金枝被关闭许久。脸白了,腿粗了,人也呆了。就是阳光照了进来,她也没有以前兴奋。麦昂进了山洞,她也就翻过手背,揉揉眼睛,又低头纳鞋垫。

"金枝,你到这里都好几年了,那娃儿,一点影子也没有。说不准,被谁家领走,过上好日子了。"

这种结局当然是最好的结局,可是,谁知道呢?金枝重重叹了一口气,抹了抹眼睛,却没有眼泪。

"可以给我了吗?"麦昂的独眼有些火光。

金枝举起剪刀:"下一世吧!"也只有这个时候,她才是清醒的。

"逗你玩的。"麦昂叹了口气,将金枝手里的鞋垫抢过,"没法活啦!"

"我知道你哥是谁了,我得去见他。他再不让条路,我们都只有死。"

"我哥?哪个哥?"金枝摸不着头脑。

"不是我麦昂,是胡笙。"

金枝一脸茫然。金枝低下头,去针线筐里找布料,找到红的,她放下。去找绿的,找到了,她又剪两刀。看来,这个女人,真的已经傻了。

金枝做的鞋垫不少,麦昂选了两双,装进一个布袋。想了想,他又找出一张纸,在上面写了几句:

"胡大营长,看看是谁做的鞋垫。你的心头肉在我手上。放过我,就是放过她。"

麦昂连助手都不叫一个,只身一人,骑马,出山。后半夜,他来到了乌蒙城。趁巡逻的士兵困倦,他摸索到了兵营外。他取出布袋,往里面塞进一个石头,扑通一声,朝围墙里扔去,转身便走。

在门外守卫的邹常,见有东西落地,以为是炸弹,迅速卧倒。过了一会儿,见没动静,他才小心翼翼走过去,拾起,打开,发现是一封要送达胡笙营长的信,便迅速送到胡笙面前。

胡笙站在地图前,陷入深深的思考。眼下的棒客,已被围剿得差不多了。从来自各方的情况看,这里已经逐步稳定,达到了上级的预期目的。可最近,突然出现一个以独眼麦昂为首的棒客团伙,这之前是没有过的。这家伙组织的队伍不大,但反应迅速,神出鬼没,就是山里的放羊娃,也难以掌握他们的行踪。他们还有个特点,只抢物品,从不杀人放火。所以胡笙一直没有当作重点剿他。

现在,他主动出现了,不请自来,他得认真对待。打开布袋,他一眼就看出,这鞋垫和棒客麦昂穿的那鞋垫,完全出自一人之手。这鞋垫就是金枝做的,就是过了三生三世,他也不会忘记。当时,因为开贵出事打岔,他还没有来得及审问麦昂,夜里他就趁机逃跑了。里面还有一封信,居然要求胡笙放过他,他俩井水不犯河水。否则,他会拼个鱼死网破。

"……你妹妹在我手上。她这么漂亮,做鞋垫的手艺这么好。你看着办。"

他逃跑到哪里?现在又从哪里钻出来的?他和金枝,是不是……妹妹也是多灾多难,要是稍有不慎,棒客失去理智,什么事都会发生的。"妹妹……"胡笙将拳头攥得咯咯响。事不宜迟,他大声叫道:

"邹常,通知连以上干部集中,迅速!"

夜色如墨,古城风大,不小心,麦昂的眼里落进了沙粒。看不见的那只,只是疼。而另一只眼,不仅疼,还看不见。没有办法,他只好一勒缰绳,吆喝马往孙世医的药铺里走。药铺里挂着几盏马灯,灯火通明,四处一片繁乱。一大帮人正在将大堆的中草药打包,往外搬。

麦昂眼睛被刺时曾来看过,孙世医给他敷过药。看麦昂来,孙世医迎了上来:

"兄弟,夜半三更的,哪里不好?"

麦昂指了指眼睛,孙世医扶他下马,叫上助手,很快进行了清洗,又给他的那只瞎眼擦了药,包扎好。

麦昂眼睛能看见了。他问:"怎么要搬走?是另找了地点吗?"

旁边的人说:"你还不知道呀,政府新成立了最大的医院,孙世医当医院的院长啦!明天开始,他就要过去上班了。"

"你是乌蒙城里的活菩萨,得祝贺你。"麦昂打心眼里佩服。

"也没啥,我从小就坚持做这件事。时间久了,自然就顺手了。"孙世医说。

麦昂内心大约也想到了年轻时的事,脸色不大好看,付了钱,转身上马,默默离开。

曙光初照。还没等麦昂回到藏身之地,解放军便从不同的方向朝他围来。枪声、喊叫声此起彼伏,像兽网一样置于他的四周。他惊讶于胡笙用兵的厉害,回头去看金枝。金枝居然无动于衷,依然埋头做鞋垫。麦昂叹了口气,带上两个人迅速逃匿,在茫茫的晨雾中,瞬间没了身影。

金枝得救。金枝在解放军的簇拥下,回到了乌蒙城。可是,她一个也认不得了。看到乌铁,他不认识。开杏叫她,她不答应。胡笙走过来,看着她,叫她妹妹。金枝吓得连连后退。找不到刀具,她就提起一只板凳:

"你别!要鞋垫我给你做!要眼睛,我也还你。要我,下一世……"

邹常背着枪,从她面前走过,她吓得立即蹲在地上,紧紧捂住眼睛,全身发抖。没有一个人知道,金枝在外到底经历了什么。只有当开杏在她面前做布鞋时,她的目光里才多了些清澈:

"我只会做鞋垫。做鞋,我不行的。"

看来,金枝还有记忆。她还能记得多年前的事。开杏放下手里的活,拉着金枝的手:

"我教你,慢慢就会了……"

新　脚

胡笙和警卫邹常大步走进挑水巷。奇怪的是,孙世医也和他们一道。看到乌铁,他们一脸阳光。胡笙那笑,将脸上挤出皱纹:

"乌铁,今天喜鹊叫了没有?"孙世医说。

"这些天一直都在叫呢,"乌铁说,"好事不断呢!"

"乌铁,把幺哥借我一下。"胡笙说。

孙世医说有好事,而胡笙却跟他借幺哥。胡笙兵强马壮,手下人多,财产也不少。据说马匹不下五十匹呢!他要用马,是很简单的事。这让乌铁丈二和尚摸不着头脑。胡笙不明说,自有他的道理。胡笙需要,肯定得满足他。乌铁让开杏将幺哥牵了出来。开杏大着肚子,路走得慢。邹常忙上前将马缰绳接过去,给幺哥上嚼口,上马鞍。

开杏小声对胡笙说:"媳妇的事儿,有着落了吗?"

胡笙心不在焉:"正忙呢,哪有心思……"

"你们部队里女孩子多,看上去个个不赖。我原以为……"

"部队里是有纪律的!"胡笙看了看挑水巷的另一头。

"丝绸店那个姑娘,不错的。人长得好,还会裁剪,会缝制。"开杏拉了拉自己的衣角,"看看,这就是她做的。你找上她,怕是前世修来的福……"

"看你这身体,别太操劳了。"胡笙说。

"你花点心思,琢磨琢磨吧。昨天我和她聊了半天,把这个意思间接地表达了,人家也没有反对。"开杏说,"官家的事要做,自己的事也别荒下。"

"金枝那里,麻烦你多看顾。"胡笙说。金枝自回来后,状态一直不看好。胡笙把她送到孙世医的新医院,进行隔离治疗。

"那肯定的。"鞋摊有乌铁照应,开杏每天都要去医院,陪金枝做针线活。只有拿起针线,金枝才是安静的。

"最近棒客又闹事了。麦昂躲起来了,不知道他又会干出啥事来。你们可得小心。"胡笙转移话题。

其实,更得小心的是胡笙。棒客在的是暗处,胡笙在的是明处。他们是针尖对麦芒,不是你死,就是我活。这个开杏也是清楚的。

"杨树村不是有句话吗?早养孩子早享福呢!"开杏并不想绕开先前的话题。

胡笙看了看那边,孙世医正低头给乌铁看伤疤。而乌铁眼睛,偶尔朝这边瞟。显然,他已经注意到他俩有情况。

胡笙转过身,摸了摸幺哥的长脸:"放心吧!我安排人带了草料的。今天去,明天回。保证完璧归赵。"

"早去早回啊!"开杏说。阳光下,胡笙满脸胡楂,眼角已有不少的皱纹。这个当年一想她,就只会对着她诵读"蒹葭苍苍,白露为霜。所谓伊人,在水一方"的小青年,如今已经满脑子经验,说话做事滴水不漏了。开杏知道,多年出生入死,那些无情的战火,没有让胡笙尸骨化灰,相反把看似没用的石渣子炼出钢来。

挑水巷口,锣鼓叮叮咚咚,鞭炮噼噼啪啪,还有唢呐吹得咿咿呀呀,还有人声此起彼伏。是谁家娶媳妇了,这么热闹?开杏出门,迎面走来一大群人,当头一匹枣红马,上面坐着一个气宇轩昂的人。仔细一看,那马是幺哥。马背上的人,居然是胡笙。胡笙穿着崭新的长衫,胸口上挂着大红花。胡笙这样子,新郎官嘛,明显是娶亲来了。开杏的心狂跳起来,她连忙换上新衣,尽快洗漱、化妆,抱着给胡笙做的那双鞋,坐在屋里。开杏好激动呀,她心跳加速,模糊的泪光中,胡笙越来越近,越来越近,开杏闭上了眼……

她在等待。时间漫长,开杏一直在等待。四下里,各种声响渐次消失,她的心跳,掩盖了一切。哎,这胡笙,这么慢?

门哐啷一声响,开杏感觉到是胡笙来了。开杏突然又十分拒绝。开杏已是别人的妻,她不能再和胡笙有啥瓜葛。尽管他们之间有过那么深厚的情感,有过令人难忘的生离死别。

"别……"开杏叫道。

开杏不情愿地睁开眼,她等待的,啥也没有,只有无边的黑暗。原来,她做了一个梦。还没等她清醒过来,敲门声再次响起。开杏笨拙地起身,将锥子握住。木门还在响,甚至是越来越重。见屋里没有动静,外面有人大叫:

"开门!开门!我是邹常!"

邹常?哦,想起来了。开杏看了看乌铁,这个邹常,不是跟着胡笙执行任务去了吗?

"乌铁!开门!"是孙世医的声音。

乌铁早已惊醒起。他扔了手里的夷刀,挪到门边,将门闩拉掉。黑暗中,两人带着满身的冷湿闯进屋来。开杏点亮油灯。孙世医接过邹常背上的布袋,放下。袋子包了很多层布料,孙世医费了很多力,才将袋子层层打开。

两只人脚！开杏吓得啊地尖叫了一声。乌铁也毫毛倒立。

乌铁看着他俩："你们杀人了？你们，居然……"

"看你，大惊小怪的。"孙世医笑，将那脚拿了起来，"乌铁，这是你的脚，你是个有脚的人了。"

"我的脚？我是个有脚的人了？"乌铁疑惑了，一双脚被炸飞十多年，要找回来，除非天神恩体古兹恩赐！模糊的油灯下，那两只脚并不清楚，影影绰绰让人害怕。那年，他没有了双脚，在医务人员面前，他痛哭了三天，他要他们到战场上去帮他找回来："你们给我脚，我给你们当牛做马，给你们做娃子！你们让做啥都成！"事实上，别说两只脚，就是好多人的脑袋、肝脏，甚至生命，全都灰飞烟灭。谁也帮不了他，谁都无法帮他。临时救护站里，随时都有身体残缺不全的人体被抬进来。他几次想死，都被护理人员制止了。

死不了，命还在，乌铁对失去的双脚，还是不甘心。旁边不断有抬来又抬走的人，他突发奇想，他要医务人员帮助弄一双脚来："有那种已经不需要脚的，或者只剩下脚的，帮助买两只来给我接上。多少钱，我都给。"

"或者，你们不要我了，把我送给那些只有脚，却没有身体的人，他们也许比我更需要……"

医务人员摇摇头。他们医术有限。乌铁说的这些，神话里才有，他们毫无办法。

眼下，孙世医突然这样说，他非常吃惊，一把抓住孙世医的手："我有脚了？这是当年炸飞的脚吗？你在哪里找到的？你去过台儿庄了吗？"

孙世医说："先别激动，看我的。"

孙世医把两只脚放在他的手里："你摸摸，感觉一下。"

数年过去，看到这样的东西，乌铁依然心有余悸。孙世医看着他笑，鼓励他。乌铁抿嘴，咬牙，壮了壮胆，小心摸去。那五个脚趾，滑滑的，凉凉的，有些皮肤的感觉。颜色和皮肤还较为接近，也不知道是啥材料做成的。往上，更像是骨头，金属制成，银白色，生硬。关节处好像用的是螺钉。

"从现在开始,它就是你身体的一部分了。"

孙世医生搂起他的裤脚,木杵一样的腿露了出来。"嘿,你要变样了!"孙世医说着,小心将那两只脚给他对了位,安装上,固定好。"需要一双鞋。"孙世医说。开杏翻箱倒柜,找出十多年前那双布鞋。那鞋略显陈旧,布面已经褪色,图案倒还算清晰。开杏抖了抖,拂去灰尘,一股霉味弥漫开来。开杏给乌铁穿鞋,双手颤抖,眼里的泪水,落在鞋面上。

"冤家,你总算可以穿上鞋了……"

乌铁双手捂脸,他努力控制自己。一个大男人,不能老是哭。

"站起来。走一走。"孙世医说,"前不久,胡笙营长安排我到上海学习,再三交代,要我去考察假肢的生产、安装流程。我去了,觉得这技术成熟,给他汇报,他就用自己的钱,专门给你定制了一双。"

"哦!胡笙……"

"他和我长谈过,对你,他这一生都非常愧疚。现在,这事总算有个落头。"孙世医说到这里,忙停下来。

欠我的,他还了。我欠他的,今生却难以偿还了。看看这穿上鞋的脚,又看看开杏,乌铁的心像有人在撕扯。在孙世医的搀扶下,乌铁努力想站起来,但那脚掌还不听他的使唤。他想站,却站不起来,更不用说走了。孙世医扶着他:

"慢慢走,试着走。"

乌铁像是个婴儿,一个趔趄,差点跌倒。费了很多力,试了很多次,乌铁终于可以走路了。有了脚、穿上鞋的乌铁,看上去显然是个完整的人了。他发觉自己高大了,胸口挺起来了,和孙世医、邹常、开杏面对面时,平等了。

"走,出门走走。"开杏鼓励他。

乌铁扶着巷子里的砖墙、石坎,和那一排排参差不齐的门板,趔趔趄趄,慢慢捱进挑水巷。

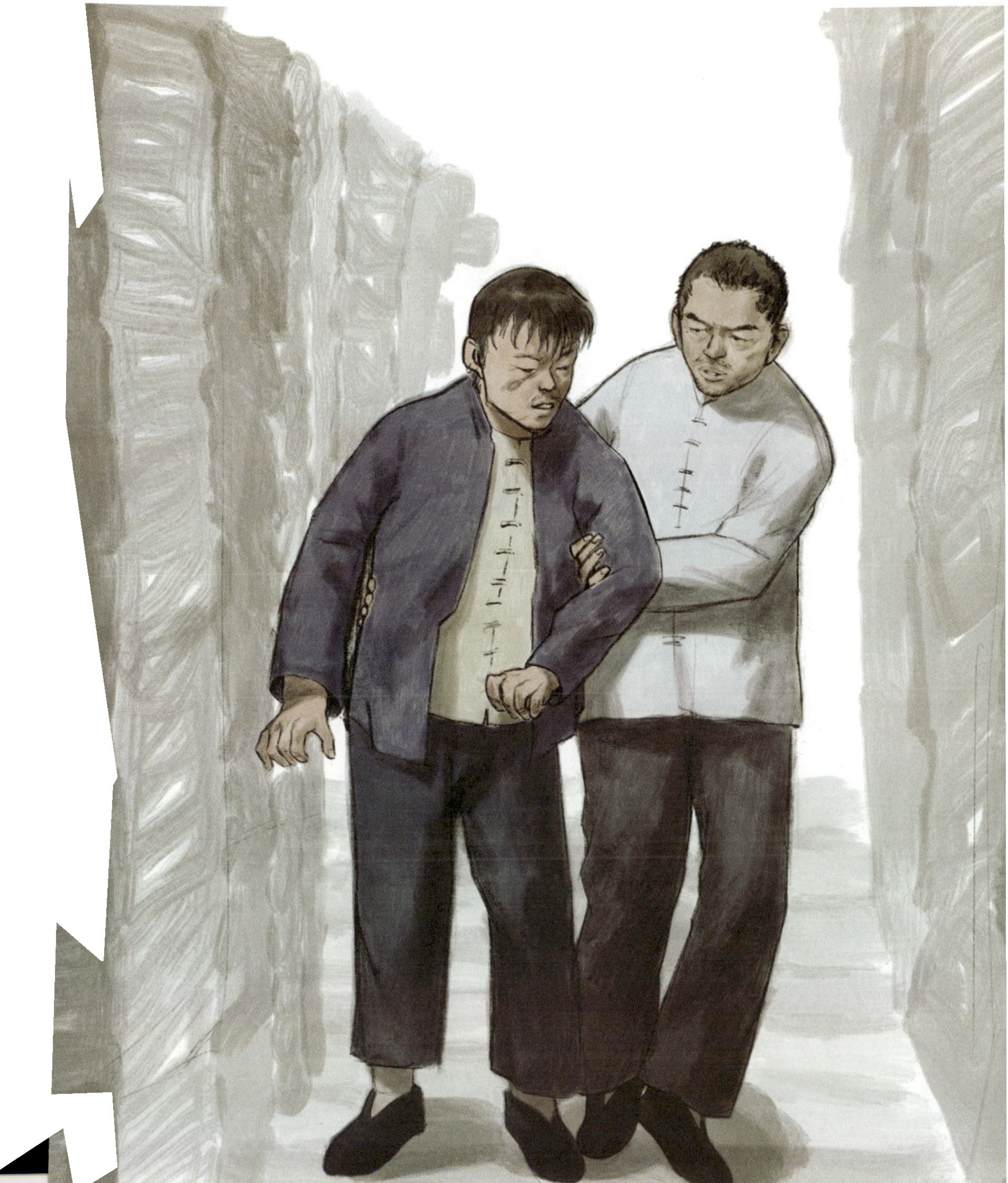

"我能走路了!"

在孙世医的搀扶下,乌铁努力想站起来,但那脚掌还不听他的使唤。

搦着搦着,乌铁找到了肢体感。那样,他走起路来,就正常了些。走到辕门口时,他想到了当年出征时的情形,想到和胡笙打交道的若干情形。

他问站岗的士兵:"胡营长呢?"

士兵说:"剿匪去了。"

"那,幺哥呢?就是那匹枣红马……"

"和他一起去了。"

乌铁搦得跌跌撞撞,搦得犹犹豫豫,搦得摇摇晃晃。几天后,他便行动自如了。他顺着古城的街道走去,他看到了古老而几近腐朽的巷子、人来人往的街道、被各种各样鞋子擦得锃亮的石板、人来人往的商铺,还有精神抖擞、面带喜色的市民们。

"这脚怎么就可以人造了呢?"乌铁低下头,再看自己的脚,"想不到。真是想不到。"

他想不到的,就是一直还没见到胡笙和幺哥。他每每问起,就没有一个人正面回答他。

兵营里的事,是机密,不是谁想知道,就能知道的。

看他这个样子,陆大爷也高兴得不得了。在乌铁的前后左右看了个遍,摸摸他的腿,又摸摸他的鞋。陆大爷双手捂住脸,呜呜咽咽哭了。浑浊的泪水,和含混不清的啜泣,从指缝中流淌出来。陆大爷是想儿子了。乌铁没有脚,可以换上假肢,陆大爷没有了儿子,却无法再生。这时,金枝在屋里叫道:

"哥哥……"

陆大爷回屋,给金枝倒了一碗茶:"喝下。哥哥最喜欢你的乖样子,你喝了,安安静静地坐着,他就会开心。"

金枝很听话,她接过茶喝了,继续做她的鞋垫。陆大爷看着金枝,那眼神里,有爱,又有怜。

乌铁能走路了。他走到兵营,再次要求见胡笙。接待他的是邹常。

邹常告诉他,上级重新派来了营长。胡笙营长接上级命令,调到另外的战区剿匪去了。

"胡笙营长调另外的战区,可幺哥呢?"

"幺哥牺牲了!"邹常沉痛地说,"新来的营长安排,让你去马队重新挑选一匹,看上哪匹就牵哪匹。"

邹常说,那天夜里,胡笙营长接到上海那边电报,他们定制的假肢,从时间上算,已过长江,进入乌蒙管辖地带,应该这一两天就到,要他们做好接收的准备。胡笙高兴得睡不着。这不是一件简单的事,这是一个非常重要的事。他要让幺哥一起,见证这一重要的时刻。第二天一大早,胡笙就牵着幺哥,带着一个班,从乌蒙前往豆沙关。一行人到了豆沙关关隘处,果然等到运送假肢的队伍。他们和来人做了交接。天色已晚,邹常建议第二天回。胡笙没有同意,他急着回家。他想尽早给乌铁安上双脚。那夜太黑,伸手不见五指,伸腿不见脚背。两边山崖像巨大的黑色幕布。山路崎岖,不小心脚就会踩下悬崖。胡笙让邹常从路边的小店里买来火把。邹常照办。但邹常再次建议第二天再走。胡笙生气了:

"你是军人吗?"

"是!"邹常连忙立正,行了一个军礼。

"服从命令是军人的天职!枪上膛,进入战备!"胡笙一边走,一边命令。

没走多远,意外发生。"噗!"有枪响。胡笙身边有人倒下。"噗!"又是几声枪响,幺哥倒下。"噗!"枪声再响,刚转身正要举枪的胡笙,突然倒在地上。也就那一瞬间,随行的解放军七八支枪,同时朝那个方向打了出去。

"啊!"有人大叫,从崖上落下。邹常举起火把,凑过去一看,是麦昂。麦昂全身稀烂,唯有独眼圆睁,仿佛有很多想说的,还没有机会表述。

挑水巷也有人一直在传说,胡笙被棒客捉去。棒客把这些日子以来的煎熬,全算在胡笙的头上。胡笙给他们讲政策,讲处境,讲胸怀,讲大义,讲投顺解放军后的美好生活。但那些棒客根本就不买他的账。棒客用皮鞭打他,用烙铁烫他,用刀子割他,攉恶狗咬他。他没有摇头,没有皱眉,没有求饶。棒客惊讶万分,剖开他的胸膛,挖出他的肝胆。鲜血喷涌,糊了握刀棒客一头一脸。但金枝并不承认,她坚信哥哥是调离了、提拔了。她说,哥哥告诉过她,有机会就要来看她。而陆大爷也是这样认为的,陆大爷把那些尚有疑惑的人叫到茶铺,请他们喝茶,给他们说因果,讲阿鼻地狱的堕入条件。直到那些人脑洞大开,释然称是。

金枝被送进了医院,经过一段时间的精心治疗,金枝正常了。白墙、白床单、白色的病服让她不安。窗外初开的花、枝头啼叫的鸟,还有金子一般光亮的阳光,吸引了她。她喜欢热闹,需要外面的生活。孙世医给她送来药,她吃了,突然问:

"世医,我怎么会在这里?"

"生病了呀!"

"我生病了?我咋没感觉到?脑壳疼,还是心肝坏了?我咋没感觉到呀!"

"不疼啦?不疼就是好了。可以出院了。"

陆大爷挂着拐棍,歪歪倒倒,来医院接金枝。金枝眼睛有神了,脸色红润了,陆大爷满心欢喜,给她买了一身新衣。

回到家,陆大爷买了肉,买了酒,开杏和乌铁帮着他,做了一大桌饭菜。陆大爷将街坊邻居邀请到家做客。他拉着金枝站起来,给堂屋正中行了三个礼。那供桌上,除了天地君亲师位,新增了两个牌位。一个是陆婶的,一个是儿子陆树的。回过头来,陆大爷给客人敬酒:

"你们给我做个证,我收金枝做女儿。从这时开始,我是她爹,她是我女儿。"

开杏拉拉金枝的手,告诉她:"叫爹。"

金枝站起来,给陆大爷鞠了个躬,笑眯眯地叫:"爹。"

陆大爹大声回应:"哎,乖女儿……"

再　生

  可以走路,就大步走吧。乌铁一步一步地走到了杨树村。麻脸石匠正在院子里的石堆里忙乎,右手里的铁锤,有节奏地敲打在左手里的铁錾上。火星飞溅,铁錾的尖头,有力而又准确地,将一块块碎石剔除。石头的粉末,细碎地、不断地扑在他的脸上,和着汗水,弄得他花鼻子花脸。

  他在打制一个石碓窝,年关将近,村里家家户户都要舂谷,急用呢。

  几只狗的叫声将专心致志的石匠惊醒,他停下敲打,抬起头来,他看到乌铁一步步走到他面前,他站起来,糙裂的双手紧紧攥住乌铁,怀疑却又确定地叫道:

  "乌铁老表!"

  听到说话声,盼姐从屋子里中跑出来。她看到了乌铁,看到他是走着路来的,感动得哭了。之前,在开杏面前,她不敢有更多的表达,也没有机会表达。现在,她蹲下来,抚摸着乌铁的大腿以下,特别是那叫人不敢相信的脚,一遍又一遍地抹眼泪。

  "这假肢,不,这脚,真是太好了,你居然能走这么远!"盼姐说,"你能像当年一样威猛了。"

  盼姐说着,又哭。往事那么不堪,眼前又这么让人不敢相信。

  乌铁就在院子里走过去,又走过来,走过来,又走过去。他的动作略微生硬,但他走得很稳健,很自信。他走得很开心,很自由。盼姐跑到草堆边,很快抓来一只鸡杀了。上锅一炖,香气弥漫了整个院子。

  "你们喝点酒吧!"盼姐吩咐。

  其实不等她说,麻脸石匠就已经将酒罐抱来。两只大土碗,满满地盛了。那一顿酒,喝得两人摇头晃脑,舌头不听使唤。

乌铁是来请麻脸石匠帮他。他要选一块大石头。

"材质要密实,颜色一致,不能夹砂,也不能有裂痕。"乌铁说。

"要修石磨吗?"麻脸石匠问。

"不。"

"要錾水缸吗?"

"不。"

"那,是要砌新房了。"麻脸石匠取下马褂,小心拍拍上面的灰,那是盼姐给他做的衣服,缝缝补补,穿了三年,现在还能上身。

"再不干活,我手心全长嫩肉了。"麻脸石匠说。

麻脸石匠最近忙。他长这么大,大多年辰都是荒年。天旱、洪涝、霜冻,或者是匪患,整得村民喘不上气来。石凳、石桌、猪槽、台阶、围栏、花台他没少雕琢,但高房大屋他少有机会。十多年前,保长领着他去县衙门,雕过一对石狮,那石狮活灵活现,气势威武。县长高兴了,送他一只斑铜烧锅,拿回家却一直没啥可煮。毛皮店老板的女儿守寡,忧郁而逝,麻脸石匠帮她塑的石牌坊,也让往来的人赞叹不已。久不干活,手痒了。搓搓糙手,麻脸石匠有些跃跃欲试。可他猜了几种,乌铁还是摇头,麻脸石匠不明白了。

"雕一样东西,见肝见胆那种。"

"见肝见胆?"

"嗯。"

"龙?凤?"

"不。"乌铁说。

"还是老虎?狮子?"

"不。"乌铁摇摇头。

"呃,那只能是人的?"麻脸石匠很奇怪,即使是人的,那石头雕来,怎么见肝胆?

"再想想。"

"这就难了。"石匠为难,他摇头,"水缸、碓窝,都好办。"

是呀,肝呀胆呀怎么雕?乌铁怎么说,似乎也说不清。看高处的天,天空浑浊,灰薄的云不起不落。看看院墙边的树,寒冷将尽,树芽还未长出。两只麻雀,刚落在枝上,又突然振翅,噗地飞走了。

说不清楚,他们就没再往下说去。乌铁随麻脸石匠走出村子。山梁巍巍峨峨,耸着大大小小的石头,硬铮铮的,铁板板的。乌铁知道,这是最好的石料。麻脸石匠远看,近看,高看,低看,用手摸,用锤敲,俯过耳朵听声音,抠出碎石放在手里掂量。选来选去,他选到了一块不小的石头。麻脸石匠从家里背来一大堆锤子、撬杆,还有火炉、风箱。而盼姐呢,居然将煮饭的锅碗瓢盆、睡觉的毡子被子搬了来。

"你们,这是?"乌铁满眼疑惑。

"再硬的钢铁,也没有这石头硬。"麻脸石匠说,"要弄下来,得认真对待。"

"没有三两个月,这活做不完。"盼姐边说,边开始干活。

乌铁挤过去要帮助搬动。盼姐阻止他:"不行啊!你这身体。"

麻脸石匠往掌心里吐了一泡口水,拾起铁锤:"慢慢来,你拿纳鞋的针可以,要用铁锤,怕够呛。"

乌铁一脸羞愧,他一直都是这样羞愧:"我一个大男人……"

盼姐说:"你是大男人,顶天立地的那种。"

花了半个月的时间,他们将整块石头凿了下来。麻脸石匠抹了抹脸上的石灰,看着乌铁不动了。乌铁也看着麻脸石匠不吭气。两人的对峙,最后以笑和解。

"马?"

"马!"

麻脸石匠总算揣摩出,乌铁需要一匹马。石匠这大半辈子,见的马不少。自己也曾养过马。他用马驮石头,无数次,沉重的石头将马压倒,他无数次将马拽起来,再不起来他就打。马怕石头,更怕他铁锤一样硬实的

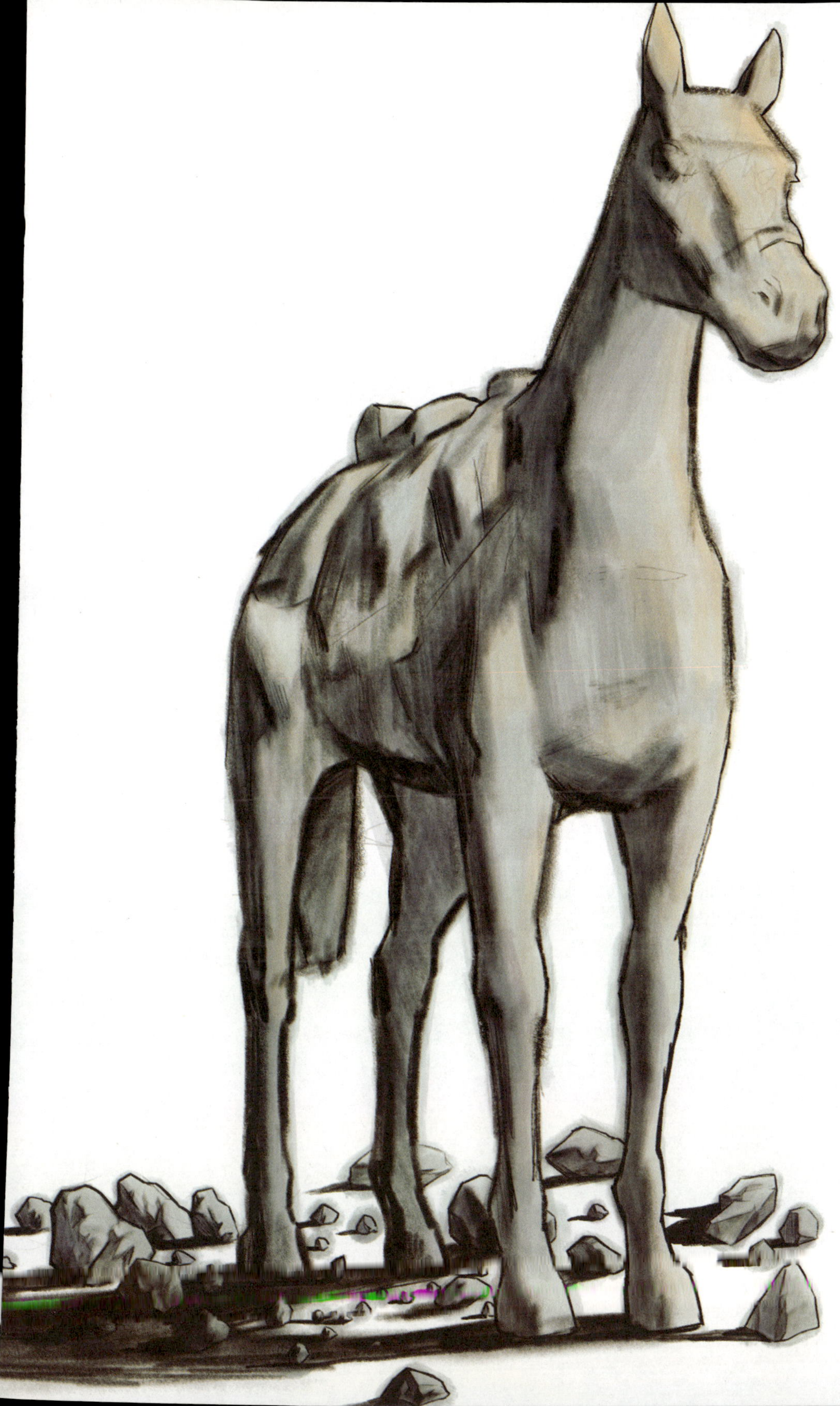

马的纹理，栩栩如生。马的眼睛，炯炯有神。

拳头。有一次他打马,他先是牵住马缰打,再是拧着嚼口打,后来是骑在马背上打。想跑跑不掉,想甩甩不开,马被打得横跳直跃,痛苦不堪。盼姐看到了,扔掉手里舂米的碓棒,将他扯下马背,抱着马的长脸哭,要他给马磕头,给马道歉。麻脸石匠哪是打马,他是在打他自己。他的累,比马还累。他的苦,比马更苦。那马一直是他的伙伴,是他的好兄弟。马偷懒耍滑,他心里痛。但过后了,他才知道马老了,老了的马比人可怜。人老了有人知道,马老了,干不了活,居然没有人知道。那次后,他干脆将马背上的鞍取了,将缰绳解了,将马放走了。"你想去哪就去哪,你想怎么着就怎么着。"他以为从此马就过上好日子。可马跑出村子,在稻田里啃了半天的稻谷根子,傍晚又回来了。他将马拉着,过了杨树村,来到官道上的十字路口,放了它。从那个地方,想去西安可以,想去缅甸也行。但第二天,那马又回来了,他走哪,就跟到哪。他回家,就跟着回家。半年后,那马老死了,含着几根没有嚼断的谷草咽了气。此后,麻脸石匠一辈子不再用马。麻脸石匠说着,干涩的眼里居然滚出两粒浑浊的泪来。他说他见到过无数的马,幺哥是普天之下经历最丰富、受到折磨最多,也是最有肝胆的马。他决定凿成那个样子。他的马是苦命的马,而乌铁的马,苦命算不了什么,它有着其他马所没有的高贵。

每人心中都有一匹马。两人心中的马的样子,居然这样一致。他们一边商量一边打锤。

"心宽容得人,筐大装得粮。它的肚子大些好。"乌铁说。

"肩宽挑得担,路宽不落崖。它的肩背宽些好。"麻脸石匠说。

用石头来雕塑马,和用泥巴塑造马、用金属的汁液浇铸马,那完全是不一样的。他们举起铁锤和錾子,小心翼翼地把多余的石块去掉。他们先去掉大块的,让整个石头有动物的雏形,让它首先得有高昂头颅、四蹄腾飞的形象。他们再去掉小块的石头,让马的头颅呈现出来,让鬃毛呈现出来,让宽阔的脊梁呈现出来,让四肢呈现出来。这又是半个月。半月时间里,乌铁的脸上全是碎石打出的麻窝,手掌心里的血泡干硬,成了硬痂。

麻脸石匠注重的是细节,乌铁接过他手里的大铁錾。每下一錾,沉稳,准确,肯定。铁錾与石头之间,随时都有火星溅出,让乌铁想起当年,幺哥铁蹄下的火星。乌铁有信心了,乌铁知道幺哥的眉眼,知道幺哥的情怀,知道它哪里胖,哪里瘦,哪里软,哪里硬,哪里凸,哪里凹。麻脸石匠用的是小錾,他跟在乌铁后面,雕幺哥的额头、脸颊、鬃毛、皮肤。马的纹理,栩栩如生。马的眼睛,炯炯有神。石马四蹄储力,肩背饱满,头颅昂得高高的。它张开长嘴,像是要朝天嘶鸣。石马雕塑完成,乌铁给它挂了红布,辟邪,摆了酒肉作为祭品,供它,用军人的标准,给它行礼。

开杏呢,趔趔趄趄地走来,给石马穿上一双布鞋。白的底,黑的帮,面子上,绣了一匹枣红马。那马昂首怒目,四蹄腾空。上了年纪的人知道,那布鞋背后的故事。

开杏在床上疼得死去活来。一个即将临盆女人的痛苦,是乌铁所无法想象的。孙世医曾告诉过他,女人生孩子的疼痛,相当于数根骨头同时折断带来的痛苦感受。乌铁就觉得对不起开杏,恨不得让自己去替她疼。没有办法,他不能替她疼,只能干着急。好在头一天,他带信到杨树村,请盼姐来帮忙。盼姐守了她整整一夜。五更鸡鸣叫时,开杏生了。

"是个满街跑。"盼姐将孩子洗干净,包好,双手递给乌铁。

开杏让乌铁给儿子取名。乌铁想了想,说:"让他姓胡吧!"

"好,这娃儿,就让他姓胡……",开杏愣了愣,马上说,"那,我们再生一个,跟你姓。"